더 뉴 게이트

05. 붉은 섬멸자

THE NEW GATE

더 뉴 게이트

GATE

05. 붉은 섬멸자

카자나미 시노기 지음
Illustration 마계의 주민
김진환 옮김

라루나

목차

「THE NEW GATE」 세계의 용어에 관해

● 능력치

LV: 레벨

HP: 히트 포인트

MP: 매직 포인트

STR: 힘

VIT: 체력

DEX: 기술

AGI: 민첩성

INT: 지력

LUC: 운

● 거리·무게

1세메르 = 1cm

1메르 = 1m

1케메르 = 1km

1구므 = 1g

1케구므 = 1kg

● 화폐

쥬르(J): 500년 뒤의 게임 세계에서 널리 통용되는 화폐.

제일(G): 게임 시대의 화폐. 쥬르보다 10억 배 이상의 가치가 있다.

쥬르 동화(銅貨) = 100J

쥬르 은화(銀貨) = 쥬르 동화 100닢 = 10,000J

쥬르 금화(金貨) = 쥬르 은화 100닢 = 1,000,000J

쥬르 백금화(白金貨) = 쥬르 금화 100닢 = 100,000,000J

● 주요 종족

휴먼(인간족): 개체수가 가장 많고 다양한 국가를 이루고 있다.

드래그닐[용인족(龍人族)]: 힘과 생명력이 특히 강하다.

비스트[수인족(獸人族)]: 휴먼에 이어 개체수가 많고 부족마다 특징이 다르다.

로드[마인족(魔人族)]: 전체 능력치가 큰 편차 없이 고르게 높다.

드워프: 손재주가 좋아 무기나 도구 제작이 특기다.

픽시(요정족): 수명이 길고 마법 사용 능력이 뛰어나다. 요정향이라는 독자적인 세계를 구축하고 있다.

엘프: 픽시 다음으로 수명이 길다. 위기 감지 능력이 뛰어나다. 숲에서 살아가는 자가 많다.

홀리
172세. 하이 엘프. 전 플레이어로 섀도우의 아내. 무척 태연한 성격이다.

섀도우
163세. 하이 로드. 근접 전투가 특기인 전(前) 플레이어. 평상시에는 찻집을 운영한다.

카에데
16세. 엘프. 섀도우와 홀리의 딸. 부모가 가진 양쪽 힘을 각각 물려받았다.

네코마타@라이징
85세. 하이 비스트. 고양이 타입의 전 플레이어. 이마의 특징 때문에 「히비네코」로 불린다.

리온 슈트라일 베일리히트
19세. 휴먼. 베일리히트 왕국의 둘째 공주. 왕국의 최강 전사로 무거운 대검을 자유 자재로 다룬다.

슈니 라이자
521세. 하이 엘프. 신의 서포트 캐릭터. 500년 동안 신을 기다려왔다.

티에라 루센트
157세. 엘프. 「잡화점 달의 사당」의 종업원. 강력한 저주에 걸린 흔적으로 머리카락 대부분이 까맣다.

신
본작의 주인공. 21세. 하이 휴먼. 온라인 게임에서 이름을 떨친 최강 플레이어. 데스 게임 클리어 후, 500년 뒤의 게임 세계로 차원 이동되었다.

엘트니아 대륙 중앙 동부

바다

성지 카르키아

멜트 산맥

바르멜

바다

모이는 칼날 | Chapter 1

THE NEW GATE

"저기 보인다!"

신과 베일리히트 왕국 둘째 공주인 리온이 성지 카르키아로 전송된 지 사흘째 되는 날이었다. 계속 남하하던 두 사람의 눈에 요새 도시 바르멜의 성벽이 보이기 시작했다.

원래 사흘 만에 도착하는 건 불가능한 일이었지만 그들은 상급 선정자였다. 비룡 못지않은 속도로 달려왔기에 가능한 결과였다.

그들처럼 성지에서 바르멜을 향해 접근하는 몬스터 대군과도 거리가 상당히 벌어져 있었다. 고블린 같은 몬스터가 많아 빨리 움직일 수 없었기에 아직 1주 정도는 여유가 있었다.

"난 영주를 만나러 가겠다. 신은 모험가 길드에 보고해다오."

"알았어. 그다음에는 어떻게 할까?"

『범람』—몬스터의 대규모 침공을 요격하려면 길드와 군의 협력이 반드시 필요하다. 그래야 선정자를 빨리 소집할 수 있지."

"그렇군. 알았어."

현재 시각은 정오를 지나고 있었다. 심야나 이른 아침이 아니었기에 접수 데스크에서 오래 기다리지 않아도 될 것이다.

리온은 성문의 대기소에 있던 위병에게 사정을 이야기하고 영주의 성으로 안내되었다.

신 역시 위병에게 장소를 물은 뒤 모험가 길드로 향했다.

"베일리히트와 파르닛드의 중간 정도려나?"

신이 중얼거린 건 인종 구성에 대한 이야기였다. 베일리히트보다 수인이 많았지만 파르닛드보다는 휴먼이 많았고 엘프와 드래그닐도 제법 자주 보였다.

성지에서 흘러드는 몬스터들을 막아내는 요새이자 산과 바다에 둘러싸인 살기 좋은 도시인 만큼 다양한 종족들이 모여든 것 같았다.

"떠들썩하군."

신은 거리를 빠르게 걸어가다 익숙한 간판을 발견했다.

그리고 문을 열고 안으로 들어가 접수 데스크로 향했다.

"실례합니다. 길드 마스터를 만나 뵙고 싶은데요."

"실례지만 무슨 용건이신가요?"

커리어우먼 느낌의 안경을 쓴 엘프 여직원이 의아한 표정으로 물었다.

신은 바르멜이 처음이었다. 아는 얼굴이라면 모를까, 처음 보는 모험가가 다짜고짜 길드 마스터를 찾는다면 수상하게 생각하는 게 당연했다.

"『범람』에 대해 드릴 말씀이 있습니다. 길드 카드 외에도 제

신원을 보증할 수 있는 물건을 갖고 있습니다."

"······잠시만 기다려주세요."

접수 여직원은 잠시 생각하더니 가볍게 고개를 숙인 뒤 데스크 안쪽으로 들어갔다. 『범람』이라는 말을 듣자 무시할 수는 없었던 것이리라.

"이쪽으로 오십시오."

몇 분 뒤에 돌아온 여직원은 신을 안쪽에 있는 방으로 안내했다. 길드 내의 구조는 어디든 비슷한 것 같았고 조금 걸어가자 큰 문이 보였다. 접수 여직원이 그 문을 노크했다.

"엘리자입니다. 그 모험가 분을 데려왔습니다."

"열려 있네. 들어오시라고 하게나."

문 안쪽에서 남성의 목소리가 대답했다.

이 접수 여직원은 엘리자라는 이름인 것 같았다.

신은 엘리자가 열어준 문을 통해 방 안으로 들어갔다.

"모험가 길드에 온 것을 환영하네. 내가 길드 마스터인 바렌 락트일세. 『범람』에 대한 정보를 갖고 있다고 하던데, 자세히 들려주지 않겠나?"

바렌은 소파에 앉으라고 권하면서 신을 관찰하고 있었다.

바렌은 60세 정도로 보였고 하얀 머리에 주름도 많았다. 하지만 아무리 온화한 표정을 짓고 있어도 그의 눈빛은 발크스에게 뒤지지 않을 만큼 날카로웠다.

"저는 신이라고 합니다. 『범람』이 발생한 건 성지 카르키아

주변입니다. 주로 고블린, 오우거 같은 인간형 몬스터로 구성되어 있습니다. 진행 속도를 봐서 이곳에 도착할 때까지 1주는 걸릴 것으로 예상됩니다."

"……마치 직접 보고 온 것처럼 말하는군. 어디서 얻은 정보인지 물어봐도 되겠나?"

"말씀하신 것처럼 직접 봤습니다. 자세한 이유는 말씀드릴 수는 없지만, 어쨌든 성지 부근까지 갔을 때 대량의 몬스터들이 바르멜을 향해 이동하는 것을 확인했습니다. 이미 제 일행이 이곳의 영주님께 알리러 갔습니다."

"영주님께? 일행이라는 사람의 신분이 높은가 보지?"

바렌은 눈을 살짝 가늘게 뜨며 물었다.

영주를 즉시 만날 수 있으려면 나름대로 지위가 높은 인물이어야 했다. 역시 성지와 가까운 도시의 길드 마스터답게 이해력이 빨랐다.

"제 일행의 신분에 대해서는 금방 아시게 될 겁니다. 곧 정보가 내려올 테니까요. 그런 것보다도 제가 말한 내용을 믿어 주시겠습니까?"

"흐음, 나로서도 『범람』에 대한 이야기를 듣고 잠자코 있을 수는 없지. 하지만 지금 자네의 말을 뒷받침해줄 증거는 아무것도 없네—."

바렌은 그렇게 말하며 손을 턱에 갖다 댔다.

하지만 말은 그렇게 해도 길드에서는 이미 급사를 보내 정보의 진위 여부를 파악하고 있는 것 같았다. 신은 길드에서 황급히 누군가가 뛰쳐나가는 것을 감지해냈다.

"자네가 A랭크 모험가라도 된다면 이야기가 달라지겠지만 말일세."

바렌의 입장에서는 조금이라도 빨리 행동하는 게 최선이었다. 하지만 한 조직의 수장으로서 신이 말한 정보를 무턱대고 신뢰할 수는 없었다.

"그러면 이건 어떻습니까?"

반신반의하는 시선을 느낀 신은 아이템 박스에서 달의 사당의 소개장을 꺼냈다.

"설마⋯⋯."

소개장을 본 엘리자가 중얼거렸다.

"이미 베일리히트의 길드 마스터에게 진품이라는 인증을 받았습니다."

"⋯⋯그래, 이걸 본 이상 믿지 않을 수 없겠군."

바렌도 이제는 미심쩍은 시선을 거두었다.

"확인하지 않으십니까?"

"공교롭게도 나는 소개장을 갖고 있지 않네. 하지만 자네가 말한 발크스 공과 연락을 취할 수는 있지. 자네가 거짓말을 해도 금방 알 수 있다네."

"그러면―."

"으음, 이제부터 비상경보를 발령하겠네. 자네가 말한 일행이 영주님께 사실을 전해주었다면 이미 군대에서도 움직이고 있을 테지. 연락이 오는 대로 우리는 주민들의 피난 준비를 시작할 걸세. 엘리자, 각 길드 대표자들에게도 연락해주게."

"알겠습니다."

명령을 받은 엘리자가 방을 나갔다. 부대 편성, 물자 조달, 주민 피난 등 이제부터 해야 할 일이 산더미 같았다.

"자네는 이제부터 어떡할 텐가? 보아하니 상급 선정자겠지? 나로서는 꼭 협력해주길 바라네만."

"당연한 일이죠. 말씀하신 대로 상급 선정자니까 어느 정도는 기대하셔도 좋을 겁니다."

"그것 참 든든하군. 그렇다면 이 도시에 있는 다른 선정자들과 얼굴을 익혀두게."

바렌의 말에 따르면, 주력 선정자, 특히 상급 선정자들은 일반 모험가나 기사와는 같은 부대에 속할 수 없었기에 선정자들끼리 파티를 맺어서 싸우게 된다. 자신의 전용 무기를 갖고 있는 경우가 많아서 평범한 모험가들에 비해 준비도 금방 끝난다고 한다.

"지금은 바르멜을 지키는 선정자가 1명 적다고 들었습니다만."

"알고 있었나. 우리도 그걸 염려하고 있었지만 자네 같은 실력자가 가세해주지 않았는가. 공백이 어느 정도는 메워졌다고 생각하고 싶군."

"제 일행도 선정자니까 제법 도움이 될 겁니다."

"그것 참 고마운 일이군."

신은 이 도시의 선정자가 경영한다는 가게의 위치를 들은 뒤 모험가 길드를 나왔다. 선정자라고 해서 모두 모험가나 기사가 되는 건 아닌 모양이다.

✝

"저기인가……. 어디선가 많이 본 것 같은 간판인데."

바렌이 알려준 대로 길을 나아가자 눈에 띄는 간판이 보였다. 고양이 발과 작은 생선이 그려진 간판을 보며 신은 고개를 갸웃거렸다.

"고양이 발, 생선……. 아니, 잠깐, 저건…… 마른 멸치?"

고양이 발과 마른 멸치. 그 조합을 보자 신의 머릿속에 무언가가 떠올랐다.

"가게 이름이 『냥다 랜드』…… 라고? 서, 설마……."

신은 이곳에 있을 리가 없는 인물을 떠올리며 가게 문을 열었다. 딸랑 하는 종소리와 함께 들어선 가게 내부는 차분한 분위기의 주점이었다.

익숙한…… 아니, 너무나도 익숙한 내부 장식을 보며 신은 어떻게 해야 할지 순간 망설였다.

"응? 손님, 죄송하지만 아직 영업시간 전입니다. 좀 더 날이 저문 뒤에 마셔야 술맛도 괜찮을 거예요.”

신의 몸이 딱딱하게 굳어버렸을 때 가게 안쪽에서 중후한 남성의 목소리가 들려왔다.

역시나 많이 들어본 목소리였기에 신은 소리가 난 방향으로 얼굴을 돌렸다.

“……히비네코(역주: 금이 간 고양이라는 의미) 씨?”

“친한 사람들에게는 그렇게 불립니다만……. 냐, 냐, 냐앗?!”

그 인물은 신의 얼굴을 확인하더니 온몸으로 놀라움을 표현했다.

종족은 고양이 타입의 하이 비스트였다. 겉모습은 옷을 입은 고양이가 두 다리로 걸어 다닌다는 표현이 딱 맞았다. 얼굴은 거의 하얀색이었지만 귀만 까만색이었다. 무슨 이유인지 얼굴의 털 일부만 회색이었고, 그 모양은 꼭 타일에 금이 간 것 같았다.

신이 부른 ‘히비네코’라는 이름은 바로 거기서 따온 별명이었다. 게임 시절의 아바타 이름은 【네코마타@라이징】이었다.

목소리만 들으면 중후한 장년 남성이지만, 작은 키에 인형 같은 체형 탓에 유원지에서 흔히 볼 수 있는 마스코트 캐릭터처럼 보였다.

머리 위에 느낌표를 띄운 것처럼 놀라는 모습이 그런 외형과 맞물리며 만화 캐릭터를 떠올리게 했다.

"제, 제가 아는 사람과 똑같이 생겼군요?"

"무슨 소리예요! 아, 하지만 어떻게······. 히비네코 씨, 당신은 데스 게임에서······."

분명히 죽지 않았던가.

말이 이어지진 못했지만 신은 그 사실을 분명하게 알고 있었다.

하지만 【애널라이즈】로 표시되는 건 틀림없는 【네코마타@라이징】이었다.

"정말로 {신냐}인 거냐······?"

"아······ 틀림없이 히비네코 씨네······. 그건 그렇고, 그런 식으로 부르지 말아주세요."

이름 끝에 '냐'를 붙이는 특유의 말투에 신은 맥이 풀리는 걸 느꼈다. 생각해보면 그는 게임 시절에도 의도치 않게 주변 분위기를 바꾸어버리는 플레이어였다.

"하아, 뭐가 뭔지 잘 모르겠지만 오랜만입니다, 히비네코 씨. 아니, 네코마타@라이징 씨라고 부르는 게 나으려나요?"

"으윽, 이 몸의 봉인된 진짜 이름을 알고 있다니, 역시 신냐가 맞나 보군."

"【애널라이즈】를 통해 본 것뿐이거든요. 그것보다도 신냐라고 부르지 좀 마세요."

신은 예전에도 나눈 적이 있는 대화를 되풀이하며 한숨을 쉬었다.

"흐음, 아무래도 진짜 신인가 보군……. 이봐, 신. 이것 하나만큼은 꼭 물어보자. 신은 죽은 거냐?"

"아니, 그렇진 않을…… 겁니다."

신은 【오리진】을 이긴 뒤에 자신이 겪은 일을 간단히 설명했다. 적어도 아직 죽지 않았다는 것만은 확실했다.

"으음, 그런 일이 있었다니……."

"저는 오히려 히비네코 씨가 왜 이곳에 있는지가 궁금한데요."

"그건 이 몸도 모르겠어. 데스 게임에서 목숨을 잃고, 정신이 들고 보니 초원에 누워 있었던 거지. 레벨, 능력치, 아이템 같은 건 죽기 전과 똑같아서 살아가기 어렵지는 않았지만 말이야."

주변을 탐색하다가 가장 먼저 발견한 곳이 바르멜이었기에 이곳을 거점 삼아 모험가로 활동하게 되었다고 한다.

"그러면 이 가게는 뭔데요?"

"모험가로 활동하는 것보다도 이쪽이 적성에 맞았던 거지."

주점 『냥다 랜드』는 게임 시절에 히비네코가 운영하던 가게의 이름이었다. 메뉴의 절반이 {고양이 밥} 종류인 것도 여전했다.

"그리고 다른 플레이어들이 왔을 때 알아볼 수도 있으니까."

"다른 사람도 있어요?!"

아무래도 신이 처음 생각한 것보다 규모가 큰 현상인 것 같았다. 데스 게임에서 죽었던 플레이어가 이쪽 세계에 몇 명이나 있다는 걸 대체 누가 상상할 수 있겠는가.

"이 몸이 알고 있는 것만 해도 섀도우냥, 호냥, 마사냥, 히라냥이 이 세계에 있어. 다만……."

"다만?"

"그 밖에도 PK가 몇 명 와 있는 모양이야."

"PK가?!"

원래 세계에서는 죽은 사람이 여기서나마 살아 있을 수 있다면 다행이라고 생각했던 신은 이어지는 히비네코의 말을 듣고 표정이 바뀌었다.

PK— 그것은 플레이어 킬, 혹은 플레이어 킬러의 약칭이다. 플레이어가 플레이어를 죽이는 행위, 혹은 그런 행동을 하는 플레이어를 가리킨다. 이번에는 후자의 의미였다.

그리고 데스 게임 시절의 PK는 재미로 사람을 죽이는 흉악범들이 대부분이었다.

"누가 와 있는지 혹시 아시나요?"

"전부 파악하진 못했어. 하지만 하멜른은 틀림없이 와 있는 것 같더군."

"그 녀석이 있다고요? 하필이면……."

하멜른이라는 이름을 들은 신의 표정이 딱딱하게 굳었다.

데스 게임 시절에 몬스터를 이용한 PK—MPK(몬스터 플레이어 킬)의 상습범으로 알려진 플레이어가 바로 하멜른이었다.

종족은 하이 픽시였고 슈니보다는 못해도 이쪽 세계의 상급 선정자를 능가하는 전투력을 갖고 있었다.

"이쪽 세계에서도 이미 많은 나라에서 지명수배되어 있거든."

"무슨 짓을 한 거죠?"

신은 충분히 짐작은 갔지만 굳이 물어보았다.

"대량의 몬스터를 이끌고 도시를 습격했다더군. 큰 도시는 아니었다지만 전멸했다고 해."

"그 자식, 여기서도 하는 짓이 똑같다니……."

데스 게임 시절에 그를 직접 처단했던 신은 어째서 하필 그런 인간까지 이쪽 세계에 오게 된 것인지 알 수 없었다.

"뭐, 지금 아무리 생각해본들 달라지는 건 없어. 그보다 신은 어째서 이 가게에 오게 된 거지?"

"아아, 이제 곧 연락이 올 텐데 『범람』이 발생했습니다. 그래서 길드 마스터가 선정자끼리 미리 인사해두는 게 좋을 거라고 하셔서요."

"그렇구면. 그러면 섀도우에게도 얘기해둘게."

히비네코는 잠시 입을 다물었다. 신은 플레이어인 그가【심화】를 사용하는 중이라는 걸 알 수 있었다.

"신이 나타났다고 하니까 바로 온다는군."

"가까이에 사시나요?"

"바로 옆집이야. 간판을 보지 못했나?"

"그게, 고양이 발 간판에 주의가 쏠려서요."

"카페 『B&W』를 못 보고 그냥 지나가다니, 신도 아직 멀었군."

"『B&W』요? 그건 섀도우 씨와 홀리 씨의……."

"맞아. 지금은 딸도 있지."

"정말로요?!"

딸이 있다는 말에 신은 놀라고 말았다. 이 세계에서는 플레이어였던 사람들도 아이를 만들 수 있는 모양이다.

자세한 이야기를 들어보려고 했을 때, 누군가가 가게 문을 벌컥 열었다.

"우리 신이 왔다는 게 정말이야?!"

"이봐, 홀리. 좀 진정해."

문을 박차듯 들어온 건 하이 엘프와 하이 로드로 구성된 2인조였다.

크게 소리친 건 하이 엘프 여성 쪽이었고, 완만한 웨이브가 들어간 백발과 푸른색의 맑은 눈동자가 인상적이었다. 그리고 하이 로드 남성이 그런 그녀를 진정시켰다. 미남미녀라는 말이 정말 잘 어울리는 한 쌍이었다.

"저기…… 홀리 씨……. 이름 부를 때 웬만하면 {우리}는 빼주세요."

상대의 이름 앞에 '우리'를 붙이는 게 홀리의 버릇이었는데 신은 왠지 유치원생 부르는 느낌이 들어서 매번 그만두라고 하곤 했었다. 마지막에 만났을 때는 분명 '신 군'이라고 불렀지만, 홀리는 흥분한 탓인지 완전히 잊어버리고 있었다.

"저, 정말로 우리 신이네. 아아, 이런 일이 생기다니……."

"……히비네코 씨. 왠지 엄청난 착각을 하고 있는 것 같은데요……."

"으, 으음. 신이 해준 이야기를 대충 전달하긴 했는데 말이지."

아무래도 그들처럼 죽어서 이쪽 세계로 온 것으로 생각하는 모양이었다. 그녀의 눈에 눈물이 글썽였다.

"이봐, 홀리. 신은 죽지 않았어. 히비네코가 해준 이야기를 들었을 거 아냐."

"어? 그런 거야?"

그녀의 덜렁거리는 성격은 여전한 것 같았다. 섀도우가 옆에서 뒤치다꺼리하는 모습도 예전 그대로였다.

"정말이에요. 적어도 HP가 0이 되어서 이쪽으로 온 건 아닙니다."

"다행이다, 난 또……. 잠깐, 그러면 왜 이쪽에 온 거야?"

"아무도 모른다고 했잖아. 그건 그렇고 오랜만이군, 신. 또 만나서 반갑다고 해도 될지는 모르겠지만 말이야."

섀도우는 홀리의 질문에 대답하면서 신에게 말을 건넸다.

"아니요. 저도 만나서 반갑습니다. ……이렇게 다시 만난 거네요."

"죽은 뒤가 될 줄은 예상하지 못했지만 말이지."

신과 섀도우는 이 중에서 가장 오랫동안 알고 지낸 사이였다. 같이 파티를 맺었던 적도 있었다. 신은 섀도우와 홀리가 함께 있는 모습을 보자 기쁜 동시에 부럽기도 했다.

섀도우와 홀리는 현실 세계에서도 부부였고 워낙 사이가 좋기로 유명했다. 죽은 뒤에도 이 세계에서나마 함께할 수 있다는 것에 신은 살짝 질투가 났다.

'뭐, 나와 {그 녀석}의 경우는 사정이 조금 다르니까 말이지.'

두 사람처럼 재회하고 싶은 마음을 억누르며 신은 어깨를 살짝 으쓱했다.

"어쨌든 재회를 기뻐하는 건 여기까지 하죠. 워낙 긴박한 상황이라서요."

"그래. 『범람』이 발생했다는 걸 알게 된 이상 나도 느긋하게 있을 수는 없지."

섀도우도 진지한 표정을 지었다.

"모험가 길드는 이미 움직이고 있는 건가?"

"네. 제 일행이 영주에게 알리러 갔습니다. 각 길드에도 이미 연락이 갔을 겁니다."

"역시 대응이 빠르구나. 그런데 신 군의 이야기를 길드 마스터가 바로 믿어준 거야?"

"그건 이걸로……."

신은 홀리에게 달의 사당의 소개장을 꺼내 보였다. 그걸 본 모두는 납득했다는 듯이 고개를 끄덕였다.

"그렇구나. 이미 홈에는 갔었나 보네."

"처음 정신을 차린 장소에서 멀지 않아서 제일 먼저 찾아갔어요. 슈니도 만났고요."

세 사람 모두 달의 사당이 어떤 상황인지 알고 있는 것 같았다. 홀리는 신에게 자세한 이야기를 듣고 싶어 하는 눈치였지만, 신은 이러고 있을 때가 아니라는 생각에 애써 무시하며 이야기를 본론으로 되돌렸다.

"길드 마스터에게도 말해두었지만 몬스터는 고블린과 오우거 같은 인간형이 대부분이에요. 주의할 점은 역시 머릿수겠죠. 게임 이벤트에서도 쉽게 볼 수 없는 숫자였으니까요."

"저레벨 몬스터가 대량으로 생겨나는 게 『범람』의 특징이지. 우리 같은 근접전 타입은 범위 공격을 할 수 없지만, 신이 있다면 걱정할 게 뭐 있겠나."

"처음 발견했을 때 해치우지 그랬어?"

새도우가 농담인지 진담인지 모를 말투로 이야기했다.

"아니 그게, 아까 말한 일행이라는 게 베일리히트 왕국의 둘째 공주님이거든요. 아무래도 그런 사람 앞에서 힘을 사용할 수는 없잖아요."

"두려워하든 감탄하든 간에 일단은 혼란스러워하겠네. 이쪽에선 하이 휴먼이 거의 신처럼 인식되고 있으니까. 신 군의 서포트 캐릭터인 슈니도 굉장히 유명하잖아."

"그렇다니까요. 게다가 지금도 충분히 저한테 관심을 보이고 있어요. 섀도우 씨의 말처럼 저 역시 아무도 다치지 않도록 최선을 다해 싸우고 싶지만, 그렇다고 제 정체를 들키고 싶진 않다고요."

그렇다. 숫자가 아무리 많아봐야 어차피 100레벨도 되지 않는 조무래기들이라 광범위 마법 스킬로 단번에 쓸어버릴 수는 있었다.

그렇게 하지 않은 건 옆에 리온이 있었기 때문이다.

"권력자라는 건 어느 시대든 성가신 법이지. 그 둘째 공주의 경우는 그래도 괜찮은 사람이라고 들었는데."

히비네코에 이어 섀도우가 입을 열었다.

"뭐, 왕족이라면 싸울 때도 우리들과는 다른 곳에 배치되겠지. 아마 파견조와 함께하게 될 거야."

파견조란 각지에서 파견된 선정자들을 의미했다. 리온이 말한 마검사와 마법사가 이에 해당한다.

"그러면 좋겠지만요."

"그리고 우리와 서로 아는 사이라고 말하면 공주와는 확실히 따로 행동하게 될 거야. 급조된 파티와 호흡이 잘 맞는 파티는 전투력 차이가 엄청나지. 그건 길드 마스터도 잘 알 테고."

"우리가 짐이 되지나 않으면 다행이겠지만……. 슈니는 안
오니?"

"지금은 베일리히트에 있어요. 제가 이곳에 있는 원인이기
도 한데, 왕성 내에 데몬이 있었다는군요."

"데몬이?"

신의 말에 섀도우가 반응했다. 히비네코와 홀리도 말은 꺼
내지 않았지만 놀라기는 마찬가지였다.

"슈니에게 듣기로는 천재지변이 일어난 이후로 500년 동안
은 전혀 나타나지 않았다고 하던데요."

"으음, 이 몸도 들은 적은 없군."

그 말에 섀도우와 홀리도 고개를 끄덕거렸다.

무슨 일이 있었는지는 모르지만 데몬이 다시 활동하기 시
작했다는 건 별로 좋은 징조가 아니었다. 신은 만약을 위해
왕성 내에서 무슨 일이 있었는지도 털어놓았다.

"백작급인가. 그 정도라면 우리만으로도 어떻게든 되겠군."

"그보다 높은 등급의 데몬은 던전이나 퀘스트에서만 싸워
봤는데."

"지금은 지형도 바뀌었으니까 원인을 알아내기는 쉽지 않
겠네. 이 세계에서 우리가 가본 던전에서 데몬이 나타난 적은
없었거든."

세 사람은 얼굴을 마주 보며 심각한 표정을 지었다.

"뭐, 모르고 있는 것보다는 나을 테니까 일단 머릿속 한구석에 저장해두세요. 지금은 더 급한 일이 있으니까요."

아무리 생각해봐야 뾰족한 수는 없었기에 그들은 데몬에 대한 것을 일단 접어두기로 했다.

"일단 무기와 방어구를 강화해드릴 테니까 지금 사용하는 녀석들을 제게 맡겨주세요."

"그래도 괜찮겠니?"

"이번에는 제가 있지만 앞으로는 어떻게 될지 모르는 거니까요. 강화해둬서 나쁠 건 없을 거예요. 물론 저의 진짜 실력을 보여드릴 테니까 기대하셔도 좋습니다."

이번에는 신이 함께 있었다. 도시 내의 전투 준비가 헛수고가 되는 셈이지만, 애초에 신은 단 한 명의 피해자도 낼 생각이 없었다.

신의 생각은 이미 이후에 다시 발생할 『범람』에 맞춰져 있었다.

"흐, 흐음…… 신의 진짜 실력이라. 믿음직스럽긴 하지만 무서운 무기가 나올 것 같군."

"무기를 건네주기 무서워지는데."

히비네코와 섀도우가 약간 상기된 목소리로 말했다. 신의 능력을 알고 있는 만큼, 애용하는 무기가 대체 어떤 식으로 개조될지 불안했던 것이다.

"잘 부탁할게! 신 군이 없어도 우리가 반드시 여기를 지켜낼 거야!"

이마에서 식은땀을 흘리는 두 남성과는 달리 홀리는 의욕 넘치는 표정으로 신에게 카드화한 무기를 건넸다.

개조에 대한 걱정은 전혀 없는 것 같았다.

"맡겨만 주세요."

신은 섀도우와 히비네코의 카드도 받아 들고 일단 아이템 박스에 넣어두었다. 작업은 밤이 된 뒤에 바르멜을 빠져나와 달의 사당을 출현시켜 시작할 생각이었다.

"아, 그렇지. 이참에 제 파트너를 소개해드릴게요."

"파트너? 슈냐 씨라면 우리도 아는데."

"조련사 직업을 얻으면 몬스터를 길들일 수 있잖아요. 그것 말이에요."

파트너라는 말을 듣고 슈니를 떠올린 히비네코에게 신은 자신이 길들인 몬스터가 있다는 것을 알려주었다.

"호오, 신의 성에 찰 만한 몬스터가 그렇게 많지는 않았을 텐데."

히비네코는 수염을 만지작거리며 흥미롭다는 듯이 눈을 가늘게 떴다.

"게임 때도 그렇게 강한 몬스터는 없었잖아."

"흐음, 그렇다면 미스트 가루다 같은 종류인가?"

홀리와 섀도우도 관심을 보이며 자신의 추측을 내놓았다.

"지금 부를 테니까 잠깐 기다려주세요."

신은 그렇게 말하며 유즈하에게 파트너끼리의 염화(念話)를 연결했다.

'여기는 신. 유즈하, 들려?'

'쿠우? 왜애~?'

'지인들한테 유즈하를 소개해주려고. 지금 이쪽으로 불러도 괜찮을까?'

'잠깐만…… 응, 슈니 언니랑 티에라 언니도 나중에 또 보재.'

유즈하는 잠시 두 사람에게 허락을 받고 있었던 모양이다.

"그럼 시작할게요. 서몬 · 파트너(계약수 소환)!"

신이 주문을 외우자 발밑에 복잡한 문양의 소환진(召喚陳)이 나타났다.

원래대로라면 이제 발밑에 유즈하가 출현해야 했지만─.

"꺄앗!!"

"쿠우?!"

"앗? ─으음!"

짧은 비명이 들리나 싶더니 신의 얼굴을 부드러운 무언가가 감싸며 시야를 가로막았다.

신은 자세가 무너지며 넘어지고 말았다.

한편 신이 쓰러지는 소리 외에도 무언가가 땅에 떨어지는 소리가 가게 안에 울려 퍼졌다.

"아파라……. 대체 무슨 일이…… 아니, 스승님!! 뭐 하시는 거예요?!"

티에라가 아픔에 울먹거리며 시선을 들자 신의 머리를 품에 끌어안은 슈니의 모습이 보였다.

"……저도 모르게."

"핑계는 됐고, 아아, 정말! 됐으니까 신을 놔주세요! 답답해하잖아요."

신은 숨을 쉴 수 없는지 계속해서 슈니의 등을 두드렸다. 슈니의 가슴 쪽에서 새어 나오는 '우읍! 우읍!' 하는 목소리는 마치 '항복! 항복!'이라고 외치는 듯했다.

"이, 이게 소문으로만 듣던 천국과 지옥인가……."

슈니의 포옹에서 풀려난 신이 숨을 고르며 중얼거렸다. 마침 숨을 뱉었던 타이밍에 호흡이 막혀서 정말로 질식할 뻔했던 것이다.

처음에는 천국, 마지막에는 지옥이었다. 사실 마음만 먹으면 피할 수 있었던 것은 그만의 비밀이었지만 말이다.

"……저기, 이건 대체 어떻게 된 거니?"

슈니 일행의 갑작스러운 출현에 굳어버린 섀도우, 홀리, 히비네코 중에서 가장 먼저 정신을 차린 것은 홀리였다.

"저, 저도 전혀……."

신은 가쁜 숨을 고르며 대답했다. 그 역시 유즈하와 함께 슈니, 티에라까지 나타날 줄은 전혀 예상하지 못했다.

"그건 제가 설명해드리죠."

슈니는 아무 일도 없었다는 듯이 설명을 시작했다.

그녀의 말에 따르면, 유즈하를 중심으로 생겨난 소환진에 슈니, 티에라가 함께 휩쓸린 것 같았다. 원래는 대상이 되는 상대만 전송해야 하지만, 무슨 일인지 두 사람 모두 유즈하와 비슷한 존재로 인식된 모양이었다.

"제 추측이지만 소환진 안에 함께 있었기 때문이 아닐까요?"

"얼떨결에 함께 소환됐다는 건가."

"소환진의 직경이 1메르 정도 됐으니까 저와 티에라도 분명 소환진 안에 서 있었을 거예요."

"……그러고 보니 캐시미어가 그런 이야기를 했던 것 같아."

신은 길드 육천의 소환사 겸 조련사인 캐시미어의 말을 떠올렸다.

『파트너를 부를 때 다른 파트너가 소환진 안에 있으면 이따금씩 함께 나타나는 경우가 있어. 버그는 아닌 것 같지만 말이지.』

그때 들었던 내용은 대충 이런 느낌이었다. 신은 자신의 기억이 틀리지 않았다는 걸 확인했다.

아마 【THE NEW GATE】에 원래 존재하던 시스템 중 하나일 것이다.

"이것 참, 신과 함께 있으면 지루할 틈이 없겠군."

"동감이야."

히비네코와 섀도우는 뒤늦게 충격에서 벗어나 어이가 없다는 듯이 말했다.

"여러분, 오래간만이네요."

"슈냐 씨도 여전히 건강한 것 같아서 다행이야."

"나중에 신 군하고 재회할 때 어땠는지 들려줘."

가볍게 이야기를 나누는 그들을 보며 신은 문득 생각했다.

"저기, 슈니는 이분들이 이쪽에 와 있다는 걸 알고 있었던 거야?"

"네. 신의 친구 분들이라서 많은 이야기를 듣기도 했어요."

"그러면 좀 더 빨리 말해줬으면 좋았을 텐데. 아니, 지라트 일도 있고 어쩔 수 없었는지도 모르지만."

자신 외의 플레이어가 또 존재한다는 걸 알았다면 신의 행동도 달라졌을 것이다. 하지만 죽음이 가까워진 지라트를 만나러 가지 않을 수도 없었기에 슈니를 원망하는 건 아니었다.

"죄송해요. 숨기려는 건 아니었지만 말할 기회를 놓쳐서……."

"자, 자, 남자는 그런 사소한 일을 신경 쓰면 안 되는 거야. 그보다도 빨리 저쪽의 엘프 아이와 아기 여우를 소개해주지 않을래?"

슈니의 마음을 아는지 모르는지 홀리는 티에라와 유즈하의 소개를 부탁했다.

"알았어요. 슈니는 이미 알고 계실 테니까 생략하기로 하고 새끼 여우는 유즈하, 엘프는 티에라입니다."

"쿠우!"

"티에라 루센트라고 합니다."

유즈하가 기운차게 울었고 티에라는 공손하게 머리를 숙였다.

"그리고 여기 이마에 금이 간 것 같은 얼굴이 네코마타 씨. 우리는 히비네코 씨라고 부르고 있어. 저쪽은 하이 엘프인 홀리 씨고, 그 옆에 있는 건 하이 로드인 섀도우 씨야."

"이 몸은 네코마타다. 다들 히비네코라고 부르지."

"홀리라고 해. 잘 부탁할게, 티에라."

"섀도우다. 배가 고플 땐 우리 가게로 와."

그때 티에라가 자신의 발밑을 내려다보았다.

"제 파트너도 소개할게요. 카게로우, 이리 나와봐."

부름에 응한 강아지 모습의 카게로우가 티에라의 그림자에서 나타났다.

"이 아이가 카게로우예요. 지금은 작아 보이지만 원래 모습은 굉장히 커요."

"그루!"

티에라의 소개에 맞춰 카게로우가 힘차게 울었다.

"몬스터 종류는 그루파지오야."

"어?"

"뭐?!"

"뭐라고?!"

신이 덧붙인 내용을 들은 플레이어 세 사람은 경악하며 소리쳤다.

상급 플레이어도 방심할 수 없는 신수(神獸)가 미소녀 엘프에게 강아지처럼 안겨 있는 것도 놀라운데, 세 사람의 【애널라이즈】는 카게로우의 이름과 레벨을 확실하게 표시해주고 있었다.

"어머나, 어머나, 이런 귀여운 강아지가 그 그루파지오라고?"

"네. 몸 크기를 어느 정도 자유롭게 변경할 수 있는 것 같거든요."

"티에랴 씨는 선정자인 건가?"

"아니요. 신이나 스승님과는 다르게 저는 평범한 엘프인데요."

"선정자도 아닌데 그루파지오를 어떻게 길들인 거지?"

"자, 거기까지! 질문은 나중에 하도록 합시다!"

티에라에게 다가서는 홀리, 히비네코, 섀도우 앞을 신이 가로막았다. 가만 놔두면 티에라가 질문 공세에 시달릴 것이 뻔했기 때문이다.

홀리 혼자 질문 내용이 엉뚱한 건 그녀가 순수하기 때문일 것이다.

"갑자기 인원도 늘어났으니까, 일단 어디 앉아서 이야기를
하죠."

신이 말하자 섀도우와 홀리가 고개를 끄덕였다.

"그러면 우리 가게로 가지. 모처럼 재회했는데 실력 발휘
좀 해볼까."

"그래. 오늘은 휴점일이니까 잠깐 정도는 이야기를 할 수
있을 거야. 몬스터가 올 때까지는 아직 여유가 있는 거지?"

"……그러고 보니 아직 시간이 있네요. 지금은 두 분 말을
따르죠."

몬스터 무리가 바르멜에 도착하려면 빨라도 4, 5일 정도는
걸릴 것이다. 어느새 리온의 다급함이 신에게도 옮은 모양이
었다.

"모험가 소집, 군대 편성, 물자 조달까지. 준비하려면 시간
이 걸릴 테지만 그래도 오늘 정도는 괜찮겠지."

"자, 가자."

일행은 섀도우와 홀리를 따라 카페 『B&W』에 들어섰다. 이
쪽은 『냥다 랜드』와는 달리 차분한 분위기의 찻집이었다. 길
가에 면한 벽이 유리로 되어 있어 가게 안을 들여다볼 수 있
지만 지금은 커튼이 쳐져 있었다.

『Closed』라는 문패가 걸린 문을 열고 가게 안에 들어가자 이
번에도 신의 눈앞에 익숙한 광경이 펼쳐졌다. 흰색을 기조로

한 깔끔한 실내는 게임 시절과 조금도 다를 게 없었다. 그대로 옮겨 왔다고 해도 믿어질 정도였다.

"······잘도 여기까지 재현해내셨네요."

"내가 생각해도 참 잘 만든 것 같아. 하지만 이만큼 예전 그대로 만들 수 있었던 건 신 군, 아니 육천 멤버들 덕분이야."

"육천이오?"

조금도 짐작 가는 게 없는 신으로서는 고개를 갸웃거릴 수밖에 없었다.

"육천인 레드가 만든 『황금상회』라고 있었잖아. 신과 알고 지낸 덕분에 거기서 많은 도움을 받았거든."

"우리들만으로는 역시 이 정도까지 재현할 순 없었을 거야."

"『황금상회』인가요······. 그러고 보니 다른 녀석들의 서포트 캐릭터들은 지금쯤 뭘 하고 있으려나."

신은 새도우와 히비네코의 이야기를 듣고 나서야 다른 육천 멤버의 서포트 캐릭터들을 떠올렸다.

"슈니는 뭐 아는 거 없어?"

신은 의자에 앉으며 슈니에게 물어보았다.

"레드 님 부하인 베레트는 예전처럼 『황금상회』를 맡고 있고, 쿳쿠 님 부하인 케리토리와 자지는 레스토랑 『시우옥(時雨屋)』을 경영하고 있어요. 또 캐시미어 님의 부하인 비지와 카인 님의 부하인 래스터가 라슈감에서 아이템 정비와 몬스터

육성을 하고 있죠. 제가 아는 건 이 정도예요. 신에 대한 정보를 얻으면 바로 『황금상회』를 통해 공유하도록 되어 있으니까 베레트라면 이미 알고 있을 거예요."

"……슈니, 방금 라슈감이라고 했잖아. 거기도 아직 남아 있는 거야?"

슈니의 이야기가 끝나지 않았지만 신은 궁금함을 참지 못하고 물어보았다.

"네. 애초부터 하늘에 떠 있었으니까 천재지변의 영향도 받지 않았어요. 나름대로 넓은 곳이기도 해서 목장을 잃은 비지가 사육하던 몬스터들을 피난시킨 거예요. 그 때문인지 지금은 용의 둥지라고 불리죠."

"……뭐, 생겨난 유래를 생각하면 딱 어울리는 이름이긴 하네."

슈니가 말한 라슈감은 육천의 길드 하우스 중 한 곳이었다.

게임 시절에는 길드 하우스에 숫자 제한이 없었다. 그래서 중간 규모의 길드 하우스를 여러 개 소유한 길드와, 길드 하우스 한 곳을 중점적으로 발전시키는 길드로 나눌 수 있었다.

육천에서는 각자가 하나씩의 거점을 만들어 관리했다.

그리고 라슈감은 『은색의 소환사』 캐시미어가 담당하는 6번째 길드 하우스로 정식 명칭은 『6식(式) 천공성 라슈감』이었다. 한마디로 표현하면 하늘을 나는 성이었기에 동료들 사이에서는 『캐슬』이라 불리기도 했다.

"사육되는 몬스터의 절반이 용족이니까 둥지라는 말도 전혀 틀리진 않겠죠."

"그렇구나. 그러면 내『스튜디오』도 어딘가에 남아 있는 건가?"

『스튜디오』란 신이 담당하던『1식 괴공방 데미에덴』을 의미했다.

"찾아보긴 했지만 아직 발견하지 못했어요. 저희는 혼자서 길드 하우스로 전송될 수 없으니까요."

원래 길드 하우스는 플레이어 전용이었다. 플레이어와 함께라면 모를까, 서포트 캐릭터 혼자서는 전송 포인트를 사용할 수 없었다.

게임 내에서는 누구를 어디 배치한다고 메뉴에서 조작하는 것만으로 이동할 수 있었기 때문이다.

"『쉬라인』이라면 지금 교회의 총본산으로 쓰이고 있을 거야."

"교회의……?"

히비네코의 말에 신의 표정이 바뀌었다. 의뢰를 통해 알게 된 라시아나 지난번 골렘에게서 도망치던 신관 등 교회 관계자와 묘하게 엮여온 신의 입장에서 자신들의 길드 하우스를 멋대로 사용하고 있다는 게 약간 납득이 되지 않았다.

『쉬라인』은 별칭이었고 정식 명칭은『4식 수림전(樹林殿) 팔미락』이었다. 신전 양식으로 지어진 4번째 길드 하우스로『청색의 기술사(奇術士)」로 불리는 카인이 담당하던 시설이었다.

"히비네코 씨, 교회에서 건물의 시설을 얼마만큼 활용하고 있는지 아십니까?"

"적어도 중추 시설까지는 장악하지 못했을 거야. 방의 대부분이 봉인되어 있다고 들었는데."

"슈니는 뭐 아는 거 없어?"

"아니요. 저는 교회와 거리를 두고 있으니까요……."

전에 들은 것처럼 예전에 마찰이 있었던 탓에 교회의 총본산에 갈 일은 없다고 한다.

"그거라면 내가 알아."

히비네코와 슈니를 대신해서 홀리가 살짝 손을 들었다.

"내가 이 세계에 왔을 때 가장 가까이 있었던 곳이 교회 총본산이 있는 도시 『지그루스』였거든. 한동안 거기서 생활하면서 쉬라인에도 가볼 기회가 있었어."

그녀는 교회에서 봉사 활동을 하면서 알게 된 신관의 초대를 받았다고 한다.

홀리가 하이 엘프라는 상위 종족이고 인품도 좋았기에 전도와 함께 시설에 대한 설명을 해준 것이다.

"직접 들은 이야기나 견학하면서 본 것들을 종합해보면 건물 자체가 신성시되는 것 같았어. 문이나 홀처럼 아무나 들어갈 수 있는 부분만 사용되었을 거야."

'물론 그게 전부는 아닐 테지만'이라고 덧붙이며 홀리는 새도우가 내온 커피를 마셨다.

"천재지변의 영향이 어느 정도인지는 모르지만, 홀리 씨의 이야기가 맞는다면 쉬라인의 기능이 정지되지는 않은 것 같네요."

"왜 그런지 물어봐도 되나?"

"일부 플레이어 사이에선 유명한 이야기였으니까 상관없어요. 카인이 만든 건물은 코어를 사용해서 시설 내의 기능을 유지하는데, 그 코어가 파괴되거나 기능이 정지해버리면 건물도 붕괴되도록 만들어져 있거든요."

히비네코의 질문에 신은 뜸을 들이지도 않고 바로 대답해 주었다.

카인은 '현실에선 이런 걸 못 만드니까【THE NEW GATE】에서 만들기로 했다!'고 말했다. 건축가의 재능이 이상한 방향으로 발현된 셈이다.

외부의 공격을 당했을 때 적과 함께 쉬라인을 붕괴시키고 싶었던 모양이다. 결국 그럴 기회가 찾아오진 않았지만 말이다.

"그러니까 건물이 무사한 걸 보면 일단 코어는 살아 있는 거겠죠. 중요 시설은 육천 멤버와 서포트 캐릭터만 사용할 수 있으니까 잠겨 있는 걸 거고요. 아마 홀리 씨가 말한 것처럼 아무나 사용할 수 있는 부분만 활용되고 있을 거예요……. 특수한 아이템을 팔고 있다거나 하진 않았겠죠?"

만약 모든 시설을 사용할 수 있다면 이쪽 세계의 상식을 뒤엎는 일이 얼마든지 가능해진다.

"응, 나도 조금 조사해봤지만 특별히 이상한 물건을 팔고 있지는 않았어. 이쪽 세계에서도 흔히 볼 수 있는 포션과 해독약 정도였고."

"그러면 제 추측이 맞을 것 같네요."

"애초에 육천의 길드 하우스를 이쪽 세계 사람들이 어떻게 할 수 있을 리가 없지 않나."

요리를 가져온 섀도우가 불쑥 꺼낸 말에 그 자리에 있던 모두가 쓴웃음을 지었다.

모르고 건드리다가 우연히 작동되는 장치도 아니었다. 플레이어에게도 어려운 일이 이쪽 세계 사람들에게 가능할 리는 없었다.

"음식도 나왔으니까 식사부터 하자."

"슈니 씨 정도는 못 되지만 실력 발휘를 해봤어."

테이블에 놓인 음식을 보며 신은 군침을 삼켰다. 카르키아를 나온 뒤로 사흘 동안은 평범한 여행자들처럼 소박한 식사밖에 하지 못했던 것이다. 카드화한 요리가 있긴 했지만 리온 앞에서는 꺼낼 수가 없었다.

"그럼 잘 먹겠습―."

"다녀왔습니다~!"

이제 막 음식을 먹으려던 찰나에 가게 문이 벌컥 열렸다.

힘찬 목소리와 함께 들어온 건 15세 정도 되어 보이는 엘프 소녀였다. 하얀 머리카락과 검은 눈동자, 가늘고 긴 귀, 주름 하나 없는 하얀 피부까지 【THE NEW GATE】에 등장하는 일반적인 엘프의 특징을 갖추고 있었다.

　"어라? 손님이야?"

　엘프 소녀는 마침 양 손바닥을 맞대고 있던 신 일행을 보며 고개를 갸웃거렸다. 머리 뒤로 묶은 백발이 강아지 꼬리처럼 흔들렸다.

　"어머, 빨리 왔구나."

　"엄마, 오늘은 가게 휴일 아니었어?"

　"내 친구들이란다. 오랜만에 만나서 함께 식사를 하기로 했어. 여기 있는 남자아이가 신. 옆에 있는 엘프 아이가 티에라란다."

　슈니를 소개하지 않는 걸 보면 이미 서로 아는 사이인 것 같았다.

　"이 아이는 우리 딸인 카에데야."

　"카에데 쿠로사와입니다. 앞으로 잘 부탁드려요!"

　카에데는 싹싹한 말투로 자기소개를 했다. 밝은 기운 같은 것이 온몸에서 뿜어져 나오는 듯했다.

　"난 신이라고 해. 홀리 씨와 섀도우 씨와는 친한 사이지."

　"티에라 루센트야. 잘 부탁해."

　기운 넘치는 카에데를 보며 신과 티에라의 입에도 자연스레 미소가 맺혔다.

홀리와는 또 다른 방법으로 주위 분위기를 밝게 만드는 성격 같았다.

"슈니 씨도 오랜만이에요."

"네. 그동안 키는 좀 컸나요?"

"아니요. 키는 별로 안 컸어요. 슈니 씨가 부러워요."

그렇게 말하는 카에데의 시선은 슈니의 가슴 쪽을 향하고 있었다. 동성끼리도 역시 의식하게 되는 모양이었다. 카에데가 평균치보다 작기 때문은 분명 아닐 것이다.

"아직 성장기니까 앞으로 더 클 거예요."

"그러면 좋겠지만요."

그런 대화를 나눈 뒤에 카에데도 합석해서 식사를 하게 되었다.

"그러고 보니 성이 쿠로사와네요."

"캐릭터 이름만으로는 밋밋하잖아."

"미토미로 지어도 괜찮았을 텐데."

"됐어."

홀리는 섀도우의 말을 즉시 물리쳤다.

쿠로사와와 미토미는 각각 섀도우와 홀리의 실제 성씨였다. 본명을 써도 될 테지만 이쪽 세계에서는 【애널라이즈】를 통해 캐릭터명이 표시되기 때문에 직접 이름을 밝힐 때만 쿠로사와라는 성을 붙인다고 한다.

식사가 끝나자 카에데는 자기 방에 들어갔고 나머지 일행도 『범람』에 대비하기 위한 준비를 시작하기로 했다.

무기의 업그레이드는 밤에 할 예정이었기에 그 외의 작업으로 시작했다.

"난 일단 『황금상회』에 가보려고. 슈니는 영주와 길드 마스터에게 가서 네가 참전한다고 말해줘. 슈니가 있다는 걸 알게 되면 병사들의 사기도 오를 테고 주민들도 안심할 거야."

"알겠습니다. 그 뒤에는 어떻게 하시려고요?"

"모험가가 어떤 식으로 움직여야 하는지 길드에 물어보러 갈 거야. 하는 김에 과거 자료 같은 게 있으면 그것도 찾아보려고."

신은 『범람』이 발생했을 때 모험가가 어떤 역할을 맡는지 알지 못했다. 하지만 아마 유사시의 예비 병력이나 유격대의 역할일 거라는 생각은 들었다. 군대처럼 조직적인 움직임은 기대할 수 없기 때문에 전혀 틀린 예상은 아닐 것이다. 물론 선정자의 역할은 다를 수도 있겠지만 정확히 알아둬서 나쁠 건 없었다.

"여러분은 어떻게 하실 건가요?"

"우리에게는 물자를 카드화하는 역할이 있지. 사용할 기회가 오지 않길 바라지만 말이야."

"물자라고 해봐야 성벽 위에서 떨어뜨릴 바위나 기름 같은 거지만."

"아아, 그렇군요."

성벽 위에서 무언가를 떨어뜨려 공격한다는 것 자체가 야전에서 패배하거나 불리한 상황에 놓여 성내로 퇴각한다는 것을 의미했다. 그럴 일이 발생하지 않는 경우가 가장 좋을 테지만, 그렇다고 아무 대책도 세워두지 않을 수는 없었다.

다만 이미 꽤 많이 저장해두었기 때문에 그리 많은 시간은 걸리지 않는다고 한다.

"지금까지 그런 걸 사용한 적이 있었나요?"

"과거에 한 번 매우 격렬한 전투가 있었다고 들었어. 무리의 숫자가 너무 많아서 미처 막아내지 못했다더군."

"이번하고 비슷한 경우군요."

"그런 셈이지. 뭐, 이번은 그 정도로 밀리지는 않을 테지만 말이지."

히비네코가 쓴웃음을 지으며 말하자 다른 사람들도 동의했다. 신, 히비네코 같은 플레이어와 슈니, 그리고 그루파지오 같은 신수들까지 있었다. 지는 게 더 어렵다고 할 수 있었다.

"그러고 보니 다음 집합 시간 같은 걸 정해두는 게 좋을까요?"

"아니, 앞으로는 각자 따로 행동해도 괜찮을 거야. 길드에서 특별한 호출이 있을 때는 길드 카드가 마력을 발산하니까 그때는 길드로 가면 될 거고."

히비네코가 말한 건 긴급 사태임을 전달하는 알림 기능이었다.

"긴급한 용건이 있을 때는 메시지 카드를 쓰도록 하지. 신도 갖고 있지?"

"네, 좋습니다."

플레이어인 새도우와 히비네코는 신처럼 메시지 카드의 유용함을 알고 있는 것 같았다.

"티에라는 어떻게 할래?"

"나도 뭔가 할 수 있는 일이 있으면 도우려고. 무기도 잘 손질해둬야 하려나."

"숙소 잡는 일을 부탁해도 될까?"

"알았어. 내가 가장 한가할 테니까."

각자 해야 할 일을 확인한 뒤 모두들 행동에 나섰다.

†

신은 히비네코에게 황금상회 지부가 어디 있는지 물은 뒤 바로 그곳으로 향했다.

가르쳐준 대로 길을 나아가자 꽤나 화려한 간판이 눈에 띄었다.

"이렇게 알아보기 쉬울 줄이야."

테두리가 금색으로 칠해진 까만 간판에 금색 글씨로 『황금상회』라고 적혀 있었다. 글씨 부분이 꽤나 반짝거렸기에 어디

서든 눈에 띌 수밖에 없었다. 눈이 부실 정도였으니까 말이다.

신의 머리 위에 있던 유즈하도 눈을 질끈 감으며 고개를 돌렸다.

'눈이 따가워~.'

'나도 계속 보고 있으면 눈이 아파지는데— 응?'

그때 가게 옆에서 상품이 들어간 상자를 마차에 황급히 싣는 모습이 보였다.

아마 모험가 길드의 연락을 받고 물자 운송 준비를 하고 있는 것이리라.

신은 마차 옆에서 지시를 내리고 있는 인물을 유심히 바라보았다.

금색 자수가 들어간 로브를 걸친 상인은 신에게 매우 낯익은 얼굴이었다.

"—와 루인은 이것들을 항구로 옮기고, 도착한 뒤에는 지시한 대로 행동해주세요. 잘 부탁합니다."

신이 다가가자 마침 지시가 끝났는지 그의 시선도 신 쪽을 향했다.

이미 신의 눈에는 【애널라이즈】를 통해 밝혀진 정보가 표시되고 있었다.

이름은 베레트 킬마르. 레벨은 255였다.

통통한 체형과 애교 있는 미소를 보면 상인보다도 맛집 리

포터가 어울릴 것 같았다. 겉모습만으로는 알아보기 힘들지만 그의 종족이 하이 엘프라는 것을 신은 알고 있었다.

메인 직업은 상인이지만 암흑기사를 서브 직업으로 둔 특이한 캐릭터였다.

"실례합니다. 잠깐 물어보고 싶은 게 있는데요."

"네, 무슨……!! 아, 이거 참 오래간만입니다."

베레트는 신에게 대답하다 말고 잠시 움직임을 멈추었다. 하지만 황금상회의 부지배인답게 바로 표정을 미소로 바꾸며 신에게 고개를 숙였다.

"다시 뵙게 될 날을 얼마나 기다렸는지 모릅니다. 자, 이런 곳에서는 느긋하게 이야기할 수도 없을 테니 이쪽으로 오시죠. 일행 분도 함께요."

"아, 네, 알겠습니다."

"쿠우!"

신은 이쪽 세계에서 그를 처음 보는 만큼 말이 편하게 나오지 않았지만, 베레트는 공손한 태도를 유지하며 신을 응접실로 안내했다.

응접실 안은 밖의 간판처럼 화려하진 않았고 가구들이 조화롭게 배치되어 있었다.

두 사람이 안에 들어오자 바로 누군가가 문을 노크했다.

"실례합니다. 마실 것을 가져왔습니다."

"들어와."

베레트의 말을 듣고 직원 같은 옷을 입은 여성이 들어왔다.

【애널라이즈】로 본 그녀의 이름은 퓨리였다. 가느다란 귀를 보면 엘프이거나 하이 엘프일 것이다.

퓨리는 왜건에 싣고 온 다과를 테이블에 올려놓고는 조용히 밖으로 나갔다.

"육천 여러분의 눈에는 싸구려 차로 보이겠군요."

"아니요. 그렇지 않습니다."

신은 그렇게 말하며 컵을 들었다. 불그스름한 액체를 마시자 희미한 단맛과 떫은맛이 입안을 가득 채웠다.

"맛있네요."

"이 근처에서 나는 최고급 찻잎을 사용했습니다. 마음에 드신 것 같아 다행이군요. 신 님, 그런 것보다도 저 따위에게 말씀을 높이실 필요는 없습니다. 주변 사람들에게 위엄이 서지 않으니까요."

"……뭐, 그러는 게 편하긴 하지만."

"그러면 앞으로도 편하게 말씀하십시오. 육천 분들이 존댓말을 쓰면 저희 중 누구도 마음이 편하지 않을 겁니다."

베레트는 주인과 종자의 위치를 철저히 구분하는 것 같았다. 신과 레드의 상반된 성격이 서포트 캐릭터에게 그대로 반영됐는지도 모른다.

"그래서 오늘은 어떤 용건으로 오셨습니까?"

"아아, 나를 제외한 육천 멤버의 서포트 캐릭터들이 지금 어떻게 지내는지 알고 싶거든. 슈니는 시우옥하고 비지, 라스터에 대해서만 알고 있었어."

"알겠습니다. 하지만 저 역시 방금 말씀하신 녀석들 외에는 파악하지 못하고 있습니다. 옥시젠과 하이드로는 『가든』에 있을 테지만 현재는 위험 지역으로 분류되는 곳입니다. 확인하고 싶어도 저희로서는 접근하기 힘듭니다. 『스튜디오』, 『쉽』, 『베이스』는 행방불명이고요. 현재 위치가 파악된 『쉬라인』과 『캐슬』 중에서 우리가 확보하고 있는 건 『캐슬』뿐입니다."

길드 하우스는 나름대로 규모가 컸다. 그런 건물을 찾아내지 못하는 걸 보면 땅속에 묻혀 있거나 바다에 가라앉은 것인지도 몰랐다.

"그렇군. 『스튜디오』는 내가 찾아볼게. 그런데 『가든』이 위험하다는 건 무슨 소리야?"

"『가든』 주변에 유해한 가스가 발생하고 있습니다. 상태 이상 레벨은 Ⅷ 이상, 중심부는 최대 Ⅹ인걸로 예상됩니다. 전투력과 저항력을 생각해봤을 때 슈니라면 돌파할 수도 있겠지만 오랫동안 머물지는 못할 겁니다. 물론 신 님처럼 하이휴먼의 저항력을 갖고 있다면 이야기가 달라집니다만……."

그곳에 발생한 가스는 상당히 강력한 효과를 갖고 있는 모양이었다. 베레트의 이야기가 사실이라면 분명 신만이 돌파할 수 있을 것이다.

"내부에는 식량 생산 시설도 있으니 최소한 굶어 죽지는 않앗을 겁니다. ……별로 도움이 되어드리지 못해 죄송합니다."

"아니, 『가든』에 대해 알려준 것만으로도 충분해."

『가든』은 원래 다른 길드와 싸울 때를 대비한 함정이 곳곳에 설치되어 있었다. 어쩌면 그것이 오작동한 것인지도 모른다. 건물 내부는 철저히 차단되어 있기 때문에 가스의 피해를 입을 가능성은 없었다.

신은 『가든』의 정확한 위치를 물어보고 메모해두었다.

"이것저것 물어보길 잘한 것 같아. 또 뭔가 알아낸 게 있으면 메시지 카드를 보내줘."

"알겠습니다. 더 조사해보지요."

"부탁할게. 그런데 여기에 자주 오는 거야? 나도 오자마자 만날 수 있을 줄은 몰랐거든."

"마침 바르멜에 올 일이 있었습니다. 방금 전에는 『범람』이 발생했다는 상인 길드의 연락을 받고 대응하기 위한 지시를 내리던 참이었습니다."

매년 이 시기에는 바다에서 귀중한 물고기가 잡히기 때문에 언제나 직접 감독하러 오는 모양이었다. 본점에서 서류만 보고 있으면 상인으로서의 감이 떨어진다고 한다.

"그리고 오는 김에 슈니에게 부탁받은 일도 있고 해서 말이죠."

"부탁받은 일?"

"네. 이건 신 님에게도 말씀드려야겠군요."

베레트는 그렇게 말하며 테이블 끝에 놓인 벨을 울렸다. 그러자 1분도 지나지 않아 문을 노크하는 소리가 났다.

"실례하겠습니다. 찾으셨습니까?"

응접실에 들어온 사람은 방금 전 다과를 내온 퓨리였다.

"그걸 가져와줘."

"알겠습니다."

퓨리는 베레트의 말에 바로 대답하며 밖으로 나갔다. 구체적으로 무엇을 가져오라고 하지는 않았지만 손발이 척척 맞는 두 사람을 보면 걱정할 필요는 없을 것 같았다.

몇 분 뒤, 퓨리가 다시 문을 노크하며 응접실에 들어왔다. 그녀는 손에 작은 봉투를 들고 있었다.

"고마워. 그만 가봐."

베레트는 퓨리를 보낸 뒤 봉투를 열어 안의 내용물을 신에게 내밀었다.

"이건 이쪽 세계에 넘어온 플레이어 분들의 목록입니다."

"뭐라고?"

플레이어라는 말을 듣고 신의 표정이 바뀌었다.

신은 베레트에게서 받아 든 리스트를 바로 읽어 내려갔다.

"……이게 전부인 거야?"

리스트를 확인한 신은 조금 당혹스러운 얼굴로 베레트에게 물었다.

"당연한 질문이십니다. 솔직히 말씀드리면 저희들도 당황스럽습니다. 플레이어 분들 중에서 데스 게임이라 불린 사건을 통해 사망한 경우는 100~200명 수준이 아닙니다. 이쪽에 와 있는 플레이어는 그중 극히 일부분에 지나지 않지요. 물론 아직 확인되지 않은 인원이 있을 수도 있지만 말입니다."

종이에는 전부 신이 기억하는 이름이 적혀 있었다. 게임 시절의 플레이어들이 이곳에 존재한다는 것만으로도 놀라운데 마치 누군가가 조작한 듯한 이 리스트는 또 뭐란 말인가.

이 리스트가 전부는 아닐 거라고 베레트는 말했지만 신은 마음의 동요를 감추지 못했다.

"그리고 이것도 확인해주십시오."

심각한 표정을 짓는 신에게 베레트가 종이 한 장을 더 내밀었다. 거기 적힌 이름들은 첫 번째 종이보다 적었고 몇몇 이름에는 가로줄이 쳐져 있었다.

"이건 또 뭐지?"

"플레이어 분들이 PK라 부르는 사람들의 리스트입니다. 현재도 계속 조사 중입니다."

"PK라고?!"

신은 놀라면서 리스트를 확인했다. 그곳에는 하멜른을 필두로 신이 아는 이름들이 몇 명이나 포함되어 있었다.

'신, 피케이가 뭐야?'

'……사람 죽이는 걸 즐기는 녀석들이라는 뜻이야.'

유즈하의 질문에 신은 짧게 대답했다. 그의 목소리는 어딘지 모르게 무미건조했다. 염화에서도 음성을 바꿀 수 있는 것 같았다.

유즈하는 신의 태도가 심상치 않음을 느꼈는지 '쿠우……' 하고 울며 입을 다물었다.

"이것도 독자적으로 조사하고 있었던 건가?"

"네. 실은 처음 플레이어를 발견했을 때 가장 먼저 PK를 찾아야 한다고 주장한 건 슈니였습니다."

"슈니가?"

신은 그렇게 되물으면서도 베레트의 말에 납득이 갔다.

슈니는 말할 기회를 놓쳤다고 변명했지만 플레이어의 존재나 PK 같은 중요한 내용의 보고를 누락할 만큼 무능하지 않았다. 그리고 말할 기회라면 얼마든지 있었을 것이다.

역시 무언가가 있는 게 분명했다.

"아무래도 슈니는 이 사실을 신 님에게 알리지 않았던 모양이군요."

"그래, 죽은 플레이어가 살아 있다는 것도 이번에 우연히 알았어."

그러자 베레트는 미소를 거두었다.

"……같은 육천의 부하로서 말하자면 그건 명백한 배신행위입니다. 자신의 주인에게 중요한 정보를 의도적으로 알리지 않는 건 절대 있어서는 안 되는 일이죠. 아무리 신 님의 부하라 해도 처벌하지 않을 수는 없겠지요."

베레트는 엄격한 말투로 말했다.

그러자 곤란해지는 건 신이었다. 슈니가 무언가를 숨기고 있다는 건 알고 있었지만 그것을 다른 육천 부하들이 어떻게 생각할지에 대해서는 생각이 미치지 못했던 것이다.

"신 님은 어떻게 생각하십니까?"

"……슈니가 아무 이유도 없이 그러지는 않았을 거야."

어차피 언젠가는 들키게 될 일이었다. 하멜른 같은 지명수배범의 경우는 길드에 몽타주가 붙어 있어도 이상할 게 없었다. 슈니가 알려주지 않아도 머지않아 알게 되었을 것이다.

신이 자신의 생각을 말하자 베레트는 슈니를 처벌해야 한다고 할 때와는 전혀 다른 태도로 진지한 표정을 지었다.

"확실히 슈니의 성격을 생각해보면 정보를 은폐하고 신 님을 기만하려는 생각을 하진 않을 테죠."

베레트도 그 부분에 대해서는 이견이 없는 듯했다.

"……저기, 베레트. 너 뭔가 알고 있는 거지?"

베레트의 태도에서 무언가를 느낀 신은 단도직입적으로 물었다. 그러자 베레트는 별다른 표정 변화 없이 고개만 끄덕거렸다.

"네, 알고 있습니다."

"사정을 알면서도 처벌하라고 한 거야?"

"육천의 부하라면 그렇게 말해야 한다고 생각합니다."

"그러면 네 개인적인 생각은 어떤데?"

"어느 정도 이해가 가긴 합니다."

결국 보는 시각에 따라 달라진다는 의미 같았다. 적어도 전혀 공감할 수 없는 이유에서 나온 행동은 아닌 셈이었다.

"저도 슈니와 같은 입장이었다면 똑같이 행동하지 않았을 거라고 단언할 수 없으니까요."

"동료에게 부하로서 실격이라는 말을 듣게 되더라도 말인가?"

"오히려 직속 부하이기 때문에 그렇다고 해야겠지요. 신님. 지금 들고 계신 리스트 중에서 밑줄이 쳐진 인물들이 기억나지 않으십니까?"

신은 다시 밑줄이 쳐진 이름을 바라보았다.

카게마루(影丸).

제이 손.

테후론.

그 밖의 이름들도 신은 기억이 났다.

"한때 신 님이 『사신』이라 불리던 때를 기억하십니까?"

"사람들이 나를 그런 식으로 불렀다는 걸 알게 된 건 한참 뒤지만 말이지……. 아아, 그렇군. 이 녀석들은……."

신은 당시를 떠올리다 어떤 사실을 알아챘다.

"내가 직접 죽인 녀석들인 건가?"

기억이 희미하긴 했지만 그들은 모두 신과 적대한 PK, 혹은 PK 길드의 일원이었다.

"실례되는 말이라는 건 알지만 그때의 신 님은 평소와 전혀 다른 사람처럼 보였습니다."

당시의 신은 엄청나게 살벌한 모습이었다고 한다. 만약 지금처럼 서포트 캐릭터에게 자아가 있었다면 다들 무서워서 도망쳤을 거라고 베레트는 말했다.

"슈니는 신 님이 그렇게 변한 이유를 알고 있습니다. 게다가 신 님과 가장 가까이에 있었으면서 아무 일도 하지 못했다는 것을 지금도 후회하고 있을 겁니다."

"그건……."

어쩔 수 없는 일이다.

그렇게 말해버리면 간단하지만, 당사자에게는 도저히 떨쳐낼 수 없는 일인지도 모른다.

"슈니는 그자들과 신 님이 만나면 그때처럼 다른 사람이 되어버릴까 봐 두려워하고 있는 겁니다. 그래서 신 님에게는 아무것도 알리지 않고 혼자 처리하려고 한 거겠죠."

베레트는 차를 마시며 잠시 말을 멈추었다.

"……제가 보기에도 신 님에 대한 슈니의 마음을 충성심이라는 한마디로 정의하기는 힘듭니다. 변하신 모습이 어땠는지 알고 있는 탓에 그 원인이 된 자들을 가만 놔둘 수 없었던 걸 테죠. 그리고 그 사실을 신 님에게 털어놓지도 못했을 테고요."

"그때의 나……. 뭐, 내가 말하기도 뭣하지만 그냥 위험한 수준이 아니었지."

슈니가 신을 끌어들이지 않으려 한 것도 이유를 들으니 이해할 수 있었다.

당시의 신은 게임 클리어보다 PK를 쓰러뜨리는 것— 아니, 죽이는 것만 생각하고 있었다.

윤리나 금기 같은 것은 전혀 생각하지 않았고, 조금의 주저함도 없이 적을 베어 죽였다.

"플레이어 중에도 당시의 신 님과 함께 행동했던 분이 계셨죠."

그렇다. 신은 PKK(플레이어 킬러 · 킬러)—즉, PK를 죽이는 PK 중 한 명이었지만 모든 일을 혼자 해치운 것은 아니었다.

바르멜에서 재회한 섀도우 역시 신에게 협력하던 사람 중 한 명이었다.

복수하고 싶어도 힘이 없는 사람이나 힘이 있어도 정보가 부족한 사람 등 PK에 원한을 가진 많은 사람들이 혈안이 되어 PK 살해에 협력해주었다.

게임 내에서는 범죄자를 체포하는 경찰은 물론이고 심판할 수 있는 법이나 시스템도 없었다. 그렇기에 일부 피해자들은 가혹할 만큼의 보복 행동에 나섰다.

그들의 폭주를 막으려는 사람들의 목소리는 누구의 귀에도 들어오지 않았다.

"그렇단…… 말이군."

그런 이유가 있다면 플레이어와 PK에 대해 적극적으로 알리려 하지 않은 것도 납득할 수 있었다. 신은 슈니를 처벌하고 싶은 마음이 들지 않았다.

"원래는 슈니가 직접 말해야 하는 일이지만 워낙 특수한 상황인 만큼 제가 말씀드렸습니다."

"너 말이야, 처음부터 이 말을 하려고 한 것이군."

"글쎄요. 무슨 말씀이신지."

베레트는 싱글거리는 얼굴로 얼버무렸다. 하지만 신은 그 미소가 왠지 모르게 수상쩍어 보였다.

"내가 그런 이야기를 들으면 슈니를 어쩌지 못한다는 걸 알고 있는 거로군."

"신 님은 부하들을 소중히 여기시는 걸로 유명했으니까요. 슈니는 그중에서도 최고참이고요."

"크흑, 네가 웃는 게 왠지 얄미워."

베레트는 계속 붙임성 좋은 미소를 띠고 있었지만 자기는 전부 알고 있다는 식의 태도가 밉살맞긴 했다.

"그만큼 신 님이 사랑받고 있다는 거겠죠."

"뭐라는 거야."

신은 무뚝뚝하게 대답했다.

"그건 그렇고 이번 『범람』에 신 님도 관여하실 겁니까?"

"응? 아아, 당연히 개입할 건데."

갑자기 화제를 바꾼 베레트는 잠깐 생각하는 시늉을 했다.

"그러시다면 모든 몬스터를 해치우지 마시고 일부를 군에 맡겨주실 수 있겠습니까?"

잠시 침묵하던 베레트는 그런 말을 꺼냈다. 신이 개입하면 적이 금방 섬멸된다는 걸 알고 있기에 나온 말이었다.

"이유가 뭔데?"

"좋은 군사 훈련이 되니까요. 규모가 적은 『범람』은 병사들의 레벨업에 유용하거든요."

신은 자칫 잘못하면 바르멜이 위험할 수도 있다고 생각했지만 상급 선정자들이 대기하고 있기 때문에 그런 일은 벌어지진 않는다고 한다.

"극한의 레벨업이로군."

"신수 미스트 가루다의 영역인 멜트 산맥에는 『범람』 때도 몬스터 무리가 들어가지 못합니다. 그래서 바르멜은 지리적으로 성지와 각국 사이에 놓인 중요한 방어 거점이 될 수밖에 없지요. 하지만 최근에는 훈련이 될 만한 『범람』이 없었기 때문에 병사들의 수준이 떨어지고 있습니다. 전투의 주역은 선정자지만 전장의 대부분을 채우는 건 일반 병사들입니다. 그러니 전체적인 전력이 상승돼서 나쁠 것은 없습니다. 모처럼의 기회니까 잘 활용해야겠지요. 슈니도 여기에 와 있습니까?"

"그래. 지금쯤 영주를 만나고 있을 거야."

"그러면 슈니에게도 전달해주십시오. 세부적인 사전 준비는 제가 맡지요."

"길드나 군에 손을 써두려고?"

"저는 『황금상회』의 부지배인이니까요. 그리고 신 님이 계시다면 위험한 상황이 올 리도 없고요."

베레트는 길드와 군의 상층부에 연줄이 있는 모양이었다. 신이 알기로 『황금상회』는 상당한 규모였기 때문에 별로 놀랄 만한 일도 아니었다.

"일개 상회에서 독단적으로 그런 판단을 내려도 되는 거야?"

"상인이 왕보다도 강한 힘을 발휘할 때도 있지요. 『황금상회』는 흔한 상회들과 격이 다른 만큼, 제 생각 역시 일개 상인의 판단으로 치부되지는 않습니다. 무엇보다 저 역시 방어전에 참가해본 경험이 있고요. 평화로운 날들이 너무 오래 이어지다 보면 사람들이 해이해지는 법입니다. 그리고 바르멜에는 그만큼 치명적인 일도 없지요. 다행히 군을 지휘하는 분과는 친분이 있어서 슈니가 이곳에 와 있다는 걸 알리면 나머지는 별로 어렵지 않을 겁니다. ─여기가 함락되면 상품 유통에도 지장이 생기거든요."

"이봐, 방금 본심이 나온 것 같은데."

그럴듯한 이야기를 하나 싶더니 결국은 그것이 목적이었다.

어떻게 보면 상인답다고도 할 수 있는 베레트를 보며 신은 맥이 빠졌다.

"『범람』뒤에는 제작 재료가 대량으로 유통되니까 말이죠. 싸게 사들일 수 있는 좋은 기회입니다."

"바르멜의 안전이 확보된 것 같아서 안심했더니만……."

숲과 함께 살아가는 엘프의 모습은 대체 어디로 사라진 걸까. 신은 베레트가 돈에 환장하는 성격으로 설정된 캐릭터라는 것을 새삼스레 떠올렸다.

"이익이 된다면 어디든 찾아가는 게 상인이지요. 생각해보면 플레이어 분들께도 여러 가지 참신한 발상을 배우곤 했습니다. 그것들을 현실에 적용하고 있는 요즘은 매상이 엄청나게 오르고 있지요."

"호오, 구체적으로 어떤 게 있는데?"

"주력 상품으로 『화장실 변기』가 있지요. 내부 형태와 물의 흐름을 재현하는 건 쉽지 않았습니다. 아직도 『비대』라는 기능까지는 재현하지 못했지만, 언젠가 꼭 실현할 생각입니다."

"이름이 살짝 틀렸는데. 그건 그렇고 그게 너희 상회에서 만들어낸 물건이었을 줄이야."

이쪽 세계에 와서 놀란 적이 많았지만 가장 의외인 건 화장실이었다. 현실 세계의 모습과 상당히 가깝다 싶었는데 아무래도 실물을 모델로 만들어진 모양이었다.

"그러고 보니 달의 사당에도 있던데. 아무렇지 않게 쓰다 보니까 깜빡하고 있었어."

집에 화장실이 있는 것은 원래 현실에서라면 당연한 일이었다.

그리고 이 세계는 게임과 꼭 닮아 있긴 해도 분명한 현실이었다.

그래서일까. 신은 달의 사당에서 아무렇지 않게 볼일을 보는 상황에 대해 조금의 위화감도 느끼지 못했다.

"아니, 대체 어느 틈에 달아놓은 거야? 이제 와서 물어보는 것도 우습지만 달의 사당에는 원래 그런 것이 없었잖아."

"슈니에게 허가를 받았습니다. 실제로 생활하려면 꼭 필요한 물건이니까요."

"그야 그렇긴 하지. 내가 묵었던 여관에도 있던데 이미 많이 보급되었나 보네."

"한 집에 하나까지는 아니어도 나름대로 큰 여관이라면 거의 설치되어 있다고 할 수 있겠죠. 최고의 단골은 왕족과 귀족 분들입니다. 그분들은 아주 사소한 일에도 허세를 부리니까 말이죠. 저희 변기는 실용성도 높기 때문에 옵션 비용으로 상당한 액수를 벌어들이고 있습니다."

특별 주문한 변기 같은 것도 판매하고 있다고 한다. 역시 대단한 상인 정신이었다.

"그걸 한번 써보고 나면 다시는 예전 생활로 돌아갈 수 없으니까 말이죠."

"우와, 엄청 음흉하게 웃네."

누가 들으면 위험한 약이라도 파는 걸로 오해하기 딱 좋았다. 『화장실 변기』가 발명되기 전에는 그 정도로 심한 상황이었던 걸까.

"다른 멤버 부하들도 이렇게 특이하게 변했으려나……."

신은 베레트를 보며 약간 걱정스러운 마음이 들었다.

†

"그럼 잘 부탁해."

"마음 놓고 맡겨주십시오. 또 이용해주실 때까지 기다리고 있겠습니다."

신은 깔끔하게 허리를 숙이는 베레트에게서 몸을 돌리며 길드로 향했다. 슈니에게는 이미 베레트에게 협력하라는 연락과 함께 몇 가지 부탁을 해두었다.

미니맵을 보며 길드에 도착하자 그곳에는 이미 많은 모험가들이 모여 있었다.

즉석에서 파티를 구하는 사람부터 정보 수집에 여념이 없는 사람, 길드에 맡겨둔 돈을 인출해 무기를 손질하러 가는 사람까지 다양한 모습을 볼 수 있었다.

주변 모험가들은 머리 위에 새끼 여우를 얹어놓은 신을 보며 잠시 움직임을 멈추었지만 이내 흥미를 잃고 하던 일에 열중하기 시작했다. 그들을 본 신은 모험가들에게도 『범람』 발생이 전달되었음을 알았다.

"실례합니다. 물어볼 게 있는데요."

"무슨 일이신가요?"

신은 사람이 적어진 타이밍을 노려 접수 데스크에 다가갔다. 그곳에는 지난번 길드 마스터를 만나게 해준 엘리자가 서 있었다.

안경의 직사각형 렌즈 안쪽에서 옅은 청색의 눈동자가 신을 바라보고 있었다. 그녀는 프로답게 유즈하에게는 눈길도 주지 않았다.

"과거의『범람』에 대한 기록 같은 게 있을까요?"

"과거의 기록…… 말씀이신가요?"

"네. 저는 이번이 처음이라 여러모로 정보 수집을 해두려고요. 그리고 모험가가『범람』때 어떤 역할을 맡는지 물어봐도 될까요?"

기록을 조사하는 사람은 거의 없었는지 자료실 안에서만 열람하는 조건으로 금방 허가를 받을 수 있었다.

신은 엘리자의 안내를 받아 길드 건물 안쪽으로 나아갔다. 유즈하는 신의 계약수였기에 함께해도 된다고 한다.

"방금 전에 모험가의 역할에 대해 물어보셨죠."

"네. 저는 유격대나 군의 예비 병력으로 취급될 거라고 생각했거든요."

걸어가면서 설명해주려는 엘리자에게 신은 자기가 예상한

바를 이야기했다.

"그렇게 생각하셔도 무방합니다. 모험가들에게 군대처럼 조직적인 행동을 기대할 수는 없으니까요. 여러 파티가 함께 움직이는 정도는 가능할 테지만, 군대와는 비교할 수 없지요. 그래서 돌출된 적의 집단이나 잔당을 토벌하는 것이 주된 임무입니다."

"뭐, 그게 맞겠죠."

모험가 파티는 여섯 명이 기본이었다. 하지만 반드시 여섯 명을 채울 필요는 없었다.

2인조나 3인조 같은 변칙 파티도 흔했고 이번처럼 대규모 전투에 참가할 때만 멤버를 늘리는 경우가 많았다.

따라서 파티마다 연계 능력이 들쭉날쭉했기에 군대에 편입할 수는 없었다.

엘리자가 말한 내용은 당연하다면 당연한 일이었다.

"하지만 신 님 같은 상급 선정자 분들은 다릅니다."

자료실에 도착해 문을 닫으면서 엘리자가 말했다. 자료실 안에는 아무도 없었다. 선정자에 대해 알고 있는 건 모험가 중에서도 극히 일부였기에 조심하고 있는 것이리라.

"얼마 전에 영주님에게서 연락이 왔습니다. 일행 분은 베일리히트 왕국의 왕족이셨나 보네요."

"네. 어쩌다 이런 곳에 오게 됐는지는 묻지 말아주세요. 『범람』을 보고 서둘러 행동하자고 한 건 그분이거든요."

"저희도 깊이 캐물으려는 건 아닙니다. 이야기를 본론으로 되돌려서 『범람』 때는 선정자 분들이 선봉에 서서 마법 스킬을 사용하게 됩니다."

아마도 선정자의 광범위 마법을 말하는 것 같았다.

"팀 편성은 1팀이 신 님, 히비네코 님, 홀리 님, 섀도우 님까지 네 분. 그리고 2팀은 슈니 님, 리온 님, 가일 님, 리쥬 님까지 네 분입니다. 전투 시작과 동시에 슈니 님과 가일 님의 마법으로 적의 수를 줄이고 군 병력이 투입되어 남은 적을 섬멸하게 됩니다. 다만 적의 수가 상당히 많다고 전해지기에 마법의 범위 밖에 있는 적을 1팀이 맡아야 합니다. 마법을 사용한 뒤에는 슈니 님이 대형 몬스터를 집중적으로 해치우고 리온 님과 리쥬 님은 가일 님의 호위를 맡습니다. 1팀도 적의 수를 적당히 줄인 뒤에는 후퇴하면서 군대에게 전선을 인계해야 합니다."

엘리자는 담담하게 작전을 설명했다. 이미 구체적인 계획이 세워진 모양이었다. 가일과 리쥬는 다른 곳에서 파견된 선정자의 이름일 것이다.

"이번에는 상당한 전력이 갖춰져 있어서 다행이지만, 평소에는 어떤가요?"

"어떤 선정자 분들이 얼마나 계시느냐에 따라 달라지겠죠. 광범위 마법을 사용할 수 있는 분이 계시면 이번 계획과 비슷하게 흘러갑니다. 다만 도시에 그런 분이 항상 한 명은 머물도록 협정이 맺어져 있기 때문에 작전이 달라지는 경우는 거의 없지요."

"그렇군요."

적의 수를 한 번에 얼마나 많이 줄이느냐가 관건이기 때문에 마법 스킬 사용자가 꼭 필요한 것이리라.

광범위 마법의 경우는 스킬 자체의 위력이 낮은 편이지만, 그런 단점도 선정자의 높은 능력치로 보완할 수 있었다. 저레벨 몬스터를 한 번에 쓸어버릴 정도는 되었다.

"그런데 엘리자 씨. 접수 데스크를 비워놔도 괜찮은 건가요?"

"괜찮습니다. 길드 직원과 이곳 주민들은 무슨 일을 해야 하는지 너무나 잘 알고 있으니까요. 『범람』을 처음 경험하는 사람들만 허둥대는 정도죠. 의외로 저희가 해야 할 일은 많지 않습니다."

역시 『범람』과 대치하며 살아가는 도시다웠다.

신은 거기서 일단 대화를 끝마치고 자료에 손을 뻗었다. 과거의 자료들을 보며 당시의 전략이나 적의 움직임에 대해 엘리자에게 질문했고 거기에 규칙성 같은 것은 없는지 생각해 보았다.

"가끔씩 강력한 개체가 출현했나 보네요."

자료를 보던 신이 문득 신경 쓰이는 부분을 언급했다.

저레벨 몬스터가 대량 발생하는 것이 『범람』의 특징이지만 이따금씩 레벨이 300에 이르는 개체가 확인되곤 했다. 『범람』의 규모가 클수록 출현율도 높았다.

기껏해야 두세 마리였기에 원거리 공격을 집중하면 레벨을 올린 일반 병사들도 힘겹게나마 쓰러뜨릴 수 있었다.

"『범람』 때는 몬스터가 너무 밀집해 있는 탓에 자기들끼리 싸우는 경우가 있다고 합니다. 그러다 보면 레벨이 올라서 진화하는 개체도 생겨난다는 것이 확인됐습니다."

【THE NEW GATE】에서는 몬스터들에게도 서로 적과 아군 관계가 설정되어 있었다. 그래서 때로는 몬스터끼리의 전투에 플레이어가 휘말리기도 했다. 자주 일어나는 일은 아니지만 잘만 활용하면 적은 피해로 많은 아이템과 경험치를 얻을 수 있었다.

"그렇다면 이번에도 나타날지도 모르겠네요."

"가능성은 높겠죠. 이번만큼은 전혀 걱정할 필요가 없을 테지만요."

슈니가 와 있다는 정보를 들어서일까. 엘리자의 표정은 조금도 불안해 보이지 않았다.

"자, 그러면 이만 돌아가죠."

"이제 다 되신 건가요?"

"중요한 내용은 거의 다 읽은 것 같고 오늘 밤에는 할 일이 있거든요."

신과 엘리자가 홀에 돌아오자 사람이 많이 줄어들어 있었다. 저녁 시간이 가까워졌기에 식사를 하러 간 것 같았다.

신은 엘리자에게 감사 인사를 한 뒤 길드에서 나왔다. 시간이 남으면 다른 이들의 준비를 도울 생각이었지만 자료를 읽느라 생각보다 많은 시간이 걸리고 말았다.

"……티에라의 메시지인가."

메시지가 왔기에 신은 길의 한쪽 끝으로 물러나 천천히 걸으며 열어보았다.

내용은 오늘 밤에 묵을 여관에 대해서였다. 여관의 이름과 찾아오는 방법이 적혀 있었다. 간단하게나마 지도도 첨부되어 있었기에 미니맵을 사용할 수 있는 신이 못 찾아갈 리는 없었다.

'배고프다…….'

"그래. 여관에 가서 밥이나 먹을까?"

신이 유즈하의 염화에 대답하며 20분 정도 걸어가자 붉은 꼬리의 여우가 그려진 간판이 보였다.

여관의 이름은 『레드 테일』이었다. 레드 테일은 실존하는 몬스터로 유즈하의 동족이었다.

문을 열자 딸랑 하고 벨이 울렸다.

"어서 오십시오. 혼자 오셨습니까?"

"일행이 먼저 와 있을 텐데요."

카운터에서 대기하고 있던 여성이 벨소리를 듣고 신에게 다가왔다.

머리 위의 귀와 롱스커트 뒤로 드러난 꼬리를 봐서 비스트가 분명했다. 선명한 붉은색의 귀와 꼬리는 여관의 이름을 연상시켰다. 단순한 발상이지만 여우 타입의 비스트인지도 모른다.

"성함을 여쭤봐도 될까요?"

"신입니다. 이쪽은 파트너인 유즈하고요."

묘령의 미녀라 해도 될 만한 그 여성은 일행이 있다는 말에 짚이는 부분이 있는 듯했다. 신의 이름을 듣고 납득했다는 듯이 고개를 끄덕거리더니 카운터 안쪽에 있는 장부를 펼쳤다.

"일행 분의 이름은 어떻게 되시나요?"

"티에라 루센트입니다."

"감사합니다. 일행 분은 이미 방에서 쉬고 계십니다. 여기 손님 방의 카드가 있습니다. 위치는 계단을 올라간 뒤에 오른쪽에 보이는 205호실입니다. 동료 분은 그 옆방인 206호실에 묵고 계십니다. 식사는 아침과 저녁이 제공되며 아침 식사는 9번째 종이 울릴 때까지, 저녁 식사는 저 시계로 9시가 될 때까지 하실 수 있습니다."

신은 여성이 가리킨 쪽을 바라보았다. 그곳에는 50세메르 정도 크기의 시계가 조용히 시간을 새기고 있었다.

"시계가 있군요."

시계는 아직 이쪽 세계에 많이 보급되진 않았다. 그래서 사람들은 고급 주택가 쪽 교회에서 울리는 종을 기준으로 시간을 짐작했다. 정확한 시간을 신경 쓰는 사람은 시간이 곧 금이 되는 상인과 관리들 정도였다.

"일정 시간마다 소리가 나기도 하나요?"

"잘 알고 계시네요. 저건 1시간마다 1번씩 소리가 나게 되어 있습니다."

1시에 1번, 2시에 2번 울리는 식인 것 같았다.

그리고 이제 머지않아 6번의 소리가 울릴 시간이었다.

"일단 방에 올라갔다가 식사를 하려고요."

"알겠습니다."

신은 그 여성 비스트와 인사하고 2층으로 올라왔다. 205호는 1인실이었다. 넓이는 3.5평 정도였고 창가 쪽에는 책상과 의자, 입구 옆에는 화장실이 있었다. 침대에는 하얗고 깨끗한 시트가 깔려 있어 오늘 밤은 편하게 잘 수 있을 것 같았다.

"티에라, 안에 있어?"

방을 한 차례 확인한 신은 일단 복도로 나와서 티에라가 있을 옆방 문을 노크했다.

"신?"

잠시 기다리자 문 안쪽에서 목소리가 들려왔다.

"응, 나야. 저녁은 먹었어?"

"아니, 아직."

"그러면 같이 먹으러 갈까? 유즈하도 배고프다고 하는데."

"쿠우……."

"그러면 빨리 먹으러 가야겠네. 잠깐만 기다려. 금방 나갈 게."

유즈하가 배고프다는 듯이 울음소리를 내자 티에라는 쓴웃음을 지으며 말했다. 몇십 초 정도 기다린 뒤에 티에라와 합류한 신은 1층의 식당에서 저녁 식사를 주문했다.

기본 메뉴인 스튜는 건더기에 잘 스며든 풍부한 맛이 일품이었다.

그리고 유즈하의 앞에는 잘 구워진 두툼한 스테이크가 놓여 있었다. 카게로우도 스테이크를 먹고 있었지만 신의 눈에는 2개의 스테이크가 똑같아 보이지 않았다.

신은 쿳쿠에게서 【요리】를 배운 몸이었고 【요리】 스킬은 Ⅵ 까지 올려둔 상태였다. 이쪽 세계에서는 좀처럼 볼 수 없는 스킬 레벨이었다.

그래서 신은 유즈하 앞에 놓인 스테이크의 가치를 알아볼 수 있었다. 신과 카게로우의 요리보다 훨씬 수준 높은 스테이크를 먹으며 유즈하는 연신 행복해하고 있었다.

"저기, 이 요리는……?"

"왠지 손님의 계약수 님께는 저희 가게의 최상급 요리를 내어드려야 할 것 같아서요. 물론 요금은 똑같이 받겠습니다."

비스트 여성 역시 왜 그런 느낌이 들었는지 모르겠다는 표정이었다.

'유즈하가 엘레멘트 테일이기 때문이려나?'

신은 엘레멘트 테일이 여우 타입 몬스터뿐만 아니라 여우를 모델로 한 수인(獸人)들에게도 숭배받는 존재라는 사실을 생각해냈다. 그들에게는 어떻게 보면 신과 다름없는 존재인 것이다. 유즈하의 정체를 모르더라도 무의식중에 영향을 받았을 수도 있었다.

딱히 거절할 이유는 없었기에 신도 그녀의 호의를 고맙게 받아들이기로 했다. 카게로우도 유즈하가 자기보다 높은 존재라고 인식하는지 불만은 없는 것 같았다.

"왜 저러는 걸까?"

"공짜로 준다는데 뭐 어때. 이 스튜도 충분히 맛있잖아."

"나도 고기보다는 이게 더 좋으니까 불만은 없어."

육즙 가득한 스테이크를 열심히 물어뜯는 유즈하를 보며 티에라도 스튜를 천천히 떠서 먹었다.

"음, 맛있어."

신은 식사를 끝낸 뒤 티에라에게 유즈하를 맡겨두고 여관을 나왔다.

그는 스킬로 몸을 숨기며 성벽을 넘은 뒤 나무들이 제법 많이 자라난 숲 속으로 들어갔다. 그리고 숲의 중심부 근처에 도착하자 바람 마법으로 나무들을 베어내 넓은 공터를 만들어냈다.

"릴리즈(해방)."

펜던트가 빛나더니 달의 사당의 모습이 순식간에 나타났다. 이런 발광 현상조차 이미 마법으로 은폐한 상태였다.

신은 가게 안에 들어가 바로 대장간으로 향했다.

"자, 해볼까."

신은 화로에 불을 붙이고 섀도우 일행에게서 맡아둔 장비들을 실체화했다.

그 뒤에는 나란히 놓인 무기를 보며 어떤 식으로 강화할지 잠시 고민했다. 그는 가지고 있는 제작 재료를 머릿속으로 계산하면서 일단 섀도우의 단검을 손에 들었다. 그리고 칼자루를 분리하고 검신에 마력을 주입했다.

"내구도가 약간 떨어지긴 했지만 주인의 마력에 잘 길들여져 있어. 예상대로군."

신은 단검의 상태를 확인한 뒤 아이템 박스에서 오리할콘과 히히이로카네의 주괴를 꺼내 화로 안에 던져 넣었다.

그렇게 오랜 시간이 걸리지 않아 은색과 빨간색이 뒤섞인 금속이 만들어졌다. 바로 키메라다이트였다. 두 종류의 금속만 합성했기에 키메라다이트 중에서도 성능은 낮은 편이었다. 하지만 금속으로서의 질은 오리할콘이나 히히이로카네보다 좋았다.

"시작해볼까."

신은 키메라다이트에 마력을 주입하면서 단검의 검신을 주괴에 찔러 넣었다.

키메라다이트는 점토처럼 검신을 삼켰고 칼날이 완전히 주괴에 파묻히자 신은 그것을 모루 위에 올려놓았다.

"……."

신은 정신을 집중하며 마력을 주입한 망치로 주괴를 내리쳤다. 한 번 칠 때마다 주괴의 형태가 바뀌었고 압축되듯이 부피도 줄어들었다. 이 자리에 다른 대장장이가 있었다면 눈을 동그랗게 뜰 만한 광경이었다.

몇 분 뒤, 모루 위에서 은색과 빨간색이 뒤섞인 까만 검신이 완성되었다. 신은 분리해둔 칼자루를 다시 조립했다. 검의 길이와 무게는 달라지지 않았지만 검 전체를 뒤덮은 고밀도의 붉은 아우라가 범상치 않은 물건이라는 것을 증명하고 있었다.

스킬로 감정해보자 무기의 이름은【밤을 베는 단검】으로 표시되었다. 무기 등급은 한 단계 올라가서 신화급의 상급품이었다. 성능은 8할 정도가 상승했다. 추가적인 마법 부여까지 끝낸 뒤에는 이벤트를 통해서만 얻을 수 있는 장비를 훨씬 상회하는 성능이 나왔다.

"이 정도면 되려나."

신은 단검의 완성도를 보며 고개를 끄덕거리더니 다음 무기를 손에 들었다.

✝

"이걸로 마지막!!"

신은 마지막으로 기합을 담아 망치를 내리쳤다. 히비네코와 홀리의 무기도 각각 【미스티 · 하운드】와 【새벽녘의 지팡이】로 업그레이드되었고 방어구의 성능도 강화되었다.

작업을 시작한 지 약 1시간 반이 지난 뒤였다. 갈증을 느낀 신은 모든 장비품을 카드로 바꾸어 아이템 박스에 넣은 뒤 부엌으로 향했다.

신은 그제야 거실에 슈니가 와 있는 것을 발견했다. 작업에 집중하느라 누가 들어오는지도 몰랐던 모양이다.

신이 거실로 나오자 슈니는 준비해둔 음료수를 신에게 건넸다. 신은 고맙다고 말하며 단숨에 들이켰다.

"휴우, 이제야 살 것 같네."

"수고하셨어요."

"언제부터 와 있었어?"

"20분쯤 전에 들어왔어요. 대장일은 제가 도울 수도 없으니까 여기서 기다리고 있었죠."

슈니는 대장장이 스킬을 거의 익히지 않았다. 게임 시절에도 스킬 레벨 Ⅳ이 될까 말까 한 정도였다.

"영주 쪽은 어땠어?"

"제가 참전한다는 게 알려지면서 베레트의 제안이 채용됐

Chapter 1 모이는 칼날   79

어요. 우리가 몬스터의 숫자를 줄이면 나머지를 군대의 훈련에 이용하기로요."

"베레트에게 들은 그대로군."

역시 슈니가 전투에 참가한다는 것이 큰 영향을 끼치는 모양이었다. 영주도 이번만큼은 크게 걱정하지 않을 것이다.

"……저기, 신."

"응?"

할 일을 마친 신이 여관으로 돌아가려 하자 슈니가 머뭇거리며 말을 꺼냈다.

"베레트에게서, 저기…… 들으신 건가요?"

"PK와 플레이어에 대해 내게 말하지 않은 것 말이야?"

"……네."

신의 말에 슈니는 작은 소리로 대답했다.

슈니 역시 보고하지 않은 것에 대해 죄책감을 느끼는 것 같았다.

죽은 줄만 알았던 친한 지인의 생존 소식을 반가워하지 않을 사람은 없다. 하지만 슈니는 우연히 들킬 때까지 그 사실을 의도적으로 숨겨두고 있었던 것이다. 베레트의 말처럼 서포트 캐릭터로서는 실격이라 할 수 있는 행위였다.

"사정은 들었어. 슈니 너라면 전부 끝난 뒤에 이야기할 생각이었겠지?"

신은 너무 심각한 분위기로 흘러가지 않도록 가벼운 말투로 이야기했다.

슈니라면 PK를 전부 처리한 뒤에 신에게 모든 사실을 털어놓고 그의 판결을 기다렸을 것이다. 적어도 신이 아는 슈니는 그런 성격이었다.

"……네."

원래 서포트 캐릭터는 자신에게 부모나 다름없는 플레이어를 거역할 생각조차 하지 못하는 존재였다.

그것은 슈니 역시 마찬가지였다. 현실의 세계로 바뀌면서 게임 시절의 제약이 사라졌다 해도 반항하려는 생각은 품지 않을 것이다.

"날 위해서 한 일이라고 베레트가 말하더라고. 네 마음을 불안하게 해서 미안해."

슈니는 얼굴을 숙였다.

보통은 일어나지 않는 일이다. 하지만 슈니는 독자적으로 행동했다. 주인의 뜻에 반하는 행위를 저지른 것이다.

"……아니에요."

"아니라고?"

슈니는 아니라고 말했다. 하지만 신으로서는 딱히 다른 이유가 떠오르지 않았다.

"PK 때문에 신이 변하지 않기를 바랐던 건 사실이에요. 하지만 저는…… 저에게는 좀 더 개인적인 이유가 있었어요."

그것은 주인인 신을 위한 행동이었지만 동시에 슈니 자신을 위한 일이기도 했다.

슈니의 목소리가 점점 떨리기 시작했다. 꾹 참고 있던 말이, 숨겨두었던 마음이 터져 나오려 하고 있었다.

"싫었어요! 그런 신을 보는 것도, 저를 도구처럼 쳐다보는 것도! 자아가 희미했던 그때는 견딜 수 있었어요. 하지만 지금의 저는 분명 견디지 못할 거예요!"

슈니는 조용하면서도 강한 말투로 자신의 심정을 털어놓았다.

상대가 신이 아닌 다른 누군가였다면 이렇게는 하지 않았을 것이다. 혹은 마음속에 신에 대한 순수한 충성심만 존재했다면 분명 이렇게 괴롭지는 않았을 것이다.

하지만 현실은 그렇게 순탄치가 않았다. 신이 또 그렇게 변해버릴지도 모른다는 생각만으로도 슈니는 무서워서 견딜 수가 없었다.

"저는 {마리노 씨}를 대신할 수 없어요. 만약에, 만약에 신이 또 그때처럼 되어버린다면 저로서는 신을 막을 수 없다고요!"

신이 변해버린 것도, 그리고 원래대로 돌아온 것도 전부 그녀 때문이었다. 거기에 다른 누군가가 끼어들 여지는 없었다.

마리노가 없는 지금은 그가 변해버리면 모든 것이 끝이었다. 그렇다면 원인 자체를 없앨 수밖에 없었다.

그렇게 단순한 일이 아니라는 것을 알면서도 슈니는 무슨 일이든 하고 싶었던 것이리라.

"슈니……."

"저는 비겁한 여자예요. 이런 짓을 하면서도 마리노 씨가 없다는 걸 마음속 한편으로는 기뻐하고 있어요."

슈니는 한 걸음 뒤로 물러나며 말했다.

그녀가─ 신의 애인이었던 마리노가 있었다면 설령 신이 변한다 해도 괜찮을 수도 있었다. 마리노는 신에게 그만큼 소중한 존재였다. 만약 순위를 매긴다면 압도적으로 1위일 것이다.

그래서 그런 생각을 할 수밖에 없었다. 마리노가 없다면 자신이 1위가 될지도 모른다고.

"저는…… 저는……."

신의 앞에서는 참아내고 있었다. 지금까지는 잘 참아낼 수 있었다. 자신의 본심을 마음속 깊은 곳에 숨겨둔 채 외면하며 지낼 수 있었다.

하지만 한번 말을 꺼내고 나자 더 이상은 걷잡을 수가 없었다. 넘쳐흐르는 마음을 막아낼 수 없었다.

게임 시절의 플레이어들이 이쪽 세계에 존재하는 걸 보면 마리노 역시 와 있는지도 모른다. 마리노가 있다면 분명 신은 폭주하지 않을 것이다.

하지만 이쪽 세계에서 한 명의 인간을 찾아낸다는 것이 쉽지 않음을 슈니도 잘 알고 있었다. 만약 이쪽 세계에 와 있다 해도 그렇게 간단히 만날 수는 없었다. 베레트가 운영하는 【황금상회】의 힘을 빌린다 해도 찾을 수 있는 범위는 제한적이니까 말이다.

하지만 이대로 아무 일도 없을 거라는 보장은 없었다.

왜냐하면 신은 마치 운명에 이끌리듯이 슈니, 지라트, 슈바이드, 그리고 플레이어 동료들과 재회했기 때문이다. 그가 처음 눈을 뜬 곳부터 달의 사당 근처였다. 수백 년 만에 데몬이 출현한 것마저 플레이어들과의 재회를 위한 연출처럼 느껴질 정도였다.

마리노를 만날 시간도 그리 멀지 않았다고 느껴질 만큼의 보이지 않는 무언가가 있었다.

"……"

눈물을 흘리는 슈니를 보며 신은 어떻게 할지 고민했다.

슈니가 이렇게 감정적으로 흥분할 줄은 예상치 못했던 것이다.

이쪽 세계에 온 뒤로 그녀의 새로운 모습을 발견할 때가 많았지만, 신이 생각해온 슈니의 이미지는 언제나 냉정하고 품위가 있으면서도 살짝 멍해 보이는 여성이었다.

함께 지내면서도 그런 인상이 크게 바뀐 적은 없었다.

하지만 그것은 신의 착각이었다. 게임 시절의 이미지를 지금의 슈니에게 계속 투영해왔던 것에 불과했다. 결국 그녀의 마음을 조금도 알아채지 못하고 있었던 것이다.

신은 슈니의 말이 틀리다고 생각하지 않았다.

그때의 신은 거의 반쯤 미쳐 있었다. 신도 지금은 그때의 자신이 얼마나 위험한 상태였는지 잘 알았다. 슈니가 걱정하는 것이 당연했다.

그리고 마리노와 재회하기를 원하지 않는 마음도 막연하게나마 이해할 수 있었다.

누군가가 좋아졌을 때 그 사람의 가장 소중한 존재가 되고 싶어 하는 것은 당연한 감정이었다. 그리고 슈니처럼 양심과 욕망 사이에서 갈등하는 것도 마음을 가진 사람이라면 누구나 공감할 수 있는 일이었다.

슈니가 자신에게 호감을 품고 있다는 것을 알면서도 그저 당연한 일처럼 받아들인 대가를 뒤늦게 치르는 셈이었다.

"……미안."

"사과하지 말아주세요. 나쁜 건…… 저예요."

신은 이런 말밖에 꺼내지 못하는 자신이 싫었다. 그리고 좀 더 빨리 확실하게 말해두지 않은 것을 후회했다.

물론 신도 죽은 플레이어들이 이쪽 세계에 와 있다는 것을 처음 알게 되었을 때 마리노를 떠올리지 않은 것은 아니었다.

하지만 신은 마리노가 이곳에서 살아 있을지도 모른다는 생각을 할 수 없었다.

히비네코와 섀도우는 게임에서 HP가 0이 되어 죽었다. 그리고 이유는 알 수 없지만 죽은 직후의 상태 그대로 이쪽 세

계에 오게 되었다.

마리노 역시 분명 HP는 0이 되었다. 하지만 그녀는 그 때문에 죽은 것이 아니었다. 마리노의 아바타는 소멸하지 않았던 것이다.

"슈니…… 너무 자책하지 마."

"……?! 어, 저기, 아…….."

조용히 눈물을 흘리던 슈니가 반응할 틈도 없이 신은 슈니를 끌어안았다.

신의 갑작스러운 포옹에 슈니는 찍소리도 내지 못하고 딱딱하게 굳어버렸다.

자신의 추한 부분을 들켜서 잔뜩 불안해하던 슈니에게 신의 행동은 너무나 예상 밖이었다. 그녀의 뺨이 붉게 달아올랐다. 이런 상황에서도 그에게 안기는 걸 기뻐하고 있다는 게 부끄러웠던 것이다.

"난 슈니의 행동이 잘못되었다고 생각하지 않아. 나도 슈니가 그때의 나처럼 변한다는 걸 알면 어떻게든 방법을 찾으려 할 테고 행동도 할 거야."

"하지만 저는 마리노 씨에 대해…….."

"그거야 어쩔 수 없는 일이잖아."

"그건—."

"그렇다니까. 좋아하는 사람의 가장 소중한 존재가 되고 싶어 하는 건 누구나 마찬가지야. 그 때문에 다른 누군가의 불

행을 바라게 되더라도 좋아하는 마음을 버릴 수는 없어. 정말
로 누군가를 좋아한다는 건 아마도 그런 일일 테니까."

직접 경험해본 일이기에 알 수 있었다. 머리가 아닌 마음이
시키는 일이었다. 신과 슈니가 아니라 그 어떤 누구라 해도
마찬가지였다.

"난 말이지, 솔직히 말하면 슈니를 만났을 때 정말 기뻤어."

"……!"

신의 고백에 슈니의 몸이 가늘게 떨렸다.

"겨우 보스를 쓰러뜨리고 끝나나 싶더니 갑자기 이쪽 세계
로 오게 됐지, 아는 사람은 아무도 없지, 게다가 홈을 찾아갔
더니 왠지 남의 집처럼 느껴지지. 그 탓인지 약초 채취에 쓸
데없는 집착이 생기기도 했어. 그래서 슈니가 잘 돌아왔다고
말해줬을 때 나는 굉장히 안심이 됐거든. 그래도 슈니는 날
잊지 않았구나 싶어서."

"……."

"베레트는 부하 실격이라고 했지만, 난 슈니를 책망하거나
처벌할 생각은 없어."

"하지만 그건……."

"아무 말도 안 들리는데~. 이걸로 결정 끝. 이의는 받아들
이지 않겠어."

뭐라고 더 말하려는 슈니를 신이 억지로 가로막았다. 이런
일은 질질 끌어봐야 좋을 게 없었다.

"이제 서로 숨기는 일은 없도록 하자."

"……네."

신은 끌어안고 있던 팔을 풀었다. 슈니의 얼굴이 방금 전처럼 어두워 보이지 않자 신은 내심 안도의 한숨을 쉬었다.

"저기, 신. 한 가지만 물어봐도 될까요?"

"뭔데?"

"마리노 씨를 아직…… 사랑하고 계시나요?"

"……그래, 사랑하고 있어. 이 마음은 지금도 변함없어."

"그렇…… 군요. 알겠습니다."

신의 대답을 들은 슈니는 무언가를 결의하는 듯한 표정을 지었다.

그녀의 변화를 신이 의아하게 생각한 순간, 슈니는 예비 동작 없이 살짝 뛰어올랐다.

"……?!"

슈니의 입술이 신의 입술과 잠시 포개졌다.

방금 전 일을 복수하려는 듯한 슈니의 행동에 이번에는 신이 아무 반응도 하지 못했다. 무슨 일이 벌어졌는지는 이해했지만 어째서 이렇게 된 것인지는 도무지 알 수 없었던 것이다.

"저는 포기하지 않을 거예요."

새빨개진 얼굴로 슈니가 말했다.

"저는 신을 좋아해요. 언젠가 원래 세계로 돌아갈 거라는 건 알지만, 그래도 이 마음은 진심이에요!!"

상당히 부끄러웠던 모양이다. 슈니는 약간 될 대로 되라는 느낌으로 자신의 마음을 시원하게 털어놓았다.

너무나도 솔직한 말에 신도 얼굴이 살짝 달아오르는 것을 느꼈다.

"……머, 먼저 갈게요!"

"아……."

신이 말릴 새도 없이 슈니는 순식간에 달의 사당 밖으로 뛰쳐나가 버렸다.

홀로 남겨진 신은 손을 뻗은 채로 마네킹처럼 가만히 서 있었다.

"이건…… 전혀 예상 못 했어……."

신은 앞으로 그녀의 얼굴을 어떻게 봐야 할지에 대한 심각한 고민에 빠지고 말았다.

†

슈니가 사라지고 몇 분이 지나자 신도 계속 가만히 있을 수는 없었기에 밖으로 나와 달의 사당을 수납했다.

미약하게 남아 있던 열기를 밤바람이 식혀주었다.

"……일단 돌아갈까."

신은 【은폐】를 사용한 채로 성벽을 오른 뒤 누구에게도 들키지 않게 성안으로 돌아왔다. 바로 여관으로 돌아가기는 뭔가 아쉬웠기에 노점을 둘러보며 가벼운 간식을 사서 빈 벤치에 걸터앉았다.

『범람』에 대한 정보가 이제 널리 전해졌는지 전투에 대비하는 사람들이 간간이 눈에 띄었다.

다만 그렇게까지 다급해 보이지 않는 것은 그들도 몇 번의 『범람』을 경험했기 때문인지도 모른다.

"어라? 신 군. 여기 있었네."

지나가는 사람들을 가만히 바라보고 있을 때 갑자기 누군가가 말을 걸어왔다. 신이 고개를 돌리자 홀리가 그를 향해 걸어오고 있었다. 그녀 뒤로는 섀도우도 보였다.

"지금 돌아오시나 보네요."

"응, 밖에 나온 김에 가게에서 쓸 물건을 들여오느라. 신 군은 이런 데서 뭐 하는 거야?"

"무기를 강화했더니 배가 조금 고파서요."

신은 마침 잘됐다고 생각하며 강화해둔 장비를 두 사람에게 건네주었다. 그러자 홀리는 기뻐했고 섀도우는 놀라며 굳은 표정을 지었다.

"이건 강화 수준이 아니로군."

"사소한 일은 그냥 넘어가는 게 좋아. 모처럼 신 군이 애써줬으니까 우리도 열심히 준비해서 전투에서 활약해야지."

"……그렇군. 신, 고맙게 쓸게."

한없이 긍정적인 홀리의 말에 섀도우도 동의하면서 고개를 끄덕였다. 전투가 벌어질 때까지는 아직 여유가 있었기에 무기를 손에 익혀둘 시간도 충분했다.

　"그러고 보니 묻고 싶은 게 생각났는데, 괜찮나요?"

　"묻고 싶은 거라니?"

　"따님에 대해서요."

　신이 카에데에게 【애널라이즈】를 사용했을 때 종족 표시 부분이 지지직거리며 보였다.

　슈니는 그런 경우 혼혈일 가능성이 높다고 했다.

　"서, 설마 신 군. 그런 예쁜 아이들을 데리고 다니면서 우리 카에데를?!"

　"뭐라고?!"

　"잠깐, 그런 만화 같은 반응은 뭡니까?! 섀도우 씨도 홀리 씨 농담을 진지하게 듣지 말라고요!!"

　홀리는 뻔하다면 뻔한 반응을 보였고 섀도우의 표정이 험악해졌다. 신은 진지한 이야기를 할 마음이 싹 사라지고 말았다.

　"정말이지, 농담도 좀 적당히 하시라고요."

　"신이 갑자기 카에데에 대해서 물어보니까 그렇지. 부모인 내가 이런 말을 하는 것도 좀 그렇지만 그 아이는 제법 인기가 있거든."

　"당연하지."

홀리의 말에 섀도우가 연신 고개를 끄덕거렸다. 아이가 태어나면서 딸바보의 칭호를 얻은 모양이었다.

"어쨌든 그 이야기는 이만 넘어가죠. 제가 묻고 싶은 건 카에데가 {어느 쪽}이냐는 거예요."

신이 그렇게 말하자 두 사람은 방금 전까지의 장난스러운 분위기를 바로 지워냈다.

"되도록 사람들이 없는 곳에서 이야기하고 싶군."

"맞아. 남들이 들어서 별로 좋을 게 없는 이야기니까."

"괜찮아요. 처음부터 그럴 생각이었으니까요."

신도 여기서 이야기를 계속할 생각은 없었기에 두 사람의 제안을 따라 적절한 장소로 이동했다. 그들이 찾은 곳은 카페 『B&W』 옆에 위치한 주점 『냥다 랜드』였다.

"이런 시간에 세 사람이 함께 오다니, 무슨 일이라도 있는 건가?"

"안쪽 방을 빌리고 싶은데……. 딸아이 일 때문에."

섀도우는 히비네코에게 짧게 말하며 가게 안쪽의 개인 방을 빌렸다. 히비네코는 무슨 일인지 대충 눈치챈 것 같았다.

"마실 건 뭘로 할 거지?"

"자네가 추천하는 걸로 가져와줘."

방에 들어서자 섀도우와 홀리는 자세를 바로 하며 신과 마주 보았다. 신도 자연스레 자세를 바로 고쳤다.

"신은 혼혈종에 대해 얼마나 알고 있지?"

"양쪽 부모의 특성을 이어받은 유형과 양쪽 특성을 전혀 이어받지 않은 유형, 그리고 한쪽의 특성만 거의 그대로 이어받은 유형이 있다고 슈니에게서 들었습니다."

"제대로 알고 있군. 거기에 추가하자면 보통 첫 번째 유형을 크리티컬(완성종), 두 번째 유형을 펌블(결함종)이라고 부르는 경우가 많지."

"그건 도박 용어 아니었나요?"

"옛날에 의도적으로 혼혈종을 만들어내려고 한 녀석들이 있었다더군. 그때 사용하던 명칭이 지금도 남아 있는 모양이야. 실제로는 도박이라고 말하기도 어려운 확률이었다지."

혼혈종이 태어날 확률은 굉장히 낮았고, 크리티컬이라고 불리는 유형은 그중에서도 극히 일부분이었다. 대부분의 경우는 이름만 혼혈일 뿐인 평범한 아이가 태어난다고 한다. 인간이 의도적으로 만들어낼 수 있는 영역이 아닌 것이다.

"전력으로 따졌을 때 크리티컬이 상당히 우수하다는 건 사실이야."

"구체적으로 어떤데요?"

"흐음. 개인차가 매우 심한 편이긴 하지만 기본적으로 두 종족의 고유 스킬과 보너스를 사용할 수 있거든. 【야수화(野獸化)】 상태로 드래그닐의 【브레스】를 사용하는 비스트나, 자신의 【마안(魔眼)】과 엘프의 【정령술】을 동시에 사용하는 로드가 유명하지."

"거의 치트 수준이잖아요."

크리티컬의 능력을 들은 신은 자기도 모르게 그런 말이 튀어나오고 말았다.

이 세계에 존재하는 일곱 종족은 각자 고유의 스킬과 보너스 능력을 갖고 있다.

휴먼의 높은 마법 저항력, 비스트의 야수화, 엘프의 정령술 등 그 종족의 대명사라고 할 수 있는 능력이었다. 그것들을 여러 개 갖고 있다는 것은 치트나 다름없었다.

신도 남 말할 처지는 아니었지만 타 종족의 고유 스킬이나 보너스 능력까지는 사용할 수 없었다. 혼혈종은 현실이 된 이 세계만의 고유한 존재라고 할 수 있었다.

"덧붙이자면 우리 카에데는 크리티컬이야."

"정말로요?"

"정령술과 마안을 사용할 수 있지. 그 탓인지는 모르지만 능력치도 아마 평균 400 정도는 될 거야."

"역시 그건 천연 치트잖아요."

일반인의 시선으로 보면 선정자보다 훨씬 말도 안 되는 존재였다.

"그러니까 어디 가서 이야기하면 안 돼."

"안 해요. 그리고 보니 그렇게나 강한데 이번 선봉 멤버에 뽑히지 않은 게 신기하네요."

"엘프도 스무 살은 되어야 성인이 돼. 미성년자를 전쟁터에

내몰 수는 없지. 전력이 되는 건 사실이니까 만약의 사태를 위한 예비 병력처럼 취급되고 있어."

이번에는 신 일행도 있어서 카에데가 전투에 참가할 필요는 없었기에 성내에서 대기하게 되었다.

지난번 『범람』에서는 너무 어렸고 힘을 제어하는 능력이 미숙했기 때문에 전장에 나서지 않았다고 한다. 섀도우와 홀리가 계속 훈련시킨 결과, 지금은 전투에서 자기 몫을 확실히 해내는 모양이었다.

"그런데 신. 나도 한 가지 묻고 싶은 게 있는데, 괜찮을까?"

"묻고 싶은 거요? 괜찮습니다."

"그러면 묻지. 신은 {그 뒤에} 어떻게 지낸 거지?"

섀도우의 질문은 신도 예상하지 못했던 내용이었다. 분명 낮에는 시간이 부족했기에 섀도우나 히비네코에게 모든 것을 이야기한 것은 아니었다.

"글쎄요…… 하던 일은 별로 바뀌지 않았어요. 매일같이 PK를 사냥해댔죠. 다만 그 뒤에 어떤 사건을 계기로 해서 다시 던전 공략을 시작했지만요—."

그 사건 역시 마리노와 관련된 일이었다. 그 일이 아니었다면 지금의 신은 존재할 수 없었을 것이다.

섀도우는 아무 말 없이 신이 털어놓는 이야기를 듣고 있었다. 그의 얼굴은 어딘지 모르게 슬퍼 보였다.

"—그렇게 돼서 일단 큰 PK 길드를 괴멸하고 그 뒤로는 오로지 퀘스트와 던전 공략만 해댔어요. 최종 보스가 솔로 타입이라 간신히 쓰러뜨린 셈이죠."

"그렇군. 하지만 아무리 솔로 타입이라도 쓰러뜨리는 게 쉬운 일은 아니었을 텐데."

이야기를 다 들은 새도우는 어처구니없다는 표정을 짓고 있었다. 신이 최후의 몬스터【오리진】을 혼자서 쓰러뜨린 것은 무모하진 않더라도 무리한 시도이긴 했다.

MMO는 원래 타인과의 협력을 전제로 만들어진 게임이다. 솔로로 활동하는 플레이어도 있긴 하지만 게임에 익숙해지면 대부분 누군가와 파티를 맺고 길드에 들어가는 식으로 다른 사람들과 교류하게 된다.

그리고 무엇보다 모험의 백미인 보스 공략에서 파티의 협력이 꼭 필요했다.

보스 몬스터는 기본적으로 혼자서 도전할 만한 상대가 아니었다. 파티를 맺어 서로 돕고 연계하면서 싸워야만 이길 수 있었다.

【THE NEW GATE】는 고레벨 보스 몬스터 중에서 혼자서 쓰러뜨릴 수 있는 보스를 솔로 타입, 파티가 아니면 쓰러뜨릴 수 없는 보스를 레이드 타입이라고 불렀다. 신이 마지막으로 싸운 오리진은 솔로 타입이긴 했지만 원래는 파티를 맺고 도전해야 하는 몬스터였다.

"제가 생각해낼 수 있는 모든 강화를 하고 갔으니까요. 요리, 아이템, 장비까지. 뭐, 상대가 레이드 타입이었다면 그냥 졌겠죠."

아무리 신이라도 파티가 아니면 공략이 불가능한 몬스터에게 혼자서 도전한다는 생각은 하지 않았을 것이다. 상대가 솔로 타입이라는 것을 정찰을 통해 알아냈기 때문에 그렇게 했던 것이다.

솔로 타입은 보스라는 점은 똑같지만 몸 크기나 공격 방법 등을 고려했을 때 플레이어의 기량과 레벨, 장비, 그리고 운에 따라 간신히 쓰러뜨릴 수도 있었다.

당연한 이야기지만 혼자서 도전하면 지는 것이 보통이었다. 신 역시 같은 솔로 타입 몬스터를 상대로 여러 번 싸울 경우 100퍼센트의 승률을 기록할 수는 없었다.

한편 레이드 타입은 솔로 타입과 달리 몸이 거대하거나 여러 곳을 동시에 공격해야만 하는 등 매우 성가신 몬스터가 많았다.

신의 파트너인 유즈하, 즉 엘레멘트 테일도 레이드 타입의 보스였다. 지금이라면 모를까, 게임 시절의 신이라면 혼자서 100번 싸워도 1번 이길까 말까 한 상대였다. 그 1번도 우연에 우연이 겹쳐야만 가능한 수준이었다.

이쪽의 희생을 고려하지 않고 이기는 것만 생각하는 경우에도 능력치가 상한선에 도달한 육천 멤버 3명이 필요할 정도라면 얼마나 강한지 알 수 있을 것이다.

"어째서 솔로 타입이었는지 궁금하긴 하지만요."

신은 오리진과의 싸움을 떠올리며 그렇게 말했다. 최종 보스라면 최고 난도의 레이드 타입 보스가 기다리고 있을 거라고 생각했던 것이다. 만약 엘레멘트 테일 수준의 몬스터가 버티고 있었다면 클리어는 거의 불가능했다.

섀도우는 조용히 고개를 가로저었다.

"클리어하려는 의도가 있었거나 그것만으로도 충분하다고 생각했던 거겠지. 하지만 그 덕분에 많은 사람들이 구해졌으니 된 거야."

"맞습니다. 아, 그러고 보니 물어보고 싶은 게 한 가지 더 있었는데, 섀도우 씨는 이곳에 온 뒤로 어떻게 지낸 거예요? 홀리 씨의 이야기를 들어보면 처음에는 함께 지내지 못하셨던 것 같은데요."

지금의 섀도우를 보면 상상하기 힘들지만, 신과 함께 행동하던 무렵의 섀도우는 그야말로 암살자 그 자체였다. 홀리를 죽인 원수와 동귀어진한 뒤에 울면서 소멸하던 모습을 신은 지금도 선명히 기억했다.

"맞아. 이쪽에 온 건 내가 먼저였는데 다시 만났을 때는 깜짝 놀랐지 뭐야."

"그건 내가 할 말이야."

웃으면서 홀리와 이야기를 나누는 섀도우를 보면 그때의 귀기 서린 모습은 상상하기 힘들었다.

"길드의 의뢰를 받아 파견된 마을에서 내가 이 사람을 발견해냈어. 마을을 습격한 몬스터 무리를 향해 혼자 돌격한 사람이 있다는 말을 듣고 황급히 뒤쫓았거든."

"마을에서 여러모로 신세를 졌거든. 몬스터도 숫자만 많았지 그렇게 강하진 않았으니까 혼자서 해치워버려야겠다고 생각한 거지."

"해치워버리긴 무슨. 그때 마을 사람들이 얼마나 다급해했는지 생각하면……."

"자, 자, 홀리 씨. 섀도우 씨도 아무 생각 없이 간 건 아니라잖아요."

당시 상황을 떠올린 홀리가 화를 내려는 것을 신이 간신히 진정시켰다.

섀도우는 암살자의 상위 직업인 닌자였다. 게다가 그의 능력치는 장비 아이템에 의해 상승된 상태로 계산했을 때 평균 600 이상이었다.

신처럼 말도 안 되는 개조를 한 것은 아니지만 전설급의 상급품 무기를 소지했다는 점을 고려하면 약간 강한 몬스터가 나온다 해도 공격 한 번으로 죽일 수 있었다.

"휴우, 그래서 서둘러 찾으러 갔는데 거기에는 산더미처럼 쌓인 몬스터의 시체와 그것들을 카드화하고 있는 섀도우가 있지 뭐야. 다른 모험가들은 대체 이게 뭔가 하는 표정을 짓고 있었는데 다행히 다들 A랭크라서 선정자라고 설명하니까 납득해줬어."

"그 뒤에는 홀리와 함께 여기저기 돌아다녔지. 그러다 황금상회의 연락을 받고 여기서 히비네코 씨와 재회하게 된 거야."

플레이어들을 수색하던 베레트의 사자가 연락을 취해왔다고 한다. 섀도우와 홀리는 게임 시절에도 신과 교류가 있었기에 접촉해도 위험하지 않을 거라 판단했던 것이다. 다만 섀도우만 혼자 있었다면 접촉을 보류했을지도 모른다.

"그 뒤로 또 여러 가지 일들을 겪으면서 이곳에 가게를 차리게 된 거야."

두 사람 모두 요리 스킬을 Ⅷ까지 익혀둔 만큼 가게는 장사가 잘되는 것 같았다. 히비네코의 가게와 제휴해서 서로의 가게에서 사용할 수 있는 쿠폰을 나눠주기도 하는 모양이었다.

"그러고 보니 홀리 씨가 이곳에 온 지는 얼마나 되셨죠? 방금 섀도우 씨보다 빨리 오셨다고 했잖아요."

신은 문득 생각난 질문을 꺼냈다. 섀도우와 홀리의 죽음 사이에는 한 달 정도의 간격이 있었다. 그것이 이쪽 세계에 올 때 과연 어떤 영향을 끼친 것일까.

"내가 온 지는 올해로 딱 30년이 되겠네."

"나는 홀리가 이쪽에 오고 나서 10년 뒤쯤에 나타났다더군."

"그렇다면 한 달 차이가 10년 정도……인 걸까요?"

"하지만 나와 사망 시간이 크게 차이 나지 않는 사람이 나보다 10년 이상 먼저 와 있기도 해. 이건 상당히 개인차가 있는 것 같아. 그중에는 온 지 100년이 넘어서 수명이 다해 죽은 사람도 있었어."

신은 두 사람의 이야기를 통해 대략적인 수치를 계산해내려고 했지만 그 가설은 홀리에 의해 부정되었다. 덧붙이자면 히비네코는 이곳에 온 지 40년 정도 되었다고 한다.

"……신은 마리노가 이쪽에 와 있다고 생각하는 거야?"

"홀리!"

주의를 주는 섀도우를 신이 제지했다.

"괜찮아요……. 솔직히 말하면 있기를 바라는 마음과 없기를 바라는 마음이 반반인 것 같네요. 다시 한 번 만나보고 싶은 건 사실이지만, 그랬다간 원래 세계로 돌아가고 싶은 마음이 완전히 사라질 것 같아서요."

신은 현실 세계에 많은 것을 남겨두고 왔다.

키워준 부모님, 사이가 좋았던 형과 여동생, 허물없이 지내던 친구들까지. 일일이 열거하자면 끝이 없었다. 홀로 고독하게 살아가는 신세도 아니었고, 엄청나게 불행한 인생도 아니었다.

아무리 게임과 똑같은 '현실'에 와 있다고 해도 그것들을 간단히 끊어낼 수는 없었다. 그래서 이곳에 남느냐 돌아가느냐를 고민해보면 적어도 지금은 귀환 쪽에 무게가 실리고 있었다.

데스 게임에서 죽어간 사람들이 남긴 유언도 유족들에게 전해야 했고, 현실로 돌아가서 반드시 지켜야만 하는 약속도 있었다.

다만 이 세계에서 지내는 동안 신이 다른 선택지에 대해 생각하게 된 것 역시 사실이었다.

이 세계에는 매력적인 부분이 많았다. 다른 이들에 비해 압도적으로 강한 힘, 자신에게 호감을 가져주는 슈니, 여전히 충성심을 보이는 옛 육천의 부하들까지.

생명의 위험이 있긴 하지만 신에게는 큰 위협이 되지 못했다. 크게 변모한 세계를 자유롭게 여행해보고 싶은 마음은 분명히 존재했다.

게다가 죽은 플레이어들과도 재회할 수 있다면— 이 세계에서 지내면 지낼수록 더욱 많은 것들이 신의 발목을 잡고 있었다.

만약 마리노까지 만나게 된다면 남고 싶은 마음이 더욱 커질 것이다.

"뭐, 물론 돌아갈 방법부터 찾고 나서 생각해야겠지만요."

"그렇구나. 하지만 이쪽 세계에 올 수 있었던 걸 보면 뭔가 방법이 있지 않을까?"

"가장 의심이 가는 건 던전의 문 같은데. 그 문을 통과하지는 않았다고 했지만 만약 다시 한 번 똑같은 일이 일어나면 그쪽으로 돌아갈 가능성도 있겠지."

신의 말에 두 사람이 진지하게 대답했다. 이야기하는 내용을 보면 그들은 신이 원래 세계로 돌아가는 것을 찬성하는 모양이었다.

"지맥과 관련이 있을지도 모른다고 하는데 아직은 워낙 정보가 부족해서 말이죠. 이제부터 여기저기 돌아다녀볼 생각입니다."

"우리가 할 수 있는 일이 있다면 최대한 도와주지."

"사양 말고 말해줘."

섀도우와 홀리는 온화하게 미소 지으며 말했다.

그 뒤로는 두 사람에게서 옛날 이야기나 그들이 돌아다닌 나라에 대해 들은 뒤에 신은 가게에서 나왔다.

†

"갔나 보군."

"그래, 재회했을 때도 그랬지만 완전히 예전의 신으로 돌아왔어."

신이 가게를 나간 뒤에 술잔을 정리하던 히비네코의 말에 섀도우가 안도하는 표정으로 대답했다.

"그 정도로 심했던 거야?"

"그래. 내가 할 말은 아니지만 사람이 변해버렸다고밖에 표현할 방법이 없을 정도였지. 사람을 베는 걸 조금도 주저하지 않았으니까 말이야."

"이 몸도 이야기는 들었지만…… 그런 일을 겪은 걸로는 도저히 보이지 않는군."

세 사람 중에서 변해버린 신을 가까이에서 본 건 섀도우뿐이었다. 히비네코와 홀리는 주저 없이 사람을 죽이는 신의 모습을 상상하기 어려웠다.

"솔직히 말하면 나도 놀랐어. 내가 마지막으로 본 신은 절대 그런 얼굴로 웃지는 않았으니까."

지금의 신은 힘만 사용하지 않으면 어디에나 있는 평범한 청년처럼 보였다.

히비네코와 홀리가 자신을 부르는 호칭을 지적하거나, 섀도우와 홀리에게 딸이 있다는 말을 듣고 깜짝 놀라는 당연한 반응을 보였던 것이다.

하지만 한때는 그런 당연한 반응을 전혀 볼 수 없었다.

섀도우가 마지막으로 본 신은 전혀 표정이 바뀌지 않았다. PK를 죽여도, 맛있는 음식을 먹어도, 함께 싸우던 플레이어가 눈앞에서 죽는다 해도 마찬가지였다.

마치 기계처럼 PK를 찾아내서 죽이는 작업만 반복할 뿐이었다.

사건 하나로 사람이 이렇게까지 바뀔 수 있나 하는 생각이 들 정도였다.

"무슨 일이 있었던 걸까?"

"글쎄. 하지만 {무언가}가 있었던 것만은 분명해. 그랬던 신을 원래대로 돌려놓은 무언가가 말이지."

세 사람은 그저 상상을 통해 추측해볼 뿐이었다. 다만 그것이 밝고 선한 무언가라는 것만은 알 수 있었다. 그리고 신이 사랑했던 여성과도 관련이 있어 보였다.

"……마리노는 이쪽에 와 있는 걸까?"

"글쎄. 신이 말하기로는 우리들과 다른 상황이었다고 하던데."

자신들이 이 세계에 온 이유를 정확히 알지 못하는 그들로서는 결론을 낼 수 없었다.

"……만약에 마리냐가 이곳에 없다면 자네들은 신이 어떻게 하길 바라지?"

히비네코는 짧은 손으로 능숙하게 테이블을 닦으면서 섀도우와 홀리에게 물었다.

"원래 세계로 돌아가야겠지."

"맞아, 나도 그렇게 생각해."

무심한 질문에 두 사람은 똑같이 대답했다.

조금도 망설이지 않은 대답이 돌아오자 히비네코는 테이블을 닦던 손을 멈추었다. 지금 가게 안에는 3명밖에 없었기에 잠깐 이야기할 정도의 여유는 있었다.

"흐음. 우리 입장에서는 돌아갈 수만 있으면 돌아가야 한다고 생각하겠지."

"갑자기 왜 그러지?"

"신은 아직까지는 그쪽으로 돌아갈 생각일 게야. 하지만 이 곳에서 오랫동안 생활한 뒤에도 과연 그런 선택을 할 수 있으려나."

이쪽 세계에 온 지 얼마 되지 않아 아는 사람도 거의 없을 때라면 주저 없이 돌아갈 거라고 생각했을 것이다.

하지만 히비네코 본인도 이 세계에 온 지 벌써 40년이 지났다. 만약 신과 함께 원래 세계로 돌아갈 수 있다 해도, 이제 그런 선택을 할 수 있을 것 같지는 않았다.

"이 몸처럼 돌아가 봐야 살날이 얼마 안 남은 처지라면 이 곳에 남는 선택도 나쁘진 않겠지. 하지만 신은 아직 젊어. 언제 끝날지 모르는 이 세계에 남지는 않았으면 좋겠군."

"그래. 이쪽에 오래 있다 보면 돌아가야겠다는 마음이 사라질지도 모르니까."

"하지만 우리와는 달리 신은 죽지 않았어. 그리고 원래 세계에 남겨두고 온 것들이 많을 거 아냐."

"그래도 신 군은 이 세계에서 최강이라고 해도 될 존재야. 게다가 슈니 같은 미인이 자기를 좋아해주는데 생각을 바꾸게 되지 않을까?"

현대 사회는 스트레스로 가득했다. 불쾌한 일들은 전부 잊어버리고 좋아하는 일을 하면서 자유롭게 살고 싶다고 생각하지 않는 사람은 없을 것이다.

"이 세계는 신에게 정말 살기 좋은 곳이지."

섀도우와 홀리도 히비네코의 말을 부정할 수 없었다. 사실 그것은 자신들에게도 해당되는 말이기 때문이었다.

"결국은 신에게 달린 건가."

"그래. 개인적으로는 현실 세계에 계신 부모님을 안심시켜 드릴 수만 있다면 좋을 것 같지만."

"주위의 기대를 한 몸에 받고 있었으니까 말이지. 마리냐가 없었다면 어떻게 됐을지."

그들 세 사람은 데스 게임이 시작되었을 때 강하다는 이유만으로 신이 얼마나 부당한 강요를 받아왔는지 잘 알고 있었다. 신은 혼자서 게임 공략을 떠맡으면서도 어쩔 수 없는 일이라면서 피곤한 얼굴로 웃곤 했다.

모두가 똑같은 출발점에서 시작했다면 상황은 달라졌을 것이다. 하지만 당시에 신을 제외한 상급 플레이어들은 최대 능력치가 800을 겨우 넘기는 수준이었다. 신과는 200에 가까운 차이가 났다.

【THE NEW GATE】에서는 200이나 능력치 차이가 나는 사람과는 파티를 맺어도 짐이 될 뿐이었다. 대미지, 이동 속도, 방어력까지 현저한 차이가 나는 데다 애초에 800까지 도달한 플레이어 자체가 많지 않았다.

그리고 여러 개의 파티가 연계하거나 필드에서 몬스터의

대군과 싸우는 경우라면 모를까, 던전, 특히 최종 던전은 여러 명의 플레이어가 들어갈 만한 공간이 없었다.

게다가 한번 죽으면 모든 것이 끝나는 상황에서 다른 플레이어를 신만큼 강하게 만들려면 1년 이상의 시간이 걸렸다. 한시라도 빨리 로그아웃하고 싶었던 사람들은 다 함께 신에게 몰려들어 게임을 빨리 공략하라고 다그쳤다.

"우리가 힘이 되어줄 수 있다면 좋을 텐데."

"안타깝군."

데스 게임에서 고독하게 싸워온 젊은이에게 뭔가 해줄 수 있는 일은 없는 걸까.

3명의 어른들은 함께 고민하기 시작했다.

†

"흠, 이제 그만 여관으로 돌아갈까."

냥다 랜드를 나온 신은 그렇게 중얼거리며 여관으로 향했다.

세 사람과 이야기를 하며 기분은 조금 나아졌지만 슈니를 어떻게 봐야 할지 알 수 없었다.

신은 답답한 심정으로 레드 테일의 문을 열고 열쇠를 받아든 뒤 누구와도 마주치지 않고 자기 방에 들어왔다.

잠시 지나자 누군가가 방문을 두드렸다. 카운터에서 열쇠를 받으면서 직원에게 목욕물을 가져다달라고 부탁했던 것이다.

신은 비스트 여성에게서 물이 든 통을 받아 들었다. 크기가 제법 커서 무거울 텐데도 그녀는 별로 힘들어 보이지 않았다.

신은 물을 데우는 마법을 사용하고 타월을 적셔 몸을 닦기 시작했다. 화장실은 보급되고 있다지만 욕실까지는 아직 어려운 것 같았다. 기술적인 부분을 잘 모르는 신은 누군가가 빨리 만들어주기를 바랄 수밖에 없었다.

"……그만 자자."

더 이상 특별히 할 일도 없었기에 신은 잠자리에 들기로 했다. 슈니와 있었던 일이 아직도 마음에 걸려서인지 아무 일도 하고 싶지 않았다.

이불 속으로 파고들자 신은 의외로 빠르게 잠에 빠져들었다.

THE NEW GATE

다음 날 아침.

신이 나갈 준비를 하자 누군가가 문을 노크했다. 문 밖에는 티에라, 변장한 슈니, 유즈하, 카게로우가 와 있었다. 아침 식사를 함께 하자고 온 것이었다.

신은 유즈하를 머리 위에 얹고 아래층으로 내려갔다. 자연스레 슈니 쪽을 바라보았지만 특별히 평소와 달라 보이지는 않았다.

"오늘은 뭘 할 거야?"

아침을 먹으면서 티에라가 물었다.

『범람』이 발생했다는 소식은 이미 도시 전체에 퍼졌고 주민들의 피난도 시작되고 있었다. 모험가들은 일손이 부족한 곳을 돕기 위해 여기저기 동원되었지만 의외로 할 일이 많지는 않은 것 같았다.

"저는 영주의 성에 갈 거예요. 신을 데려가겠다고 말해뒀으니까 오늘은 함께 가주세요."

"어, 어어. 알았어."

어제는 깜빡하고 말하지 못했던 것일까. 신도 특별한 예정은 없었기에 그녀의 말에 따르기로 했다.

평소와 태도가 바뀌지 않은 슈니를 보자 신은 계속해서 어제 일을 신경 쓰는 자신이 오히려 이상하게 느껴졌다. 이럴 때는 남자가 더 의식하게 되는 것일까? 신은 온갖 쓸데없는 생각으로 머릿속이 복잡해졌다.

"그러면 저는 훈련소에 가 있을게요. 저는 이번 전투에 참가하지 못하지만 또 무슨 일이 벌어질지 모르는 거니까요."

"좋은 생각이네요. 시간이 나면 또 대련해드릴까요?"

"……네. 잘 부탁드립니다."

신은 살짝 늦게 나온 티에라의 대답을 들으면서 마음속으로 티에라가 무사하기를 빌었다.

함께 여행할 때도 두 사람이 훈련하는 모습을 지켜봤지만 슈니의 가르침을 따라가는 것은 신이 봐도 육체적으로 상당히 힘든 일이었다. 신이 만든 개조 마차&특제 침구류가 없었다면 티에라는 축적된 피로 때문에 움직이지 못했을지도 모른다. 바로 대답이 나오지 않는 것도 당연했다.

카게로우를 데리고 있었기에 전투에서도 충분히 싸울 수 있었지만 티에라 본인의 전투력이 상승한 것은 아니었기에 훈련은 의외로 큰 성과를 냈다. 레벨을 높이는 것만으로는 진정으로 강해질 수 없는 것이다.

일행은 식사를 마치자 열쇠를 카운터에 맡기고 외출했다.

슈니와 티에라가 사람들의 시선을 끄는 것은 평소와 마찬가지였지만 『범람』이 일어나 몬스터들이 접근하고 있기 때문인지 그녀들에게 말을 걸어오는 남자는 없었다.

길드에 가기로 한 티에라, 카게로우와 중간에 헤어진 뒤에 신, 슈니, 유즈하는 함께 성으로 향했다.

"오늘은 뭘 하려고?"

"이곳에 파견된 선정자 분들과 얼굴을 익혀두고 어떤 식으로 연계할지에 대한 회의를 해야 해요. 실제로 어느 정도까지 연계할 수 있는지도 확인해봐야 하고요."

히비네코 일행은 이미 만났지만 파견조라 불리는 사람들과는 아직 인사도 하지 못했다. 아마 그 자리에서 리온과도 재회하게 될 것 같았다.

아무리 선정자 개개인의 능력이 뛰어나다지만 실전에서 호흡을 맞추라는 무리한 요구를 하지는 않는 것 같았다. 물론 이 도시의 운명이 걸려 있는 만큼 당연한 일이기는 했다.

"이름이 가일하고 리쥬라고 했던가?"

"알고 계셨군요."

"길드에서 들었어. 가일이라는 사람의 마법 스킬로 공격한다고 하던데, 그쪽이 마법사인가?"

"네. 풀네임은 가일 서제트. 화염 계열 마법이 특기인 마법사예요. 나머지 한 명은 리쥬 라트라시아. 이쪽은 리온 님과 똑같은 마검사죠."

종족은 가일이 로드, 리쥬가 드래그닐이라고 한다. 슈니는 두 사람 모두와 함께 싸워본 적이 있어서 그들의 인품도 잘 아는 것 같았다.

그들의 전투 스타일이나 능력에 대해 들으면서 걸어가는 사이 어느새 영주의 성이 보였다.

슈니는 들어가기 직전에 변장을 풀고 원래 모습으로 성문을 향해 걸어갔다. 갑작스러운 변화였지만 마법 스킬 덕분에 아무도 위화감을 느끼지 못했다.

"슈니 라이자 님! 잘 와주셨습니다!"

신원을 확인한 문지기가 완벽한 동작으로 경례했다. 그의 시선은 슈니에게만 고정되어 있어, 신이 옆에 있다는 사실을 알아채지 못한 것 같기도 했다.

"저기, 안에 들어가고 싶은데요……."

"앗!! 실례가 많았습니다! 허가증을 제시해주십시오!"

신이 말을 걸자 문지기는 당황하며 말했다. 아무래도 정말 신을 보지 못한 모양이다.

잔뜩 긴장한 문지기에게 슈니가 허가증을 건넸다. 사전에 받아두었던 것 같았다.

허가증을 확인한 문지기가 열어준 문을 통해서 두 사람과 유즈하는 성안으로 들어섰다.

그 뒤로는 문지기 한 명이 좋아서 어쩔 줄 모르는 얼굴로 길을 안내해주었다.

성문에 남은 문지기들이 절망하는 것을 보면 이 기회를 둘러싸고 처절한 싸움이 벌어진 게 틀림없었다.

'다들 뚫어지게 보는군.'

성내를 걸어가다 보면 필연적으로 많은 사람들과 스쳐 지나갈 수밖에 없었다. 그리고 그 대부분이 발을 멈추고 슈니를 보며 넋을 잃거나 고개를 숙였다.

시간이 지나면서 그런 사람들이 점점 더 많아지는 것은 신의 착각이 아니었다.

'슈니 언니, 인기 많아?'

'그래, 강하고 미인인 데다 상위 종족이니까. 당연히 인기가 많을 수밖에.'

신은 유즈하의 염화에 대답하면서 자신에게 쏠리는 시선을 거북하게 느꼈다.

사람들 대부분은 슈니를 먼저 본 다음 뒤늦게 신과 유즈하의 존재를 알아챘다. 그리고 열에 아홉은 '슈니 공의 옆에서 걷고 있는 저 녀석은 누구지?!' 하는 표정을 짓고 있었다.

적대심을 드러내는 사람은 많지 않다는 게 다행이었지만 계속 신경이 쓰일 수밖에 없었다.

신은 슈니의 인기를 얕봤던 것을 후회했다.

아무도 말을 걸어오지 않았던 것은 슈니가 이곳에 온 이유를 다들 알고 있었기 때문일까. 덕분에 일행 분은 누구시냐는 질문을 받지 않아도 됐기에 신으로서는 다행이었다.

한동안 걸어가자 안내해주던 문지기가 어떤 방 앞에서 멈춰 섰다. 아무래도 이곳이 만남의 장소인 것 같았다.

"라이자 님. 여기까지 와주셔서 감사합니다."

"아닙니다. 제가 늦게 온 건가요?"

"아니요, 아직 안 오신 분들도 계십니다."

두 사람이 방에 들어가자 테이블에 앉아 이야기를 나누던 사람들 중에 가장 고급스러운 옷을 입은 인물이 일어나 감사의 말을 꺼냈다.

타우로 야크스펠.

짧게 자른 머리와 강한 눈빛이 인상적인 남자로 나이는 40대 중반 정도였다. 군살 없는 몸이 그의 성격을 대변해주는 것 같았다.

"신 공은 리온 님과 함께 우리 도시의 방어에 참가해주신다지요. 정말 든든하게 생각합니다."

"아, 아니요. 대단한 도움이 되지는 못할 겁니다."

타우로는 슈니와 가볍게 인사를 나누더니 바로 신에게도 말을 건넸다. 말투는 정중했지만 신이 어떤 인물인지 날카로운 시선으로 살피는 것을 보면 역시 바르멜의 영주답다고 할 수 있었다.

"회의를 시작할 때까지는 아직 시간이 있습니다. 마실 것을 준비할 테니 편하게 쉬고 계십시오."

타우로는 그렇게 말하며 자리에서 일어났다. 파견조와 리온은 아직 오지 않은 모양이었다.

먼저 와 있던 히비네코 일행과 담소를 나누며 잠시 기다리자 타우로와 리온 외에 두 남성과 한 여성이 함께 들어왔다.

"그러면 여러분의 첫 대면도 겸해서 회의를 시작하겠습니다. 처음 보는 분도 계실 테니 가볍게 자기소개부터 하도록 하지요."

모두가 자리에 앉자 타우로가 그렇게 말을 꺼냈다.

갑작스레 도와주러 온 신과 리온을 시작으로 순서대로 자기소개가 진행되었다.

"내 이름은 가일 서제트. 마법사다. 이번 전투에서는 라이자 공과 함께 첫 공격을 담당하게 됐지. 잘 부탁한다."

가일은 본인을 마법사로 소개했지만 군이 따지자면 전사라고 해야 납득이 갈 만한 외모의 소유자였다. 조금 길게 기른 갈색 머리에 검은 눈동자의 쾌남이었다. 키는 신과 비슷했지만 근육량은 가일이 더 많을 것이다. 로드인 것 같았지만 겉모습은 휴먼과 다를 게 없었다.

오늘은 연계 훈련도 해야 하기 때문인지 지팡이와 망토를 장비하고 있었다.

"나는 리쥬 라트라시아. 마검사야. 이번에는 리온 님과 함께 이 녀석을 지키게 됐지. 잘 해보자."

리쥬는 웨이브가 들어간 붉은 머리카락과 진홍색 눈동자를 가진 여성이었다. 전사 계열이라 그런지 말투가 여성스럽지는 않았지만 170세메르의 키와 굴곡 있는 몸매는 충분히 매력적이었다.

눈가에 희미한 비늘 모양이 보이는 것을 제외하면 드래그
닐만의 특징은 보이지 않았다. 전에 만났던 슈바이드와는 달
리 그녀는 휴먼에 가까운 외모를 가지고 있었다.

"여기서 저걸 입고 있는 녀석이 있을 줄은 몰랐는데."

"응? 무슨 소리지?"

신이 중얼거리는 소리가 들렸는지 리쥬가 물었다.

"아아, 아니, 리쥬 씨가 입고 있는 게 마법 갑옷 같아서요."

리쥬는 가일과 마찬가지로 실전용 장비를 걸치고 있었다.
다만 그녀가 입고 있는 것은 소위 말하는 비키니 아머였다.
겉보기에는 갑옷으로서 제구실을 할지 의심스러운 장비라고
할 수 있었다.

신은 당연히 그게 어떤 장비인지 알고 있었다.

정식 명칭은 『용옥(龍玉)의 마법 갑옷』이었고 드래곤 계열 몬
스터에게서 얻을 수 있는 보석을 사용한 전설급의 중급품 갑
옷이었다. 색이 붉은 것은 레드 드래곤의 보석을 사용했기 때
문일 것이다.

일정한 대미지를 무효화하거나 감소시키는 효과를 갖고 있
었고 VIT가 500을 넘지 않으면 장비할 수 없었다. 피부가 노
출된 부위에도 대미지 감소 효과가 있기 때문에 능력치만 높
으면 노출된 가슴 부분으로 칼날을 막아낼 수도 있었다.

다만 성능이 높기는 해도 게임 시절에는 별로 인기가 없는
장비였다. VRMMO에서 자기 몸으로 플레이하게 되기 때문

인지 여성들 중에 그것을 입으려는 사람이 많지 않았던 것이다.

"어라, 넋을 잃고 보던 것 아니었어? 난 가슴 쪽에 시선이 느껴지던데."

리쥬는 그렇게 말하며 가슴을 강조하듯 앞으로 내밀었다. 신이 리쥬의 가슴— 정확히는 가슴을 덮은 갑옷을 바라본 것은 사실이지만 음흉한 마음을 가졌던 것은 아니었다.

"농담은 그만하세요……."

신은 자신을 놀리는 거라고 생각하면서도 이런 성격이라면 비키니 아머를 입고도 남겠다는 생각을 했다.

"리쥬, 놀리는 것도 적당히 해두게. 자기소개를 계속하지. 나는 에르긴 슬레프. 바르멜 수호기사단의 단장을 맡고 있네. 이번 전투에서는 내가 군을 지휘하게 되었네. 라이자 공이 있다고 대충 할 생각은 없으니 걱정 말게. 잘 부탁하겠네."

신과 리쥬의 대화에 끼어들며 다음 사람이 자기소개를 했다. 직업상 큰 소리를 낼 때가 많기 때문인지 정확하게 잘 들리는 목소리였다. 신은 리쥬의 말에 어떻게 대응해야 할지 난감해하고 있었기에 대신 나서준 에르긴이 고마웠다.

에르긴은 키가 2메르에 달하는 거한이었다. 팔과 다리는 신보다 두 배는 굵었고 그런 몸을 특별 제작한 갑옷으로 감싼 모습은 서 있는 것만으로도 주위를 압도했다. 선정자인지는 알 수 없었지만 레벨은 212로 나름 높았다.

나이는 30대 후반 내지 40대 초반 정도로 보였다. 타우로와는 다른 느낌의 날카로운 눈빛을 신에게 보내고 있었다.

이어서 슈니와 히비네코 일행도 간단하게 말을 꺼냈다.

"그러면 바로 『범람』에 대한 회의를 시작하지요. 이미 알고 계신 분들도 있을 테지만 다시 한 번 확인한다고 생각하고 들어주시길 바랍니다."

모두의 자기소개가 끝나자 타우로가 그렇게 말을 꺼냈다.

사람들의 시선이 자신에게 집중된 것을 확인한 타우로는 테이블 위에 지도를 펼쳤다. 카르키아에서 바르멜까지를 나타낸 대략적인 지도였다.

"리온 님과 신 공이 가져온 정보를 조사한 결과, 이쪽으로 향하고 있는 몬스터 무리가 확인되었습니다. 진행 속도를 통해 예상해보면 앞으로 나흘 뒤에는 바르멜에 도착하겠지요. 인간형 몬스터인 고블린과 오크, 오우거 등이 주체를 이루고 있습니다."

타우로는 그렇게 말하며 몬스터 모양의 장기 말을 지도 위에 여러 개 올려놓았다. 그리고 바르멜 쪽에 장기 말 2개, 그 뒤에 큰 장기 말 4개를 놓았다.

"이쪽은 신 공, 섀도우 공, 홀리 공, 네코마타 공의 1팀입니다. 그리고 이쪽이 슈니 님, 리온 님, 가일 공, 리쥬 공의 2팀입니다. 여러분이 바르멜 전방 5케메르 지점에서 대기해주시면 그 후방에 기사단을 전개할 예정입니다. 몬스터를 어느 정도 끌어들인 뒤에 슈니 님과 가일 공의 광범위 마법 스킬로 요격하게 됩니다. 이때 1팀 쪽에 많은 몬스터가 남을 것으로 예상되므로 1팀은 이것을 요격해 숫자를 줄이면서 적당히 후방으로 통과시켜주십시오."

그 뒤에도 타우로는 장기 말을 움직여가며 작전을 계속 설명했다. 레벨이 높은 개체를 우선적으로 격파해야 하고, 도시 방어가 우선이며, 병사들의 훈련은 그다음이라는 걸 마지막으로 알리며 타우로는 설명을 마쳤다.

"그러면 1팀은 파티를 짜서 연계 훈련을 해주게. 2팀은 가일 공의 호위가 주요 임무인 만큼 슈니 님이 가상의 적이 되어 훈련해주실 걸세."

"윽."

"뭐라고?!"

에르긴이 꺼낸 말에 가일이 딱딱하게 굳어버렸고 리쥬는 비명에 가까운 소리를 냈다.

"슈냐 씨의 훈련은 힘든 걸로 유명하거든."

두 사람의 반응에 신이 의아한 표정을 짓자 히비네코가 작은 소리로 이유를 알려주었다. 아무래도 슈니는 꼭 가까운 사람이 아니라도 엄격하게 훈련하는 모양이었다.

리온 혼자서 기대된다는 표정을 짓고 있는 것은 슈니의 훈련이 얼마나 힘든지 모르기 때문일까, 아니면 슈니에게 훈련을 받을 수 있다는 점을 영광스럽게 생각했기 때문일까.

"죽지 말라고."

몸이 엉망진창이 되더라도 회복할 수 있는 시간은 충분했다. 슈니라면 그 아슬아슬한 한계점을 잘 파악해서 훈련할 것이다.

신은 그런 생각을 하며 2팀 인원들에게 응원의 말을 보냈다.

"그러면 우리들도 훈련을 하러 가세나."

슈니를 포함한 2팀에 이어 신 일행도 다른 곳으로 이동하기 시작했다.

슈니가 가상의 적 역할을 맡은 2팀과는 달리 신 일행은 바르멜의 성벽 밖으로 향했다. 도시 밖에 있는 몬스터를 상대로 훈련하기 위해서였다.

그래봐야 능력치 차이가 너무 커서 제대로 된 전투라고 할 수 없었지만 어디까지나 호흡을 맞추는 것이 목적이었기에 문제는 없었다.

섀도우가 불쑥 말을 꺼냈다.

"신과 함께 싸우는 건 오랜만이군."

"그러네요. 아니, 제 경우는 다른 사람과 파티를 짜는 것 자체가 오랜만이지만요."

이것 역시 능력치가 너무 차이 나기 때문에 생겨나는 부작용이었다. 신이 다른 플레이어들에게 맞추는 것보다 차라리 솔로로 싸우는 편이 적을 빨리 쓰러뜨릴 수 있었고 힘도 덜

들었다.

"어쩔 수 없지. 다른 플레이어를 성장시키기에는 너무 많은 시간이 걸렸으니까 말이야."

"제 수준을 간단히 따라잡히면 그것도 허무할 것 같네요."

샤도우의 말에 신은 자기도 모르게 그런 대답이 나왔다. 다른 플레이어들이 강해지는 것은 분명 좋은 일이지만 많은 것들을 희생해가며 강해진 그는 마냥 기뻐할 수도 없었다.

그러자 히비네코가 끼어들었다.

"수다는 그쯤 해둬. 우리보다 훨씬 약하긴 하지만 몬스터와 싸우러 온 것 아닌가. 방심은 금물이라고."

"……맞는 말이군. 미안해, 조금 들떴던 모양이야."

"죄송합니다."

솔직히 말하면 얼굴에 치명타를 맞아도 상처 하나 입지 않을 자신이 있었지만 오랜만에 파티를 짜서 들떠 있던 샤도우와 신은 순순히 사과했다.

히비네코도 두 사람의 마음은 이해했기에 특별히 화가 난 것은 아니었다.

그러자 홀리는 쓴웃음을 지으며 말했다.

"히비네코 씨도 마찬가지면서."

"어른이라면 당연히 자제할 줄 알아야지."

"평소보다도 꼬리가 많이 움직이는데요?"

"……규, 균형을 잡고 있던 것뿐이야!"

두 발로 걷고 있는 이상 꼬리가 그런 기능을 할 리는 만무했다. 결국 히비네코 역시 똑같이 들떠 있었던 것이다. 홀리는 그런 히비네코를 흐뭇한 눈빛으로 바라보았다.

"그건 그렇고. 이제 슬슬 몬스터가 나오는 지역이야."

"이 몸은 절대로 들뜨지…… 뭐, 그렇군. 이 근처는 늑대 계열 몬스터가 자주 출몰하는 곳이니까 말이야."

홀리는 히비네코를 놀리면서도 주위 경계를 게을리하지 않았다. 얼빠진 대화를 하고 있지만 다들 선정자인 만큼 이동 속도가 매우 빨랐고 이미 목적지에 들어서고 있었다.

하지만 주위를 둘러봐도 몬스터의 그림자도 보이지 않았다.

"이상하네요. 감지할 수 있는 범위 내에는 몬스터가 한 마리도 없어요."

"한 마리도 없다고?"

신의 감지 범위는 【서치】와 【기척 감지】 같은 여러 스킬을 통해 대폭 확대되어 있었다. 그래서 섀도우와 히비네코보다 훨씬 넓은 범위를 감지해낼 수 있었지만 발견되는 몬스터는 전혀 없었다.

신의 감지 범위를 알고 있는 나머지 일행은 다들 의아한 표정을 지었다.

"이런 일이 『범람』 때 자주 일어나나요?"

"아니. 이 몸은 나름대로 많은 『범람』을 경험해봤지만, 몬스터가 줄어드는 경우는 있어도 아예 사라지는 경우는 없었어."

"줄어드는 경우는 있다고요?"

"『범람』으로 발생한 몬스터는 기존 몬스터들을 무차별적으로 공격하지. 위험을 감지한 몬스터들이 자기 영역을 떠난다는 건 유명한 이야기야."

"그렇군요. 하지만 이번에는 뭔가가 다른 거네요."

"으음. 몬스터가 줄어들 때도 갑자기 확 줄어드는 건 아니었는데……. 이번 현상은 아무리 봐도 이상하군."

히비네코의 말에 신 일행의 표정이 날카로워졌다. 『범람』뿐만 아니라 몬스터들의 의문의 실종까지. 다들 말은 꺼내지 않았지만 낙관적으로 볼 수 없다는 의견은 일치하고 있었다.

"느긋하게 훈련이나 하고 있을 때가 아니로군. 일단 돌아가자."

"그래. 원인은 알 수 없지만 모두에게 알리는 게 좋을 것 같아."

섀도우의 제안에 홀리가 맞장구를 쳤다. 신과 히비네코도 다른 의견이 있는 것은 아니었기에 그들은 상급 선정자의 각력을 활용해 바르멜로 빠르게 달려왔다.

신은 오는 도중에 감지되는 몬스터가 있는지 계속 확인했지만 역시 한 마리도 보이지 않았다.

"……."

"신? 아까부터 말이 없는데 뭐 짚이는 거라도 있는 건가?"

"네, 조금요."

새도우의 질문에 신은 떨떠름한 표정으로 대답했다. 그의 기억 속에 떠오르는 것이 있었기 때문이다.

그것은 게임의 이벤트 전투였다. 몬스터 무리가 도시를 습격하는 내용의, 별로 특이할 것도 없는 이벤트였다. 다만 그 숫자가 문제였다. 주변 몬스터들의 등장이 일시적으로 중단되었다가 엄청난 숫자의 대군이 검은 파도처럼 일제히 도시로 몰려들었다.

플레이어는 물론 그에 맞서 싸웠고 방어는 성공했다. 몬스터 대부분은 신 같은 상급 플레이어의 마법 스킬에 나가떨어졌다. 하지만 땅굴을 파서 도시 내에 잠입한 몬스터 탓에 피해도 적지 않았다.

바로 그 이벤트가 시작되기 전에도 몬스터들이 자취를 감추고는 했다. 만약 이것이 그와 똑같은 일이 벌어질 전조라면 『범람』보다도 많은 몬스터 무리가 새롭게 몰려들 것이다.

"만약 그 이벤트 전투와 똑같은 상황이라면 모두에게 알려야겠군."

"네. 슈니에게 부탁하려고요."

히비네코의 말에 신은 고개를 끄덕이며 대답했다.

슈니라면 과거에 이런 일이 있었다는 말로 사람들을 납득시킬 수 있기 때문이다. 그렇게 하면 신이 주목받지 않아도 되었다.

"몬스터의 반응이 없다는…… 건가요."

영주의 성으로 돌아온 네 사람은 즉시 타우로와 연락을 취해서 몬스터에 대해 보고했다. 응접실에는 슈니 외에 2팀 멤버들도 와 있었다.

보고를 들은 타우로는 잠시 기억을 되짚듯이 생각에 잠겼다. 하지만 딱히 짚이는 구석은 없었는지 작게 한숨을 쉬었다.

동석한 에르긴도 고개를 가로저었다.

"내가 아는 한 그런 일이 있었다는 기록은 없습니다. 조사가 필요하겠군요."

"몬스터가 위험을 감지하고 도망쳤다는 것으로는 설명이 되지 않겠지."

두 사람의 태도를 보면 그들이 이 일을 얼마나 염려하고 있는지 알 수 있었다.

"여러분은 뭔가 아시는 게 없습니까?"

타우로의 말에 슈니를 제외한 모두가 고개를 가로저었다.

"슈니 님은 뭔가 아시는 거라도……?"

"네. 전에 비슷한 일이 있었던 게 생각나서요."

타우로의 물음에 슈니는 고개를 끄덕였다. 슈니에게는 이미 심화를 통해 말을 맞춰둔 상태였다.

신이 기억하는 것은 어디까지나 게임 속의 이야기였지만 이 세계라면 똑같은 일이 일어나도 이상할 것이 없었다.

"이야기를 들려주실 수 있을까요? 지금은 조금이라도 많은 정보가 필요합니다."

"물론이죠. 상당히 오래 전에 일어났던 일이지만—."

슈니는 중간중간 내용을 얼버무리면서 설명을 마쳤다.

"그런…… 일이……."

이야기를 들은 사람들의 표정이 딱딱하게 굳었다. 공격해 오는 몬스터의 레벨이 높다는 이야기가 나오면서부터는 특히 타우로와 에르긴의 안색이 파리해졌다.

지금까지는 상급 선정자라는 특화된 전력이 있는 상태에서 일반 병사들도 쓰러뜨릴 수 있는 몬스터를 상대해왔기에 도시를 방어해낼 수 있었다. 하지만 일반 병사들이 어찌할 수 없는 몬스터 무리가 공격해온다면 어느 정도의 피해가 나올지 짐작할 수 없었다.

"어디까지나 상황이 비슷하다는 것뿐이지, 아직 확실하진 않습니다."

"아니, 그래도 대비는 해두는 게 좋겠지요. 이제 더 이상 훈련 운운할 상황이 아니군요."

슈니의 말에 에르긴은 진지한 표정으로 대답했다. 지금 직면한 상황이 너무나도 위험한 것이다.

"이번에는 쉽게 이길 거라고 생각했는데 말이지."

"동감이야. 일이 참 안 풀리는군."

가일과 리쥬가 힘이 빠진다는 듯이 어깨를 으쓱해 보였다.

말투는 가벼웠지만 그들 역시 표정이 밝다고 할 수는 없었다.

"하지만 안 좋은 일만 있는 건 아닐세. 우리에겐 슈니 라이 자가 함께 있지 않나. 게다가 상급 선정자가 2명이나 원군으로 와줬지. 올바르게만 대처하면 위험한 상황이 와도 넘길 수 있을 게야."

"그래, 적의 규모는 미지수지만 이번에는 아군이 워낙 강력해. 어쩌면 의외로 쉽게 끝날지도 모른다고."

적에 대해서만 신경 쓰던 그들을 향해 히비네코와 섀도우가 말을 꺼냈다. 조금도 위축되지 않은 목소리가 분위기를 가볍게 만들어주었다.

두 사람이 여유를 가질 수 있는 것은 신과 슈니가 함께 있기 때문이었다. 어떻게 보면 도시를 향해 몰려드는 몬스터들보다는 그 두 사람이 훨씬 더 위험하다고 할 수 있었다.

"물론 최선을 다해 협력할 생각입니다."

"……맞는 말이군요. 오히려 이 상황에 감사해야겠지요. 그러면 작전을 변경하겠습니다. 슈니 님, 몬스터가 어느 쪽에서 공격해올지 아십니까?"

"아니요, 거기까지는 모릅니다."

슈니는 솔직하게 대답했다. 또한 공격해올 시기도 분명치 않았기에 정찰을 꼼꼼하게 하기로 결론이 났다.

회의가 끝나자 각 부서에 지시가 내려졌다. 만약 이벤트 전투의 몬스터들이 먼저 공격해와도 즉시 대응할 수 있도록 준비가 갖추어졌다.

✝

"저기, 슈니. 확인하고 싶은 일이 있는데, 내가 사라진 뒤에 길드전(戰)용 대규모 마법을 사용한 적이 있어?"

"아니요. 그 정도의 대군과 싸운 적은 없어요. 대부분 일반적인 광범위 마법으로 상대할 수 있었거든요."

성에서 나온 신 일행은 일단 헤어졌다가 다시 합류했다. 현재는 티에라를 데리러 길드로 향하는 중이었다.

몬스터를 상대로 싸워보지는 못했지만 성의 훈련장에서 가상의 적을 상대로 싸우며 호흡은 맞춰두었다.

이번에는 상당한 숫자를 상대해야 했기에 신은 슈니에게 길드전용 스킬이 어느 정도 위력인지에 대해 물어보려고 했다. 하지만 슈니도『영광의 낙일』이후로 그 정도의 대군과 싸워본 적이 없어서 잘 모르는 것 같았다.

"그렇다면 가볍게 사용해선 안 되겠군. 선제공격을 할 때 한번 사용해봐 주겠어?"

"네. 그때가 아니면 사용할 수 없겠죠."

상황에 따라서는 그것만으로도 전투가 거의 끝나버릴 가능성이 있었다. 그것도 나쁜 일은 아니었으므로 신은 이 기회에 슈니를 통해 스킬의 위력을 확인해보기로 했다.

"슈니의 대규모 마법이라~. 우리가 나설 기회도 안 남는 거 아냐?"

"피해가 없다면 그것만큼 좋은 일은 없어."

"으음."

홀리의 말에 섀도우는 긍정적인 의견을 내놓았고 히비네코도 동의했다.

신은 지금 상황을 그렇게 낙관적으로 보는 것은 아니었지만 크게 걱정하고 있지도 않았다.

"뭐, 일단 상황이 닥쳐봐야 아는 거잖아요. 만약의 사태를 대비해서 저도 준비는 해둘 거지만요."

"무언가를 하시려는 건가요?"

"많은 적들과 싸울 때 안성맞춤인 장비가 있었잖아. 이 틈에 그걸 업그레이드해두려고. 얼굴도 숨길 수 있으니까 맘껏 날뛰어도 괜찮을 거야."

슈니의 질문에 신은 살짝 사악한 미소를 지으며 대답했다. 아무래도 대장장이의 피가 들끓고 있는 듯했다.

"……적들이 두 방향에서 동시에 쳐들어와도 걱정할 필요가 없겠군."

"맞아."

섀도우와 홀리는 쓴웃음을 지으며 신과 슈니의 대화를 지켜보고 있었다. 히비네코도 말은 꺼내지 않았지만 동의하듯이 고개를 끄덕거렸다.

길드에 도착하자 일행은 접수 데스크의 여직원에게 양해를 구한 뒤 훈련장으로 이동했다.

훈련장에는 활이나 투척 무기를 맞힐 과녁이 늘어선 공간과 교관에게 직접 지도받는 공간 등이 있었고 여러 가지 훈련이 가능했다.

신은 베일리히트에서 길드 마스터인 발크스와 싸울 때 특수한 훈련장에 가본 적이 있었지만 일반 모험가들을 위한 훈련장을 구경하는 것은 이번이 처음이었다.

신은 훈련장 안을 돌아다니며 티에라를 찾았다.

"아, 저기 있네."

많은 모험가들이 연계 훈련이나 개인 연습에 한창인 공터의 한쪽에 티에라가 보였다. 아무래도 누군가와 1 대 1로 전투 훈련을 하고 있는 것 같았다.

"저건 카에데 아냐?"

"그런 것 같네요."

신의 말에 다른 이들도 티에라와 카에데가 대결하는 모습을 발견했다. 양쪽 모두 무기는 단검이었다. 아무래도 훈련장에서 대여해주는 장비 같았다.

카게로우는 근처의 벽 쪽에 가만히 앉아 대기하고 있었다.

"일방적이로군."

"카에데의 움직임을 따라가고 있다는 것만으로도 오히려 티에라를 칭찬해야겠죠."

티에라는 말이 대결이지, 일방적으로 방어만 하고 있었다. 카에데와 티에라의 능력치 차이를 고려하면 슈니의 말처럼 막아내고 있다는 것만으로도 칭찬받을 만했다.

카에데가 최선을 다하고 있는 것 같지는 않았지만 보통 사람이라면 그녀의 공격을 눈으로 따라가기도 벅찰 것이다. 슈니의 훈련은 티에라의 능력을 확실히 향상시킨 것 같았다.

"크윽!"

그들이 말을 걸기도 전에 티에라의 단검이 손에서 튕겨나 갔다. 자신의 목덜미를 겨눈 단검을 보며 티에라는 움직임을 멈추었다.

"승부가 난 건가."

"아, 신 씨. 슈…… 가 아니라 유키 씨도 오셨네요."

"신……?"

신 일행을 발견한 카에데가 그들을 불렀다. 티에라도 목소리를 듣고 신 쪽을 돌아보았지만 숨이 차서 바로 움직이지는 못했다.

덧붙이자면 유키는 슈니가 변장 중일 때 사용하는 이름이었다. 길드 카드도 유키라는 이름으로 등록되어 있다고 한다.

"같이 훈련하고 있던 건가요?"

"네. 우연히 만났거든요."

처음에는 능력치를 제한한 상태에서 훈련했다고 한다. 그러다 마지막에 능력치 제한을 풀고 대결할 때 신 일행이 도착한 것 같았다.

"괜찮아?"

"응…… 괜…… 찮아."

신은 땀으로 흠뻑 젖은 티에라에게 타월을 주며 말했다. 그리고 티에라가 숨을 고를 때까지 기다렸다.

"훈련의 성과가 있는 것 같던데."

"응. 이렇게 노력했는데 아무 성과도 없으면 울지도 몰라."

"그것도 그런가. 어쨌든 수고했어."

카게로우도 다가와서 티에라를 격려했다. 카게로우가 얼굴을 핥자 티에라는 간지러워했다.

신 일행은 티에라와 카에데를 데리고 길드에서 나왔다.

섀도우와 히비네코는 바르멜 주민들 사이에서 유명한지 여기저기서 말을 걸어오는 사람들이 많았다.

"이곳에선 제법 인기가 많으시네요."

"영주의 성 근처에서는 그렇지도 않아. 이 주변에는 우리 가게 단골이 많거든."

"흐음흐음…… 그런데 손님들이 음식과 카에데 중에 어느 쪽을 더 많이 보러 오죠?"

"요리가 5할, 카에데가 3할, 홀리가 2할이야."

신은 농담으로 물어보았지만 섀도우는 의외로 진지하게 대답했다.

카페 『B&W』의 인기는 요리와 두 여성이 양분하고 있는 모양이었다.

"홀리 씨를 보러 오는 사람들도 있는 거군요."

"그게 뭐 문제라도 있니?"

"아, 아뇨, 아뇨! 아무것도 아니에요. 홀리 씨는 섀도우 씨와 결혼한 사이니까, 카에데를 보러 오는 손님들이 많지 않을까 생각했거든요."

홀리가 미소 같지 않은 미소를 띠며 물어보자 신은 다급하게 해명했다.

『사람들이 새댁처럼 봐주는 게 좋아서 그러는 거예요.』

『그, 그렇구나…….』

웃으며 얼버무리는 신에게 카에데가 작은 소리로 귀띔해주었다. 젊어 보이고 싶은 여자의 마음은 이 세계에서도 마찬가지인 모양이다.

하이 엘프인 홀리의 외모는 20대 초반 정도로만 보였다. 섀도우에게도 해당되는 말이지만 겉모습은 매우 젊었다.

게다가 홀리는 상당한 미인이었다. 카에데와 나란히 있어도 모녀보다는 자매처럼 보였다. 유부녀라도 충분히 인기가 많을 것이다.

애초에 하이 엘프, 하이 로드를 기준으로 따지면 홀리와 섀도우는 아직 어린아이나 다름없는 나이였다. 현실 세계의 상식을 기준으로 생각하다 보니 자신들이 나이를 먹었다고 느끼는 것 같지만 이쪽 세계에서는 적용되지 않는 이야기였다.

"그러고 보니 이쪽 세계에 온 플레이어들은 역시 종족에 따라 수명이 다른 건가요? 섀도우 씨와 홀리 씨를 보면 그렇게 느껴지는데요."

"글쎄. 나도 다들 종족에 따른 수명을 갖게 된 게 아닌가 생각하고 있어. 다만 아직 몇천 년 동안 살아 있는 녀석은 없으니까 어디까지나 예상에 불과하지."

"그렇다면 장수 종족의 상위 종족인 사람은 엄청나게 오래 살겠네요."

공식 설정에 따르면, 하이 엘프와 하이 픽시는 수천 년 동안 살아간다고 되어 있었다. 그 설정이 그대로 적용되었다면 인간이었던 시절에 비해 늙지 않는 거나 다름없었다.

"이미 알고 있을지도 모르지만 신 군도 비슷하게, 아니 오히려 우리보다 오래 사는 거 아냐?"

"설정상으로는 수명이 가장 길었죠."

"정령 같은 존재에 가깝다고 적혀 있었잖아. 그런 설정이 어디까지 반영되는 것이려나."

"글쎄요. 저는 특별히 뭔가가 바뀐 것 같지 않지만, 홀리 씨는 어떠세요?"

"글쎄……. 아, 왠지 모르게 식물 채집을 잘하게 된 것 같은 느낌이 들어."

엘프는 숲의 주민이었다. 설정에 따르면 식물과 간단한 의 사소통이 가능하다고 되어 있었는데 그 영향이 나타나는 건지도 몰랐다.

"이 몸은 특별히 아무것도 느껴지지 않는데. 엘프나 픽시처럼 독자적인 감각을 갖고 있지 않아서 그런 건지도 모르지만 말이야."

"아니, 나도 변화는 느껴지지 않아. 역시 개인차가 있는 거겠지."

히비네코와 섀도우는 이렇다 할 변화가 느껴지지 않는 모양이었다.

전에 슈니와 티에라는 식물이 가진 생명력이 아우라처럼 보인다고 말했지만, 그런 일도 없는 듯했다.

"너무 깊이 생각해봐도 의미는 없을 것 같아. 그런 일도 있다는 것 정도만 알고 있으면 되지 않을까?"

"뭐, 저도 갑자기 생각나서 물어본 것뿐이에요."

홀리의 말처럼 이것은 아무리 생각해본들 답이 나오는 문제가 아니었다.

그때 마침 신 일행이 묵고 있는 여관에 도착했기에 오늘은 여기서 해산하게 되었다.

여관에 들어가자 마침 누군가가 주방에서 나오던 참이었다.

"어서 오세요. 식사를 준비해드릴까요?"

"조금 이따가 다시 부탁드릴게요."

첫날 만났던 비스트 여성이었다. 이름은 시즈였고 이 여관의 여주인이었다.

신 일행은 일단 방에 가서 티에라를 기다렸다.

신과 슈니는 성에서 훈련한 뒤에 영주인 타우로의 저택에서 목욕을 했다. 하지만 티에라는 옷을 갈아입긴 했어도 여전히 땀범벅이었다. 몸을 깨끗이 할 때까지 기다려주는 게 당연했다.

옷을 갈아입고 티에라, 슈니와 합류한 신은 아래층으로 내려왔다.

"배고파~."

"그렇게나 많이 움직였으니까 당연하지."

피곤하기 때문인지 티에라는 테이블 위로 힘없이 엎드렸다.

"특훈의 성과가 나온 것 같아서 안심했어요."

"그 정도로 심하게 당하면 당연히……."

"뭐라고요?"

"아니요, 아무 말도 안 했어요!"

티에라가 불쑥 중얼거린 말에 슈니가 바로 반응했다.

작은 소리였기에 들리지 않을 거라 생각한 모양이었다. 티에라는 몸을 벌떡 일으키며 고개를 가로저었다.

신은 훈련의 성과가 나타나지 않았으면 어떻게 됐을지 갑자기 궁금해지기 시작했다.

"자, 갈까."

식사를 마친 신은 혼자 가게를 나와 성벽을 향해 달렸다.

밤중에 몬스터가 공격해올 가능성도 있었기에 그에 대한 방비를 해둘 생각이었다.

신은 성벽에 도착하자 【은폐】 스킬로 모습을 감추었고 단숨에 도약해서 성벽 위로 뛰어올랐다.

성벽 밖에는 불빛 하나 없었고 달이 구름에 가리면 아무것도 보이지 않는 거나 다름없었다.

암시(暗視) 스킬을 가진 신은 몬스터의 그림자라도 없는지 주위를 둘러보았지만 역시 아무것도 보이지 않았다. 탐지 계열 스킬에도 아무 반응이 없었다.

"이 정도로 아무것도 없으면 오히려 불길하단 말이지."

신은 불쑥 중얼거리며 스킬을 발동했다.

토술/풍술 복합 스킬인 【사일런트 · 위스퍼】였다.

일정 범위 내에 몬스터가 침입하면 플레이어에게 알려주는 스킬이었다. 지상뿐만 아니라 지하에서 오는 몬스터들까지도 감지해낼 수 있었다.

과거의 전투에서 땅굴을 파고 오는 몬스터들에게 고전한 적이 있었기에 철저한 대책을 마련한 것이다.

"이 정도면 되려나. 무리를 통솔하는 몬스터만 찾으면 이야기가 간단해지지만 말이지."

타우로와 에르긴에게도 말해두었지만 예전에 이벤트 전투

에서 신과 플레이어들을 괴롭힌 주범은 【레이드·바이즈】라는 몬스터였다. 레이드·바이즈 자체는 그렇게 강하지 않았다. 다만 자신이 거느린 다른 종족의 몬스터들을 수족처럼 부리기 때문에 성가시기 이를 데 없었다.

【~리더】라는 이름이 붙는 각 종족의 지휘관들을 지배하기 때문에 군대 같은 지휘 계통이 생겨나는 데다 거느린 모든 몬스터의 능력치를 향상시키는 능력까지 있었다.

레이드·바이즈를 해치우는 순간 몬스터에 대한 지배가 풀리기 때문에, 본격적인 전투가 시작되기 전에 쓰러뜨리면 상황을 종료시킬 수 있었다. 하지만 찾아내는 것 자체가 쉬운 일은 아니었다.

이번에도 레이드·바이즈가 주범이라고 단정 지을 수는 없겠지만 만약 발견하면 바로 연락해달라고 모두에게 전달해둔 상태였다.

그곳에 오래 머무른다고 해서 스킬의 효과가 달라지는 것은 아니었기에 신은 그대로 성 밖으로 나와 어제 달의 사당을 꺼냈던 숲 속으로 향했다. 다시 달의 사당을 꺼내자 슈니의 입술 감촉이 되살아나며 주체할 수 없는 감정이 솟구쳤지만 신은 간신히 참아냈다.

그리고 마음을 다잡으며 재빨리 무기 강화를 마친 뒤 달의 사당을 수납해서 성안으로 돌아왔다. 여관에 도착하자 신은 그대로 잠이 들었다.

✝

　며칠 뒤, 척후 부대로부터 몬스터 무리를 확인했다는 보고
가 들어왔다.

　그날 성문 앞에는 신을 비롯한 상급 선정자들의 파티와 바
르멜 수호기사단 제1, 제2 전단(戰團)이 전개해 있었다.

　"결국 오늘까지 습격은 없었군."

　"걱정 없이 싸우고 싶었지만 어쩔 수 없지. 위험한 상황이
오면 우리 후방 파티가 대응하겠다. 안심하고 전진해."

　리온이 신의 혼잣말에 대답하면서 그의 옆에 섰다. 걸치고
있는 옷과 장신구는 카르키아에서 싸울 때와 똑같았고 등에
무스페림을 짊어지고 있었다. 그것이 현재 그녀가 가진 최강
장비일 것이다.

　"섬멸전이니까 말이지. 조금도 긴장은 늦출 수 없어. 하지
만 아마 나타날 거야. 어떻게 아느냐고 물으면 그냥 내 감일
뿐이지만."

　"신도 그렇게 생각하는 건가. 어째서인지 나도 그런 느낌이
든다."

　듣자 하니 리쥬와 가일도 그와 똑같은 느낌을 받았다고 한
다. 대규모 전투가 가까워지고 있어 감각이 예민해진 모양이
었다. 전쟁터에서 살아온 자들만이 느낄 수 있는 특유의 감각
이었다.

"경계를 늦추지 마."

"말하지 않아도 알고 있다."

리온은 처음 경험해보는 대규모 전투였지만 조금도 긴장하지 않는 눈치였다.

"그러면 후방은 맡길게."

"그래, 다녀와라."

신은 리온의 배웅을 받으며 히비네코 일행과 합류했다. 그리고 도중에 슈니와 스쳐 지나갈 때는 서로를 바라보며 살짝 고개를 끄덕였다.

『경계망은 설치해뒀어. 일단 그쪽에서도 잘 경계해줘.』

『알겠습니다.』

성안은 베레트와 그 부하들이 지키고 있기 때문에 그렇게까지 걱정할 필요는 없을지도 몰랐다.

하지만 예전에 스컬페이스와 싸울 때처럼 결계를 빠져나가는 몬스터가 있을 수도 있었다.

사일런트 · 위스퍼에 감지되지 않고 잠입할 수 있는 몬스터가 그리 많지는 않을 테지만 조심해서 나쁠 것은 없었다.

신이 히비네코 일행에게 다가가자 그들은 이미 준비를 마치고 모여 있었다.

"왔군. 그쪽은 어땠지?"

"특별한 문제는 없는 것 같아요. 하지만 다들 무언가가 있을 거라고 느끼는 것 같던데요."

"역시 그런가. 상황이 발생하면 우리는 신경 쓰지 마. 예전 이벤트 전투대로 흘러간다면 신이 후방으로 가는 게 좋을 거야. {그 장비}를 사용한다면 더더욱 그렇지."

히비네코는 입가에 미소를 지으며 말했다. 그는 손에 얼마 전 신이 강화해준 무기를 들고 있었다.

그가 여유롭게 말하는 것은 이번에 싸울 몬스터들이 숫자만 많다는 점과, 신이 빠져도 상관없을 만큼 그들의 능력이 강화되었다는 점 때문이었다.

한 가지 덧붙이자면 히비네코와 새도우, 홀리는 셋이서 파티를 짤 때가 많다 보니 서로의 호흡도 완벽했다.

"그때는 잘 부탁드릴게요. 제가 가진 그 장비는 주변에 사람이 있으면 사용하기 힘드니까요."

"강력한 건 좋지만 사용하기가 까다로우니까 말이지. 이번 싸움에서 신이 사용하면 엄청난 효과를 발휘할 테지만."

"원래 있던 단점은 저의 대장장이 능력으로 조금은 줄여두었으니까 전보다는 나을 거예요. 뭐, 편하게 사용할 수 있게 되었다는 점에서 더욱 위험해진 건지도 모르지만요."

신이 말한 장비는 게임 시절에는 정상적인 플레이어라면 절대 사용하지 않는 아이템이었다. 약한 적들을 상대로 혼자서 무쌍을 찍고 싶다면 모를까, 적어도 파티를 맺은 상태에서는 절대 사용할 수 없었다.

신도 신수나 강력한 보스 몬스터를 상대로는 절대 사용하지 않았다. 조무래기 같은 적들에게만 효과적인 것이다.

"어쨌든 처음에는 이걸로 날뛰어볼게요."

"카쿠라로군. 공주님과 카르키아에서 탈출할 때 썼다면서. 괜찮은 건가?"

카드 상태의 카쿠라를 실체화한 신에게 히비네코가 물었다. 질문의 의도를 알아채지 못한 신은 고개를 갸웃거릴 뿐이었다.

"저기, 뭐가 말인가요?"

"지금 그런 장비는 정말 보기 힘들지. 그 공주가 신을 눈여겨보고 있지 않나 싶어서 말이야."

"아아, 이미 늦었어요. 무기는 유적에서 찾아냈다고 넘어갈 수도 있을 테지만 다른 부분에 대해서도 제게 관심을 보이고 있는 것 같거든요."

"함께 행동했다길래 혹시나 했더니만 역시 신을 주시하고 있는 건가. 원래 세계로 돌아가기 위한 정보를 얻으려면 연줄이 많을수록 좋을 테지만 신을 이용하려는 사람도 있을 수 있어. 조심해."

"알고 있어요. 지금은 아직 왕족에게 도움을 받을 생각은 없습니다. 어떤 대가를 요구할지 모르니까요."

리온은 그렇다 치고 베일리히트 왕국에서도 이미 강력한 능력으로 주목받고 있었다. 이런 상황에서 그들에게 빚을 질 생각은 없었다.

"이야기를 끊어서 미안하지만 이제 슬슬 시간이 됐어."

시계를 확인하던 섀도우가 두 사람에게 전투가 시작되었음을 알려주었다. 마침 신의 감지 범위 내에도 몬스터 무리가 나타나기 시작했다.

"그래, 미안하군. 그러면 가보세나."

"그러네요. 일단은 눈앞의 적부터 처리하죠."

이미 몸풀기는 끝나 있었다. 슈니와 가일의 마법 스킬을 신호로 신 일행이 돌격하기로 되어 있었다.

"오는군."

원시(遠視) 스킬 없이도 모습을 확인할 수 있을 만큼 몬스터들이 가까워졌을 때, 신은 후방에서 마력이 집중되는 것을 느꼈다. 숫자는 둘이었다. 더 큰 쪽이 슈니이고 작은 쪽은 가일일 것이다. 슈니의 반응이 너무 커서 가일의 마력이 가려질 것만 같았다.

집중되던 마력이 잠시 후 공중을 가로질렀다. 가일의 마력은 몬스터 무리의 조금 앞쪽에 머물렀고 슈니의 마력은 하늘 높이 솟아올랐다.

먼저 효과가 나타난 것은 가일의 마법이었다. 몬스터들의 머리 위로 약 20메르 높이에서 5메르 정도 크기의 화염구가 비처럼 쏟아져 내렸다.

화염구 하나가 고블린 몇 마리를 찌그러뜨렸고 착탄과 동시에 폭발하면서 주위의 몬스터들에게도 대미지를 주고 있었다. 화염구 자체의 질량과 착탄 시의 폭발에 의한 2단 공격이 끊임없이 쏟아져 내렸다. 맞는 쪽에서는 속수무책일 수밖에 없었다.

가일이 사용한 것은 화염계 마법 스킬【메테오 · 폴】이었다.

넓은 범위에 대미지를 주는 스킬로 화염계 마법 중에서는 비교적 흔하면서도 유용한 마법이었다. 유명한 만큼 대항책도 많았지만 저레벨 몬스터가 상대라면 문제 될 것이 없었다.

"그리고 이제 메인 요리가 나오겠군."

신의 중얼거림에 대답하듯이 맑던 하늘에 검은 먹구름이 끼기 시작했다. 마치 녹화한 영상을 빨리 재생한 것 같은 광경이었다.

그리고 검은 구름이 하늘을 전부 뒤덮은 순간, 푸른 번개가 땅에 내리꽂혔다.

"—?! —!!"

【메테오 · 폴】의 폭음이 묻힐 만한 굉음이 주위에 울려 퍼졌다. 화염구에는 그나마 잘 대응하던 일부 몬스터들도 그 소리에는 깜짝 놀랐는지 여기저기서 혼란에 빠지는 모습이 보였다.

하지만 악몽은 이제 시작이었다. 대규모 마법 스킬이 단 한 번의 공격으로 끝날 리는 없었으니까 말이다.

푸른 번개가 공중에 남긴 잔상이 사라지는 것과 동시에 수십 줄기의 번개가 몬스터 무리를 향해 내리꽂혔다. 번개 자체

의 크기가 10메르는 되는 데다 지면에 닿은 순간 사방으로 퍼지면서 3메르 정도의 작은 번개가 되어 주위를 뱀처럼 집어삼켰다.

방패로 막아낼 수 있던 화염구의 폭발과는 달리 이쪽은 웬만한 방어구로는 방어 자체가 불가능했다.

무리를 지어 있던 탓에 제대로 피하지도 못하는 몬스터들은 자신의 몸이 타버리는 것을 기다릴 수밖에 없었다.

"【블루 · 저지】인가. 그건 그렇고, 이건 정말……."

슈니는 자신에게 익숙한 마법 스킬을 고른 것 같았다.

뇌술계 마법 스킬 【블루 · 저지】는 광술계의 마법 스킬 못지않게 피하기가 쉽지 않았다.

게다가 적이 금속제 방어구를 장착하고 있으면 추가 대미지를 입히는 효과까지 있었다. 주로 고블린과 오크처럼 간단한 무장만 두르고 있는 몬스터들이 추가 대미지를 입었다.

위력과 공격 범위를 잘 아는 신 일행은 그나마 나았다. 하지만 뒤에서 이 광경을 지켜보던 병사들의 안색은 하나같이 창백해졌다.

병사들은 검은 파도처럼 밀려들던 몬스터 무리를 푸른 뱀이 집어삼키는 광경을 멍하니 지켜볼 뿐이었다. 너무나도 엄청난 광경이었기에 단순히 놀라는 수준을 넘어선 것이리라.

기사단의 선두에 선 에르긴조차 눈을 동그랗게 뜨고 있었다.

"……."

모두가 한 마디도 꺼내지 않고 마법이 끝나는 것을 기다렸다. 스킬 자체는 지속 시간이 길지 않았기에 얼마 지나지 않아 마법 공격이 멈추었다.

마지막 번개가 지면에 내리꽂히고 그 잔상이 사라지는 것과 동시에 하늘을 뒤덮었던 구름도 걷혔다.

그리고 다시 내리쬐는 태양이 비춘 것은 크고 작은 수많은 구덩이와 검게 타버린 몬스터들의 시체였다.

효과 범위 내에서는 단 한 마리의 몬스터도 살아남지 못했다.

유린.

그 한마디로 표현할 수 있는 상황이었다.

"……."

마법 스킬이 발동되었을 때와는 다른 종류의 침묵이 병사들 사이에 내려앉았다.

그들의 마음을 채운 것은 경외심일까, 아니면 공포일까.

슈니가 어느 정도의 마력을 모아 사용했는지는 알 수 없지만 이런 반응을 보면 길드전용 대규모 마법 스킬은 되도록 사용하지 않는 편이 좋을 것 같았다.

신에게도 그런 생각을 들게 할 만큼 그 위력은 엄청났다.

"대단하네. 나랑 같은 하이 엘프라는 게 안 믿어져."

"위력은 물론이고 엄청난 박력이네요."

질렸다는 듯이 말하는 홀리에게 신도 자신의 감상을 이야기했다.

그러나 긴장감은 아직 유지되고 있었다.

왜냐하면—.

"저렇게나 당했는데도 아직 이 정도로 많이 남아 있는 건가."

마법 스킬의 효과 범위 밖에서는 마법에 당한 것보다 많은 숫자의 몬스터들이 바르멜을 향해 접근하고 있었기 때문이다.

제1진과 거리가 떨어져 있는 것을 보면 제2진의 공격이라고 해야 할까.

슈니가 마법 스킬로 해치운 숫자는 5000이 족히 넘었다. 그런데도 그와 비슷한 숫자가 남아 있는 것은 단 한 가지 경우뿐이었다.

"히비네코 씨, 이건 『대범람』이 아닌가요?"

"그런 것 같군. 100년에 한 번 있을까 말까 하다고 들었는데 그게 오늘인 모양이야."

바르멜의 역사를 통틀어 세 번밖에 없었다는 『범람』의 상위 버전. 그것이 『대범람』이었다.

몬스터의 수준은 다르지 않지만 숫자는 열 배가 넘는다고 한다. 발생 조건은 알 수 없지만 전의 『대범람』 때는 며칠에 걸쳐 계속 싸우다가 주변국들에서 원군이 온 끝에 간신히 격

퇴했다고 한다.

『슈니, 한 번 더 할 수 있겠어?』

『아니요. 아무래도 연속 사용은 힘든 것 같아요. 마법을 발동하려 해도 아무 반응이 없네요.』

힘을 아낄 만한 상황이 아니었기에 신은 다시 한 번 부탁하려 했지만 슈니는 불가능하다고 대답했다.

그렇다면 자신이 직접 나서야겠다고 생각한 신이 대규모 마법을 발동하려 했지만 마력이 흘러나오기만 할 뿐 주위에는 아무 변화도 없었다.

'뭐야, 이게. 마력은 흐르는데 마법이 발동되지 않는다니?'

어떻게 된 일인지는 모르지만 대규모 마법을 다시 사용하려면 게임 때처럼 대기 시간이 필요한 모양이었다.

몬스터의 대군은 잿더미가 된 동료들을 밟고 지나며 방금 전의 마법 따위는 두렵지 않다는 듯이 진군하고 있었다.

『범람』으로 발생한 몬스터는 일반적인 몬스터와 달리 이성이나 감정이 거의 없었고 그저 공격만을 해온다고 한다. 그렇기에 눈앞에서 작렬한 마법도 두려워하지 않는 것이리라.

"저러는 걸 보면 마지막 한 마리까지 싸운다는 게 사실인가 보네요."

"녀석들은 아무리 불리해도 후퇴하지 않으니까 말이지. 『범람』은 기본적으로 섬멸전이 될 수밖에 없어."

마지막 한 마리까지 전부 죽여야 한다. 섀도우의 말에 따르면, 그것이 『범람』을 헤쳐나가는 방법이다. 『범람』을 경험했을 때 계속해서 검만 휘둘러댔다는 리온의 말도 지금은 이해할 수 있었다.

"이제 슬슬 우리가 나설 차례인가. 한 부분만 약해지거나 하진 않았군."

"한꺼번에 다 쓸어버릴 정도의 위력이었으니까요."

섀도우의 말처럼 보이는 몬스터들의 수는 어디든 균등했다.

애초에 슈니의 마법이 몬스터의 제1진을 거의 전멸시켰기에 남아 있는 몬스터 자체가 많지 않았다. 제2진과 합류하더라도 어느 한쪽이 더 많아질 것 같지는 않았다.

"계획했던 것과는 조금 다르지만 아군 중에서 가장 강한 기사단의 정면을 향해 몬스터가 전진하도록 유도하자. 다들 너무 앞으로 나가지 않도록 조심해."

홀리의 말에 신과 섀도우가 고개를 끄덕였다. 히비네코는 말하지 않아도 안다는 듯이 마른 멸치를 입에 문 채 조용히 자세를 가다듬었다. 그 멸치는 사실 능력치 강화 효과가 있는 아이템이었지만 상급 선정자가 아니었다면 전쟁터에서 장난치는 것으로 보일 만한 모습이었다.

"그러면 가볼까요."

신이 말하자마자 네 사람은 땅을 박차며 달려 나갔다. 가장 느린 홀리의 속도에 맞추긴 했지만 장비의 능력치 보정 덕분에 말을 타고 달리는 것보다는 훨씬 빨랐다.

그 속도 덕분에 몬스터 무리가 순식간에 가까워졌다. 홀리는 이동 중에 파티 멤버 전원에게 버프를 걸어주었다.

공격력, 방어력은 물론이고 마법 방어력과 마법 저항력 같은 것까지 꼼꼼하게 강화되었다. 무기의 업그레이드를 통한 추가 효과로 인해 강화 폭이 상승하면서 기본 상태에서도 압도적이던 능력치 차이가 더욱 벌어졌다.

"처음부터 빠르게 가죠."

"물론이야."

"흐음, 피가 들끓는구먼."

전방에 나란히 선 신, 히비네코, 섀도우는 입가에 미소를 지으며 몬스터 무리를 향해 뛰어들었다. 신을 중심으로 왼쪽에 히비네코, 오른쪽에 섀도우, 뒤쪽에 홀리가 포진하고 있었다.

처음으로 움직인 것은 물론 신이었다. 그는 카쿠라를 어깨에 짊어지듯 들고 땅을 세게 박찼다. 그리고 순간적인 가속으로 무리의 선두에 있던 몬스터 앞으로 이동한 뒤 스킬을 발동했다.

"이거나 받아라!!"

신은 달려오던 기세를 담아 카쿠라를 내리쳤다. 첫 희생양은 오크 무리였다.

카쿠라의 표면에는 스킬에 의해 고밀도의 바람이 압축되어 있었다. 두우웅 하는 둔탁한 소리와 함께 내리친 공격에 눈앞에 있던 오크뿐만 아니라 뒤따르던 무리들까지 한꺼번에 가루가 되고 말았다.

카쿠라를 내리친 지면에는 부채꼴 모양의 구덩이가 생겨났고 충격파만으로도 고블린 같은 소형 몬스터들은 산산조각이 났다.

추술(鎚術)/풍술 복합 스킬【호랑(琥浪)치기】.

풍술로 타격 공격의 범위와 위력을 강화하는 효과가 있어 적을 한꺼번에 공격하기 좋은 스킬이었다.

공격이 끝나자 신의 앞에는 부채꼴 구덩이 너머로 50메르 정도의 균열이 길게 형성되어 있었다. 폭도 10메르는 되었고 그 범위 내에 있던 몬스터들은 전부 지면의 얼룩으로 변해 있었다.

신은 내리친 카쿠라를 들어 올리며 비스듬하게 겨냥했다.

카쿠라를 뒤덮었던 풍술 스킬은 이미 사라진 뒤였고 신은 다음 스킬을 준비했다. 마력의 흐름과 함께 진홍색 빛이 카쿠라를 휘감았다. 신이 그것을 수평으로 휘두르자 홍련의 불꽃이 몬스터들을 향해 뻗어나갔다.

추술/화염 복합 스킬【주봉선(朱鳳仙)】.

공격 범위 증가와 화염 속성 추가의 전형적인 효과를 가진 스킬이었다. 게다가 그 효과를 포기하는 대신 단 한 번의 원거리 공격을 할 수도 있었다.

원거리 공격은 보통 스킬의 제한 시간이 얼마 안 남았을 때 사용하는 경우가 많지만 남은 시간이 많을수록 위력이 강했기에 신은 즉시 그것을 발동했다.

카쿠라를 휘두른 궤도를 따라서 초승달 형태의 불꽃이 생겨났다. 신에게서 멀어질수록 크기가 점점 불어난 불꽃은 진행 방향에 있던 몬스터들을 남김없이 잿더미로 만들어버렸다.

신의 정면으로 폭 30메르 범위 내에 있던 몬스터를 거의 집어삼킨 불꽃은 갑자기 크게 부풀어 오르더니 폭발했다. 그 열기와 충격으로 근처에 있던 몬스터들의 몸이 터져버렸고 그것들이 장비하고 있던 검과 갑옷이 다른 몬스터의 몸에 날아가 꽂혔다.

"너희 상대는 바로 나야!"

신은 몬스터의 의식이 자신에게 집중되는 것을 느끼며 도발 스킬 【수라의 광분】까지 발동했다. 몬스터들의 공격 목표를 사용자에게 집중시키는 도발 스킬 중에서도 효과 범위가 가장 넓은 스킬이었다.

신은 카쿠라를 치켜들며 자신을 향해 다가오는 몬스터들을 날카롭게 바라보았다.

가만히 귀를 기울이자 조금 떨어진 곳에서 비슷한 폭음이 들려왔다. 히비네코와 섀도우도 전투를 시작한 모양이었다.

†

권투사인 히비네코는 신보다 살짝 늦게 몬스터 무리와 대치했다.

전투의 고양감 때문인지, 평소처럼 우스꽝스러운 모습은 찾아볼 수 없었다. 이성적인 대형 야수로 변한 히비네코의 눈은 이미 사냥감에 고정되어 있었다.

히비네코는 달려오던 기세를 그대로 살리며 더욱 가속하더니 날아 차기 자세로 공중을 미끄러졌다.

신이 강화해준 각반을 장비한 다리는 에메랄드그린 색으로 빛났고 히비네코는 격돌한 몬스터들을 분쇄하며 나아갔다.

맨손/풍술 복합 스킬【아우토반 · 킥】.

이동에도 사용할 수 있고 대형 몬스터를 향해 포탄처럼 날아가 공격할 수도 있어 활용도가 높은 기술이었다. 히비네코는 그것을 몬스터 무리의 정면을 향해 사용했다.

히비네코는 휴먼에 비해 몸집이 작았지만 장비로 강화된 바람 마법이 담긴 발차기는 그 여파만으로도 멀리 떨어진 몬스터의 몸을 날려버렸다. 몬스터 무리를 향해 정면으로 돌진한 히비네코는 엄청난 위력으로 몬스터들을 해치우고 있었다.

미니맵 기능을 가진 신이 그곳에 있었다면 몬스터의 붉은 마크로 물든 필드의 일부가 일직선으로 청소되어가는 모습이 보였을 것이다.

"이 몸도 신이나 섀도우에게 밀릴 수는 없지!"

무리 안으로 뛰어든 히비네코는 그 자리에서 오른발로 땅을 강하게 밟았다.

그러자 발밑으로 거미줄 같은 균열이 퍼져나가더니 그곳에서 희푸른 불꽃이 뿜어져 나왔다.

맨손/화염 복합 스킬【블래스트·에코】.

히비네코를 중심으로 퍼진 진동이 주변 몬스터의 자세를 무너뜨렸고 지면에서 솟구친 불꽃이 그 몸을 태웠다. 피아 구분 없이 대미지를 주는 기술이지만 적에게 둘러싸인 지금은 전혀 상관이 없었다.

무기 강화와 보조 마법의 상승 효과로 기술의 위력과 범위모두 예전과 비교도 되지 않을 만큼 증가된 상태였다. 스킬의 종료와 함께 불의 기세가 잦아들자 몬스터 무리 안에 반경 100메르가 넘는 공백 지대— 히비네코밖에 없는 공간이 생겨나 있었다.

그 공간을 다시 채우려는 듯이 몬스터들이 몰려들었다.

히비네코는 육식동물의 웃음을 지으며 몬스터 무리를 향해 뛰어들었다.

신을 중심으로 히비네코의 반대편에서는 섀도우에 의한 조용한 살육이 행해지고 있었다.

검은 그림자가 몬스터 사이를 달리며 허공에 검의 궤적을 남겼다.

그리고 궤적에 위치한 몬스터들이 조금이라도 움직이면 선을 따라 해체되었다.

"역시 신이 만든 무기는 차원이 다르군."

섀도우는 오른손에 든 단검에서 전해지는 손맛을 느끼며 그렇게 중얼거렸다.

신이 강화해주기 전보다 가벼우면서도 위력적인 참격을 가할 수 있었다. 그 위력 덕분인지 몸의 움직임까지 날렵해진 느낌이었다.

사실 신체 능력 자체도 올라가 있었다. 엄밀히 말하자면 무기의 구조가 바뀌면서 능력치가 상승된 것은 아니었다.

원래부터 전용 무기로 만들어졌기 때문이었다. 히비네코도 그렇고 섀도우도 그랬다. 그런 경우는 당연히 강화한 뒤의 적응도 빨랐다. 섀도우는 자신의 몸이 의도한 그대로 움직여주자 싸우면서도 왠지 즐거운 기분이 들었다.

"훗, 게임 때가 생각나는군."

섀도우는 끓어오르는 감정을 무기에 담으며 달렸다.

신과 히비네코와는 달리 조용한 이동이었다.

들려오는 것은 몬스터들의 비명과 고함, 그리고 장비가 스칠 때 나는 소리 정도였다. 폭음이나 충격도 없었다. 하지만 몬스터의 숫자는 착실하게 줄어들고 있었다.

"……쉿."

한숨 같은 목소리가 새어 나왔다. 그 한 번의 호흡 동안 새겨진 궤적은 10줄과 8줄이었다. 하지만 쓰러지는 몬스터의 숫자는 그 10배가 넘었다.

검술/수술(水術) 복합 스킬 【유수인(流水刃)】.

단검을 휘두를 때마다 허공에 새겨진 궤적은 스킬로 발생한 물의 칼날이 햇빛을 받아 반사된 광경이었다. 현실 세계에는 강철마저 잘라내는 워터 커터라는 것이 존재하지만 위력은 이쪽이 훨씬 높았다.

마력에서 생겨난 물은 길고 얇게 뻗었고 두께는 사람의 머리카락 정도였다. 겉보기에는 오거의 강철 같은 근육이나 철보다 단단한 외피를 가진 고블린·나이트 같은 몬스터에게 통할 것 같지 않았다.

하지만 단검의 검신에서 뻗어 나온 물의 칼날은 스킬에 의해 단검만큼 날카로워져 있었다. 즉, 근육 덩어리든 견고한 외피든 단칼에 양단할 수 있었다.

참격의 반경은 약 20메르. 짧은 단검으로 그런 공격 범위를 낼 수 있다면 전혀 다른 무기라고 봐도 될 것이다.

화려하지는 않아도 새도우의 몬스터 섬멸 속도는 신과 히비네코에게도 뒤지지 않았다.

✝

　홀리는 전방에서 펼쳐지는 싸움을 지켜보며 몬스터의 동향을 주시하고 있었다.

　신 일행은 서로가 휩쓸리지 않도록 거리를 벌린 채 싸우고 있었지만 몬스터 무리 전체로 보면 한구석에 멈춰 있는 것이나 다름없었다. 소리와 충격에 이끌린 몬스터들은 점점 신 일행 쪽으로 몰려들기 시작했다.

　『전방 우측의 집단이 이쪽으로 몰려오기 시작했어. 양동 작전은 성공적인 것 같아.』

　홀리의 심화에 세 사람은 알았다고 짧게 대답하며 섬멸 속도를 높였다.

　별도의 습격이 염려되는 지금은 빨리 끝내는 것이 제일이었다.

　신 일행을 피해 직진하던 집단에는 슈니와 가일의 원거리 마법 공격이 쏟아졌다.

　길드전용의 대규모 마법은 아직 사용할 수 없지만 일반적인 마법 스킬은 문제없이 쓸 수 있었다. 슈니의 특기인 번개 마법과 물 마법, 가일의 화염 마법으로 신 일행보다도 많은 몬스터들을 해치우고 있었다.

　"자, 나도 맡은 일을 확실히 해내야겠지."

　홀리는 그렇게 말하며 공중에 대량의 화염탄을 출현시켰

다.

목표 지점은 신 일행의 후방이었다. 아무리 세 사람이 전방위 공격이나 사정거리 연장 스킬을 사용해도 미처 쓰러뜨리지 못한 적들이 있었다. 수천에 이르는 몬스터 무리를 한 마리도 놓치지 않는 것은 현실적으로 불가능했다. 따라서 그들이 놓친 적을 홀리가 처리해야 했다.

"가서 해치워줘."

홀리의 호령과 함께 공중에 떠 있던 화염탄이 움직이기 시작했다. 신, 히비네코, 섀도우가 있는 방향을 향해 2:4:4의 비율로 나뉘어 날아간 화염탄은 공격을 피해 이동하던 몬스터 집단의 한가운데에 쏟아졌다.

폭음과 함께 몬스터가 들고 있던 무기나 몸의 일부가 사방으로 튀었다.

"다음은 이쪽이야."

홀리는 화염탄이 명중하자 손에 든 지팡이를 머리 위로 들어 올렸다.

"내려와 줘."

그 말과 함께 몬스터 무리의 상공에 변화가 나타났다.

하늘의 일부가 유리 렌즈를 통해 들여다본 것처럼 일그러졌다. 그리고 그 범위 내에 있던 공중 몬스터가 차례차례로 땅에 추락했다.

이번 범람은 인간형 몬스터를 중심으로 구성되어 있었다.

하지만 당연히 그 외의 몬스터도 많았다.

홀리가 노린 것은 수는 적지만 방치해두면 귀찮아지는 비행형 몬스터였다. 거대한 독수리【엣드 이글】과 프테라노돈 같은 날개를 가진 소형 익룡【에어노돈】이었다.

양쪽 모두 레벨은 180 정도였고 체력은 낮지만 급강하 능력을 이용한 히트&어웨이 전법은 마법 스킬을 쓸 수 없는 기사들이 대처하기 힘들었다. 기사들 중에는 창을 투척해서 격추하거나 급강하 시 반격하는 자들도 있었지만, 그런 공격이 가능한 사람은 전체 병사들 중에 절반밖에 되지 않았다.

그러나 이번에는 홀리가 미리 마법으로 추락시켰기에 기사들은 마무리 공격만 가하면 되었다.

비행 몬스터 중에는 땅으로 추락해도 별로 약해지지 않는 종류도 있었다. 하지만 그것은 레벨이 높은 몬스터만 해당되었다. 지금 공격해온 비행 타입 몬스터는 일단 추락시키면 처리하기 쉬웠기에 기사들도 여유롭게 대처하고 있었다.

"그건 그렇고 역시 많네."

홀리는 같은 마법사인 가일이 보면 경악할 만한 속도로 추가 화염탄을 발사하며 중얼거렸다.

홀리도 『범람』에 대처하는 것이 처음은 아니었다. 다만 이번 같은 『대범람』은 그런 홀리도 질릴 만큼 몬스터의 숫자가 많았다. 덕분에 신이 강화해준 장비로도 앞선 세 사람이 놓친 모든 몬스터를 처리하기는 힘들었다.

물론 홀리도 혼자서 전부 대처할 수 있다는 생각은 하지 않았다. 앞의 세 사람과 홀리의 공격을 빠져나온 개체들은 바르멜 수호기사단의 제1, 제2 전단(戰團)이 상대하고 있었다.

베레트는 몬스터를 상대하는 병사들의 능력이 떨어진다고 말했지만 그것은 어디까지나 게임 시절의 육천을 기준으로 한 이야기였다. 다른 도시의 병사들과 비교하면 바르멜 기사들의 기량은 상당히 뛰어난 편이었다.

병사들의 레벨은 평균 150이 넘었고 대장급은 180 정도였다. 기사단장인 에르긴의 경우는 200이 넘는 수준이다.

선정자가 아닌 이상 레벨이 300에 이르는 변이종 몬스터를 상대하려면 상당한 피해를 각오해야 했다. 그러나 에르긴 휘하의 기사단은 뛰어난 기량과 연계 능력으로 희생자를 거의 내지 않고 적을 쓰러뜨렸다. 게임 시절이었다면 신과는 다른 의미에서 치트라는 소리를 들을 만한 용맹함이었다.

"돌출되지 않도록 주위를 신경 써라! 숨통을 끊을 때까지 긴장을 놓지 마라!"

지휘를 맡은 에르긴의 목소리가 울려 퍼졌다. 그것은 폭음이나 함성에도 묻히지 않고 기사들의 귀에 닿았다.

그들은 고블린 같은 저레벨 몬스터를 상대할 때도 진지하게 대처하고 있었다.

후방에는 슈니 일행이 있었고 제3, 제4 전단도 대기하고 있다. 만반의 방어 태세였다.

하지만 전투 중인 기사들은 이 정도의 지원을 받으면서 후방에 부담을 끼치는 것은 기사단의 수치라는 생각에 한층 분발하고 있었다. 부족한 개인 능력을 팀워크로 보완하며 재빠르고 확실하게 몬스터의 숫자를 줄여나갔다.

몬스터 숫자가 기하급수적으로 줄어드는 가운데, 신 일행은 자신들을 향하는 몬스터 무리의 변화를 감지했다.

"워커 앤트투성이로군. 뛰어다니는 건 리틀 하퍼 같은데."

"주력은 곤충 타입인가."

"흐음, 조금 귀찮아지겠군."

서로 떨어진 전방의 세 사람은 마치 옆에서 대화하듯 이야기했다.

신은 【원시】로 확인한 몬스터의 이름을 말했고, 섀도우는 전장 전체를 주시하며 주력이 인간형에서 곤충형으로 변화한 사실을 이야기했다. 히비네코는 곤충 타입이 끈질기다는 것을 염려하고 있었다.

고블린과 오크 같은 인간형이 주력이던 몬스터 무리는 200메르 정도의 틈을 두고 곤충형이 주력인 무리와 교체되고 있었다.

방금 신이 말한 워커 앤트와 리틀 하퍼는 그 이름처럼 개미와 메뚜기가 1메르 정도로 거대화된 몬스터였다. 저레벨 몬스터였기에 특별한 능력이 있는 것은 아니지만 원형이 된 곤충의 특성은 간직하고 있었다. 워커 앤트는 턱 힘이, 그리고 리틀 하퍼는 점프력이 특징이었다.

전체적으로 워커 앤트의 수가 많았고 구석구석에 리틀 하퍼와 다른 곤충 타입 몬스터가 뛰어오르는 모습이 보였다.

『슈니, 그쪽에서 무리의 몬스터를 확인할 수 있겠어?』

『아니요, 아직 무리의 안쪽은 보이지 않아요. 무슨 일이라도 생겼나요?』

『몬스터 구성이 바뀌었어. 워커 앤트가 주력이고 그 밖에도 곤충형 몬스터가 이쪽을 향해 오고 있어.』

『아무래도 자료에 나온 내용이 맞았나 보네요. 알겠습니다. 후방 지휘를 맡은 분께 제가 연락해둘게요.』

기사단의 총지휘를 맡은 에르긴은 신 일행과 가까운 곳에 있었다. 그래서 후방에서 제3, 제4 전단의 지휘를 맡은 부관에게는 슈니가 정보를 전달하기로 했다.

『홀리 씨, 에르긴 씨에게 연락할 수 있을까요?』

『마침 가까이에 있어. 맡겨둬.』

신은 홀리에게 정보 전달을 부탁한 뒤 다시 몬스터 무리를 향해 뛰어들었다.

신이 있던 위치에서 워커 앤트 무리까지는 직선거리로 300메르 정도였다.

무리와 무리 사이의 100메르 구간에는 아무것도 없었기에 나머지 200메르 구간에 있는 몬스터를 쓰러뜨리면 제3진과 마주하게 된다.

신은 최대한 많은 몬스터를 쓰러뜨리기 위해 무기의 사정 범위를 늘리는 스킬을 사용하면서 카쿠라를 휘둘렀다.

카쿠라를 감싼 아우라가 늘어나면서 지금의 사정거리는 10 메르에 달했다. 옆으로 휘두르는 일격으로 고블린 집단을 한 꺼번에 날려버렸고 반대쪽으로 움직이는 힘에 오크들이 갑옷 째로 고깃덩이가 되었다.

몬스터 중에는 길드 자료에도 기재되지 않은 변이종 몬스터【오거·커맨더】도 몇 마리 보였다. 하지만 제아무리 강하다 해도 기껏해야 300레벨 정도였다. 신 일행 앞에서는 고블린과 별다를 것이 없었다.

오거·커맨더는 진화할 때 얻었을 3메르의 대검을 힘껏 내리쳤다. 자기편과 함께 신을 양단하려는 공격 앞에서 신은 카쿠라를 휘둘러 대검의 측면을 때렸다.

챙 하고 쇳덩어리끼리 부딪치는 소리가 울려 퍼지면서 신을 향해 날아들던 대검의 3분의 2가 허공으로 솟구쳤다.

크기는 대검이 앞서지만 질량, 등급은 카쿠라가 압도적으로 우위였다. 검의 약점이기도 한 측면을 신의 완력으로 때리면 휘는 수준이 아니라 아예 부러지는 것이 당연했다.

"Gi⋯⋯?"

오거·커맨더는 절반도 남지 않은 대검을 보며 얼빠진 소리를 냈다. 아마도 신을 두 동강 낸다는 생각밖에 하고 있지 않았던 모양이다.

오거 · 커맨더가 현실을 받아들이지 못하고 넋이 나가 있는 틈을 신이 놓칠 리 없었다. 되돌려주려는 듯이 그 머리를 향해 카쿠라를 휘둘렀다.

스킬 효과로 형성된 검붉은 아우라의 검신이 오거 · 커맨더의 머리부터 사타구니까지 단숨에 통과했다.

잠시 뒤, 대량의 피가 사방에 튀었다.

"다음은 벌레들이군."

신은 인간형 몬스터 무리를 초토화한 뒤에 다가오는 곤충형 몬스터 쪽으로 눈을 돌렸다.

조금 떨어진 곳에서는 섀도우와 히비네코의 기척도 느껴졌다. 아무래도 그쪽 역시 거의 마무리된 모양이었다. 신 일행을 피해서 나아간 몬스터들은 이미 슈니와 가일의 마법으로 잿더미가 된 뒤였다.

『다들 잘 들어. 작전은 변경 없음. 단숨에 섬멸하는 거야.』

『라저!!』

홀리의 목소리에 신 일행이 동시에 대답했다.

그때 문득 신은 어떤 사실을 깨달았다.

『섀도우 씨, 히비네코 씨, 잠깐 이야기해도 될까요?』

『무슨 일이야?』

『마침 우리 모두 【비폭장(緋爆掌)】을 사용할 수 있고 상대는 수가 많아요. 지금은 일단 세 사람의 협력 공격으로 기선을 제압하는 게 좋지 않을까요?』

『아, 그것 말이군.』

신의 말에 히비네코도 짐작 가는 바가 있는 듯했다.

『우리 셋이서 사용한다면 웬만한 광범위 스킬 따위는 비교도 되지 않을 거예요.』

『재미있겠군. 난 찬성이야.』

『나도 따르지.』

히비네코와 섀도우는 방법이 결정됐으면 빨리 움직이는 편이 좋다는 듯이 신에게 달려왔다. 몬스터 무리는 이미 50메르 앞까지 다가오고 있었다.

"간다!!"

세 사람은 몬스터 무리의 접근 따위 신경 쓰지 않았다. 그 정도로 스킬 사용을 방해받을 일은 없었고, 무엇보다 지금부터 그 무리를 섬멸할 것이기 때문이다.

세 사람은 주먹을 쥐고 오른손에 힘을 모았다. 장비의 강화 보정 덕분에 그냥 휘둘러도 커다란 구덩이를 만들어낼 만한 힘이었다. 세 사람은 똑같이 허리춤에 손을 모았다.

신호는 필요 없었다. 전장에서 감각이 날카로워진 세 사람이 타이밍을 놓칠 리가 없었기 때문이다.

"······!!"

몬스터 무리와의 거리가 30메르로 좁혀진 순간, 세 사람은 아무 예고도 없이 주먹을 내뻗었다.

세 사람의 주먹이 한데 모이며 각자의 주먹에 담긴 힘이 합쳐졌다. 그리고 다음 순간 한 곳에 합쳐진 힘이 다가오는 적을 향해 방출되었다.

세 사람이 내쏜 에너지 덩어리가 급격하게 부풀어 올랐다. 그 힘에는 화염 속성이 부여되어 있었다. 엄청난 온도 때문에 투명하게 타오르는 화염 덩어리가 다가오는 몬스터 무리를 향해 날아갔다.

몬스터의 몸이 타오르며 재로 바뀌는 광경이 펼쳐졌다.

신기하게도 몸은 타올랐지만 불꽃이 보이지 않았다.

불꽃은 온도가 높을수록 투명해진다고 한다. 장비의 효과가 더해지면서 생겨난 보이지 않는 불꽃이 아지랑이만을 남기며 적을 불태웠다.

불꽃은 신 일행의 눈앞에서 멈추지 않고 몬스터 무리를 홍수처럼 휩쓸었다. 그 범위는 이미 가일이 사용한 광범위 마법을 뛰어넘었다.

워커 앤트가 잿더미가 되었고 리틀 하퍼처럼 공중을 날던 몬스터는 땅에 떨어졌다. 오거 · 커맨더 같은 상위 개체 역시 접근조차 하지 못한 채 까만 재로 변했다.

협력 전용 스킬【회신장(灰燼掌)】.

맨손/화염 복합 스킬【비폭장】을 사용 가능한 플레이어가 두 명 이상 있을 때 발동되는 스킬이었다. 사용 인원이 많을수록 위력과 효과 범위가 증가했다.

플레이어의 능력치와 무기의 보정 수치도 위력에 영향을

끼치기 때문에 신 일행이 사용한 【회신장】은 그들의 상상을 훨씬 뛰어넘는 효과를 보여주었다.

"……위력이 올라갈 줄은 알았지만 엄청나군."

"이 몸도 이 정도일 줄은 몰랐는걸."

"아…… 곤충은 원래 불에 약하기도 하니까요."

스킬의 엄청난 위력 앞에서 세 사람도 놀라고 있었다.

"이참에 가능한 한 많이 섬멸해두자고."

"음, 몬스터가 얼마나 남았는지도 모르니까 말이지. 효율을 중시해서 손해 볼 건 없겠지."

"그렇겠네요. 굳이 개별적으로 쓰러뜨릴 필요도 없으니까요."

방침이 결정되자 세 사람은 홀리에게 기사단 쪽에 연락해 달라고 부탁한 뒤 아군이 휩쓸리지 않을 범위와 타이밍을 잡아 다시 【회신장】을 사용했다. 추가 공격으로 우익의 5분의 1이 소멸했고 이어진 네 번의 공격에 나머지도 대부분 사라졌다.

검은 파도처럼 대지를 뒤덮던 몬스터 무리가 얼마 되지 않아 절반 가까이 사라진 것을 보고 일부 병사들이 경악했다. 하지만 아군이 한 일이고 덕분에 자신들의 피해가 줄어들었기 때문에 굳이 깊이 생각하는 사람은 없었다.

섀도우와 히비네코의 능력은 모두가 잘 알았지만 그렇다 해도 너무나 강한 위력이었다.

"다음은 동물 타입인 것 같네요."

병사들이 놀라고 있다는 것은 전혀 모르는 신 일행은 방심하지 않고 적을 주시했다.

그들 앞에서는 늑대, 곰, 멧돼지 같은 동물 타입 몬스터들이 가득 몰려오고 있었다.

신이 예전에 싸운 적이 있는【테트라 그리즈리】와【플레임 보아】도 보였다.

"제4진인가."

"대체 얼마나 더 몰려오려는지 모르겠군."

섀도우와 히비네코도 한숨을 쉬며 몬스터 무리를 바라보았다.

『대범람』이란 평소보다 큰 규모의『범람』이 여러 번에 걸쳐 발생하는 현상이었다. 몬스터의 구성 변화를 보면 이제 네 번째로 발생한 것이리라.

기록을 보면『대범람』때는 평균 세 번 연속으로『범람』이 일어났다. 지금 단계에서 이미 평균을 뛰어넘었지만 언제까지 계속될지는 예측할 수 없었다.

"잠깐 뛰어들어서 안을 보고 올게요."

신은 그렇게 말하며 전력으로 도약했다. 반동으로 땅이 함몰될 정도로 힘차게 뛰어오른 뒤 이동계 무예 스킬【비영(飛影)】을 사용해 더욱 고도를 높였다.

제4진을 한눈에 내려다볼 수 있는 고도에 도달한 신은【원시(遠視)]를 사용해 몬스터 무리를 살펴보았다.

"저건 기수병(騎獸兵) 같은데."

동물 타입 몬스터의 후방에서 300메르 정도 떨어진 곳에 마지막 무리가 이동하는 것이 보였다.

인간형 몬스터와 동물형 몬스터가 혼재되어 있었고 숫자도 지금까지 싸워온 무리의 두 배에 가까웠다. 고블린과 코볼트 같은 소형 몬스터가 사족보행 몬스터의 등에 타고 있는 것도 보였다.

흔한 현상은 아니지만 약한 몬스터인 고블린과 코볼트가 다른 동물 타입 몬스터의 등에 탈 수 있게 되는 경우가 있었다. 「~·라이더」 혹은 기수병이라고 불리는 그것들은 단순히 기동력이 올라갈 뿐만 아니라 전투 능력도 월등하게 높아진다.

그런 몬스터들이 지금도 상당한 속도로 제4진과의 거리를 좁히고 있었다.

"제5진이 마지막입니다. 그런데 마지막 무리는 대부분이 기수병이네요. 숫자도 지금까지의 두 배 정도 되는 것 같아요."

착지한 신은 자신이 목격한 사실을 섀도우와 히비네코에게 전달했다. 이쪽 전력이 앞서긴 해도 적이 분산된다면 기동력 때문에 애를 먹을 수도 있었다.

평원에서 싸운다는 점도 적에게 유리했다. 숲이나 복잡한 지형이라면 몰라도 평원의 기병, 특히 이번 같은 기수병을 상대로는 일반 병사들이 고전할 수밖에 없었다. 게다가 적 몬스터 중에는 창병 부대의 머리 위를 쉽게 뛰어넘을 수 있는 개체들도 있었다.

바르벨 기사단에도 기병은 있지만 아무리 잘 훈련된 군마라도 몬스터의 민첩한 기동력을 따라가기는 힘들었다. 따라서 상대의 기동력을 얼마나 잘 봉쇄하느냐가 관건이었다.

"교묘하게 흩어지지만 않으면 대처할 수는 있어. 혹시 모르니 홀리에게 정령술을 준비해두라고 전하지."

"홀리 씨요? 아아, 그러고 보니 홀리 씨의 정령술은 이럴 때 안성맞춤이었죠."

【정령술】이란 엘프의 전용 스킬이었다. 한 사람당 한 가지 속성으로 제한되지만 마법 스킬과는 차별되는 효과를 가진 기술이었다.

홀리의 정령술 속성은 땅이었다. 상대의 움직임을 봉인하거나 장애물을 설치하는 등, 공격보다는 움직임을 방해하는 데 능했다. 따라서 기수병의 기동력을 봉쇄하는 일에는 정말 효과적이라고 할 수 있었다.

"그러면 이제 제3진의 잔당 처리를— 앗?!"

나머지 몬스터를 섬멸하려던 신의 귀에 요란한 알람 소리가 들렸다. 신에게만 들리는 그 소리는 바르멜 주변에 설치해둔 사일런트 · 위스퍼에서 일정 숫자 이상의 적 반응이 동시에 감지될 때의 경고음이었다.

"신, 무슨 일이야?"

"아무래도 드디어 이벤트 전투의 적들이 나타난 모양입니다. 사일런트 · 위스퍼가 반응했어요."

"하필 이런 때……. 방향은 알 수 있나?"

"북문 쪽입니다. 제3 전단이 가까운 곳에 있겠네요."

말을 중간에 끊은 신에게 섀도우가 물었다. 사일런트 · 위스퍼가 설치된 곳에서 바르멜까지의 거리는 약 1케메르였다. 제3 전단이 이미 움직이고 있을 가능성도 있었다.

신 일행에게 연락이 오지 않는 것은 발견이 늦어졌거나 심화를 사용할 수 있는 사람이 없어서이기 때문일 것이다. 아무래도 전자일 가능성이 높아 보였다.

그런 예상을 하던 신의 눈앞에 메시지 도착 표시가 나타났다. 몬스터의 접근과 그에 따른 제3 전단의 움직임에 관한 내용이었다.

"티에라에게서도 메시지가 왔어요. 이미 제3 전단이 요격하러 나섰답니다. 다만 몬스터의 레벨이 높아서 정면으로 격돌하는 것은 피하고 있다네요."

『범람』으로 출몰하는 일반 몬스터의 레벨은 평균 100을 넘지 못한다. 하지만 지금 바르멜을 향해 진군해오는 몬스터 중에는 레벨이 200이 넘는 개체들도 잔뜩 있는 모양이었다.

적의 레벨은 지금 옆에 있는 카에데가 확인해주었다고 적혀 있었다.

"역시 그쪽이 더 위험하겠군. 여기는 나와 새도우가 맡겠네. 신은 작전대로 그쪽으로 가줘."

"알겠습니다. 그러면 잘 부탁드릴게요."

신은 그 자리를 히비네코에게 맡기고 달려 나갔다. 빠르게 【은폐】로 모습을 숨기며 【리미트】를 해제했다.

신은 묵직한 폭음과 함께 대지를 박차며 가속했다. 그와 동시에 이럴 때를 위해 준비해둔 장비를 착용하기 시작했다.

사무라이를 연상시키는 진홍색의 전신 갑옷이 그의 온몸을 뒤덮었다.

그의 손에는 칼날과 자루 끝에 눈동자 같은 문양이 그려진 일그러진 큰 낫이 들려 있었다.

신은 방금 전과는 전혀 다른 분위기가 되어 질주했다.

이제 활약할 기회를 얻어 기뻐하는 것처럼 큰 낫이 끼기긱 하는 소리를 냈다.

†

"이야기는 들었지만 정말로 왔네."

"아빠나 엄마도 그렇지만 실전 경험이 풍부한 사람들은 육감만으로도 사실을 파악하는 경우가 많으니까요. 저로서는 아직 이해할 수 없는 경지죠."

바르멜을 둘러싼 성벽 위에서 몬스터의 접근에 대비해 대기 중이던 모험가와 기사 들 사이에서 티에라와 카에데가 대화를 나누고 있었다. 그 옆에는 카게로우와 유즈하가 얌전히 앉아 있었다.

두 사람의 눈에는 숲의 나무를 쓰러뜨리며 돌진해오는 몬스터 무리가 보였다.

대지를 검게 물들일 만큼 많은 숫자의 몬스터 무리에는 원래 서로 적대 관계인 몬스터들도 섞여 있었다. 그것을 본 티에라는 신의 이야기가 사실이었다는 것을 실감했다.

"카에데, 몬스터 종류나 레벨도 알 수 있어?"

"네. 하지만 너무 다양한 몬스터가 뒤섞여 있어서 종류를 정의할 수가 없겠네요. 레벨은 최소 200은 넘어요. 리더로 보이는 개체는 350 정도고요."

"고마워. 신하고 스승님에게 연락할 테니까 뭔가 변화가 생기면 알려줄래?"

"알았어요."

티에라는 경계 임무를 카에데에게 맡기고 메시지 카드를 열었다. 그리고 성벽 앞에 전개된 제3 전단의 움직임과 카에데에게 들은 몬스터의 정보를 재빨리 써넣은 뒤 신과 슈니에게 보냈다.

티에라가 있는 후방 쪽에 적이 나타나면 바로 연락하라는 지시를 받았기 때문이다.

"이제 됐어. 자, 신하고 스승님이 올 때까지 견제 정도는 해뒤야겠지."

"저도 도울게요."

"잘 부탁해. 뭐, 사실 나보다는 카에데가 더 강하긴 하지만."

"아니요. 평소부터 힘이 전부가 아니라고 배웠고 저도 그 가르침에 동의하거든요. 부담 없이 지시를 내려주세요."

새도우와 홀리의 교육 덕분인지, 카에데는 능력치가 높으면서도 건방진 태도를 보이지는 않았다. 일부 선정자들의 힘이야말로 정의라는 오만함은 찾아볼 수 없었다.

사실 카에데는 일반인의 능력치로 자신의 움직임을 따라온 티에라의 기량에 오히려 감명을 받았지만 정작 티에라 본인은 모르고 있었다.

아무리 능력치가 낮다 해도 슈니의 훈련을 100년 넘게 받아온 티에라의 기량은 이미 달인의 경지에 도달해 있었다. 전에 호위 임무를 수행했을 때 활로 도적을 단번에 명중시켰던 것도 엘프의 지각 능력과 활 실력이 합쳐진 결과였다.

신과 함께 여행하는 동안 몬스터와 싸워오면서 어느새 레벨도 100을 넘었다. 본인은 자각하지 못했지만 마음만 먹으면 바르멜 기사단의 부대장급이 와도 호각으로 싸울 수 있는 실력이었다.

게다가 옆에는 신수까지 있지 않은가.

원래는 연금술사였고 지금은 조련사이기도 하다. 조련사는 파트너인 몬스터와 함께할 때 진가가 드러나는 법이었다. 그 점을 고려하면 오히려 티에라가 카에데보다 강하다고 할 수도 있었다.

그런 상대에게 거만하게 굴 만큼 카에데는 어리석지 않았다.

"조금 더 가까워지면 활을 이용해 리더로 보이는 개체를 저격하고 그 뒤에는 계속 화살을 쏠 수밖에 없겠지."

"여기서 명중시킬 수 있나요?"

"무기와 카게로우의 도움을 받아서 간신히 할 수 있는 정도야. 이번에는 유즈하도 있고. 아마 원시 스킬만 갖고 있다면 꼭 내가 아니라도 가능할 거야."

"아니요, 신수를 데리고 있는 사람이 그렇게 많을 리가 없잖아요. 그리고 티에라 씨는 훈련소의 교관들보다 활을 잘 쏘시던걸요."

아무리 무기와 소환수의 보조를 받아도 본인의 기량이 낮으면 큰 효과는 없었다. 티에라는 자신의 기량을 제대로 자각하지 못했기에 망언이나 다름없는 이야기를 하고 있었다.

본격적인 전투 훈련을 받은 것이 달의 사당에 온 이후부터였고 슈니를 비롯한 엄청난 강자들 사이에서 생활해온 탓에 티에라는 커다란 오해를 하고 있었다.

생각해보면 지난번 호위 임무를 함께 수행했던 가이엔과 츠바키도 레벨과 랭크에 비해 엄청난 실력을 갖고 있었다. 게

다가 요 며칠 동안은 잔뜩 기합이 들어간 모험가들과 훈련을 해왔다.

기묘한 우연 덕분에 티에라는 자신의 실력을 제대로 파악하지 못하고 있었다.

"100년 동안 하면 이 정도는 누구든 할 수 있게 돼."

"확실히 그렇기는 하지만요."

티에라 루센트.

그녀야말로 오랜 노력이 곧 힘이 된다는 사실을 온몸으로 증명하는 여성이었다.

"자, 이제 슬슬 시작하자."

티에라가 활을 겨냥하자 카에데도 정령술 준비에 돌입했다.

카에데의 주문 영창에 맞추어 녹색 광구(光球)가 모습을 드러냈다.

그녀가 가진 정령술의 속성은 바람이었다. 엘프가 사용하는 정령술 중에서는 땅, 물과 마찬가지로 흔한 속성이었고 녹색 광구는 바람의 정령이 시각화된 것이었다.

정령이 광구 상태인 것은 아직 정령술의 숙련도가 낮은 탓이었다. 숙련도가 올라가면 정령도 그에 따라 다양한 모습을 취하게 된다.

카에데는 정령에게 바람의 가호를 부탁했다. 적의 원거리 공격 명중률을 낮추고 자신들의 명중률을 올릴 수 있기 때문에 활을 사용할 때는 반드시 쓰이는 가호였다.

"바람의 가호를 걸었어요."

"고마워."

활시위를 당기는 데 집중하던 티에라는 작은 목소리로 감사 인사를 했다.

티에라가 당기고 있는 활은 지금까지 쓰던 목제 활과는 달리 곳곳에 금속 부품이 쓰여 성능이 좋아 보이는 활이었다. 마법과 상성이 좋은 미스릴과 수령이 천 년으로 알려진 노마수(老魔樹)의 가지로 만들어진 활에는 농밀한 마력이 담겨 있었다.

화살에도 특수한 처리가 되어 있었는지, 카에데의 눈에는 활의 마력을 흡수하는 것처럼 보였다.

활을 당기는 티에라 옆에서 카게로우와 유즈하가 낮게 으르렁거리고 있었다. 그에 맞춰 티에라의 몸도 번개를 두른 것처럼 빛나기 시작했다.

"—."

티에라는 깊이 집중한 탓에 자신의 상태를 알아채지 못한 것 같았다. 그녀는 호흡 때문에 조준이 어긋나지 않도록 활시위를 당긴 상태에서 숨을 멈추었다.

그리고 기사단의 궁병과 마법사 들이 원거리 공격을 시작하는 순간, 활에 담긴 모든 힘을 해방했다.

"꺄앗!!"

화살을 내쏜 순간 티에라를 중심으로 강한 바람이 휘몰아치면서 카에데는 작은 비명을 질렀다. 한 곳에 집중된 마력이 해방되면서 생겨난 반동이었다.

원거리 공격을 사용할 수 없어 티에라만 지켜보던 주위 사람들은 갑작스러운 돌풍에 균형을 잃고 넘어졌다.

다만 무력하게 바닥을 구르는 사람이 많았던 것은 바람 탓만은 아니었다.

화살을 내쏜 순간 그 광경을 보았기 때문이었다.

"저게 뭐야……."

누군가의 한마디가 그 자리에 있던 모두의 생각을 대변해 주고 있었다.

티에라가 가진 활에서 발사된 것은 정말 『화살』이었을까……. 그런 근본적인 질문을 꺼낼 수밖에 없는 광경이었다.

활에서 발사된 화살은 마력을 두른 채 빛의 띠와 번개를 남기며 몇 케메르나 되는 공간을 한순간에 꿰뚫었다.

신이 봤다면 '레이저 빔이다'라고 말했을 것이다. 광술계 마법 스킬을 연상케 하는 엄청난 속도였다.

활 특유의 호를 그리는 궤도를 완전히 무시하며 일직선으로 날아간 화살은 리더 개체인 【오거 · 리더】와 그 주변을 초토화하며 지면에 꽂혔다. 그리고 그곳을 중심으로 몇 메르에 이르는 범위 내에 번개를 내뿜었다. 화살 한 발을 발사했을 뿐인데도 피해는 리더를 포함해 수십 마리에 이른 것이다.

공격을 정통으로 맞은 오거·리더는 양 팔꿈치와 양 무릎 이하만을 남기고 공간 자체가 사라진 것처럼 소멸되어 있었다. 그것을 본 부하 몬스터들은 엄청난 혼란에 빠진 것 같았다.

"저기…… 티에라 씨, 그 활은 대체……."

"지금의 나라면 쓸 수 있을 거라고 신이 빌려준 건데…… 온 힘을 다해서 쏘면 이런 위력이 나온다는 말은 못 들었다고!"

티에라의 말투를 보면 연습할 때는 이 정도가 아니었던 모양이다. 그녀는 손에 든 활을 바라보며 얼굴이 딱딱하게 굳어 있었다.

"어, 어쨌든 지금은 몬스터를 쓰러뜨리는 게 먼저예요! 왠지 깊이 생각하면 안 될 것 같아요!"

"그, 그래! 나중에 신에게 물어보기로 하고 지금은 우선 몬스터부터 처리해야겠지!"

티에라의 저격…… 아니, 포격으로 인해 일부 몬스터들이 동요하기는 했지만 숫자는 크게 줄어들지 않았다. 티에라와 카에데는 놀라고 있을 때가 아니라고 생각하며 공격을 재개하기로 했다.

주변 사람들도 두 사람이 행동을 재개하는 것을 보고 퍼뜩 정신을 차리며 자신들이 할 수 있는 일을 고민하기 시작했다.

"다시 한 발……."

티에라의 활에서 다시 한 번 섬광 같은 화살이 발사되었다.

그리고 방금 전처럼 리더 개체가 폭발해버리면서 몬스터들이 동요했다.

하지만 아무리 위력이 강하다 해도 마력 충전과 정신 집중에 필요한 시간 때문에 빠른 연사는 불가능했다. 피해 또한 몬스터 무리 전체를 보면 미미한 수준이었다.

게다가 적들에게도 학습 능력이 있는지, 몇 발 발사하자 리더 개체는 활의 사정거리 밖으로 물러나기 시작했다. 동시에 부하 몬스터들을 전방으로 내몰고 있었다.

"으윽, 미안. 조금만 쉴게."

10발 정도 발사했을 때 티에라는 활을 내리며 그 자리에 주저앉았다.

위력을 생각해보면 그만한 에너지를 소비하는 것이 당연했다. 마력 소비 없이도 공격할 수는 있겠지만 효율을 생각해보면 가만히 회복을 기다리는 편이 나을 것이다.

티에라는 걱정스럽게 바라보는 카게로우를 쓰다듬으면서 에테르를 꺼내 입에 머금었다. 약 냄새 없이 살짝 달콤한 액체를 삼키며 그녀는 전장을 내려다보았다.

그녀가 바라본 곳에서는 바르멜 수호기사단 제3 전단의 기병 부대가 마법 부대의 엄호를 받으며 몬스터 무리를 섬멸하고 있었다.

티에라의 포격으로 동요한 적들에게 기사단의 돌격이 이어진 것이다. 몬스터 무리가 버틸 수 있을 리가 없었다.

돌격한 것은 제3 전단의 정예 병력이었고 한 사람도 탈락하지 않고 몬스터를 유린하며 방향을 선회하고 있었다. 자세히 보면 기사와 말 주변에 빛의 막 같은 것을 확인할 수 있었다.

그것은 바로 신성계 아츠 【자비의 빛】이었다. 몬스터의 대미지를 대신 받아내는 개인용 결계였다.

마법사들이 자신의 낮은 방어력을 보완하거나 기습에 대비하기 위해 흔히 사용하는 아츠였다. 원래는 신관의 특기 분야지만 직업과 상관없이 익혀두는 경우가 많았다.

방향을 선회해서 돌아오는 기병 부대 중에는 빛의 막이 사라져버린 사람도 적지 않았다. 마법 부대가 그들에게 다시 효과를 걸어주는 모습이 보였다. 아무래도 아츠는 스킬만 한 방어력이 없는 것 같았다.

"여기까지 오면 나도……!"

거리가 좁혀지자 카에데가 다시 정령술을 발동했다. 공중에 크고 작은 정령들이 이리저리 날아다니다가 축구공 크기의 바람 탄환으로 변해 몬스터 무리를 향해 쏟아졌다.

다양한 색상의 탄환들은 명중과 동시에 주위에 연기를 대량으로 흩뿌렸다. 그러자 그 주변에 있던 몬스터들이 갑자기 움직임을 멈추거나 아군을 공격하는 등 이상한 행동을 하기 시작했다.

"아아, 【방해의 바람】의 효과를 정령술로 증폭한 거구나."

"네. 대미지는 기대할 수 없지만 상대를 혼란시키는 데는 최고니까요."

【방해의 바람】이란 풍술계 마법 스킬의 중급 마법이었다. 랜덤으로 상태 이상을 일으키는 바람 탄환을 쏘아 보내는 것으로, 상태 이상에 걸릴 확률은 높지만 대미지 자체는 거의 제로에 가까운 스킬이었다.

카에데가 그 스킬을 선택한 것은 【범람】 이외에도 대규모 전투를 많이 경험해본 섀도우와 홀리의 가르침 덕분이었다. 상대의 물량이 압도적일 경우에 아군에게 가장 필요한 것은 직접적인 공격력이 아니었다. 그보다는 포이즌(독), 패럴라이즈(마비), 콘퓨(혼란) 같은 기술을 사용해 집단의 힘을 발휘할 수 없게 만드는 전략이 더욱 유용할 수 있었다.

조직적으로 움직이는 집단과 오합지졸의 위력은 천지 차이였다. 【방해의 바람】은 바로 그 점을 노린 스킬이었다.

파도처럼 몰려들던 몬스터들은 무리의 내부에서 발생한 혼란에 의해 통솔이 무너지고 있었다. 마비된 몬스터는 땅에 쓰러져서 뒤에 오던 다른 개체들의 발에 밟혔고 혼란에 빠진 몬스터는 아군을 뒤에서 공격했다. 일렬로 유지되던 전선이 크게 붕괴되며 돌출된 곳과 뒤처진 곳의 거리가 벌어지기 시작했다.

바르멜 기병 부대는 때를 놓치지 않고 돌출된 몬스터들을 분단해서 쓰러뜨렸다.

"역시 바르멜의 정예 부대구나. 하지만……."

"네. 이대로는 위험하겠어요."

기사들은 확실히 숙련된 움직임을 보여주고 있었다. 하지만 기병 부대의 돌격과 마법 부대, 궁병 부대의 원거리 공격만으로는 적의 숫자를 줄이는 데 한계가 있었다. 보병을 전진시키지 않는 것은 병력 차이가 너무 심해서 몰살당할 것이 뻔히 보이기 때문이었으리라.

"위험한 상황이 오면……."

"그루!"

티에라의 말에 카게로우가 울음소리로 대답했다.

이곳은 『범람』으로 발생한 몬스터 무리의 반대 방향에 위치해 있었다. 티에라와 카에데가 이곳에 배치된 것은 선정자가 배치되지 않은 방향에서 몬스터가 나타날 경우에 대비하기 위해서였다.

따라서 유사시에는 카게로우의 힘으로 대응하기로 되어 있었다.

"쿠우! 쿠우!"

"유즈하?"

용감하게 적을 바라보는 카게로우 옆에서 유즈하가 한쪽 발을 들며 울었다. 마치 '유즈하도! 유즈하도!'라고 말하는 듯했다.

"그래. 유즈하도 잘 부탁해."

"쿠읏!"

유즈하는 맡겨만 달라는 듯이 힘차게 울었다.

완전체가 되려면 멀었지만 유즈하도 레벨이 400을 넘었고 꼬리가 세 개로 늘어나면서 신성 마법뿐만 아니라 화염과 번개 마법까지 사용할 수 있었다. 이미 상급 선정자의 전투력에도 밀리지 않을 정도였다. 전력으로는 충분했다.

방금 전 티에라의 포격도 사실 카게로우와 유즈하의 보조 역할이 절반 이상을 담당했다. 아무리 신이 직접 만든 무기라지만 일반인 수준의 능력치인 티에라가 그 정도로 엄청난 공격을 펼치기는 어려웠다. 그것은 어디까지나 무기와 두 파트너의 상성이 좋았기에 가능했던 위력이었다.

여담이지만 DEX가 높지 않은데도 그런 위력의 화살로 적을 저격할 수 있었던 것을 보면 티에라의 기량도 한몫했다고 볼 수 있었다.

"좋아, 마력도 회복됐으니까 적의 숫자를 좀 더 줄여놔야겠어."

마력을 충분히 회복한 티에라는 다시 한 번 리더 개체를 조준하며 활을 쏘았다.

반격이 불가능한 성벽 위에서 발사된 공격은 조금씩이나마 몬스터 무리에 영향을 끼치고 있었다.

그런 가운데 티에라의 시야 안에 명백하게 이질적인 개체가 나타났다.

그것은 일반적인 오거보다 두 배 이상 체구가 컸다. 피부는 검은색에 가까운 푸른색이고, 머리 위로는 수정 같은 뿔이 두 개 나 있고, 손에는 검붉은 아우라를 두른 거대한 도끼를 들고 있었다.

"엄청난 녀석이 나타났어."

"리더 개체…… 는 아니네요. 이름은 【베르젤크스】라고 나와요. 레벨은…… 이럴 수가, 보이지 않다니?!"

레벨난에 표시된 【???】라는 기호를 본 카에데는 불쑥 큰 소리를 내고 말았다.

크리티컬(완성종)이며 선정자에 필적하는 카에데에게도 보이지 않는다면 레벨이 족히 500은 넘는 셈이었다.

그런 가운데 베르젤크스를 향해 대량의 마법 아츠와 화살이 쏟아졌다. 베르젤크스가 내뿜는 심상치 않은 분위기를 가만히 보고만 있을 만큼 기사단은 무능하지 않았다.

일반적인 오거와 오거·커맨더 정도는 압살할 수 있을 만한 공격 앞에서 베르젤크스는 손에 든 도끼를 엄청난 기세로 휘둘렀다.

그러자 말 그대로 폭풍이 일어났다. 도끼가 발생시킨 바람은 마법과 화살뿐만 아니라 주변에 있던 몬스터마저 날려버렸다. 궤도가 어긋난 공격이 주변 몬스터에게 대미지를 주었지만 정작 베르젤크스는 화살 하나 맞지 않았다.

마법과 화살에 많은 몬스터들이 쓰러지는 가운데 공격의 중심에 있던 베르젤크스는 상처 하나 없었다. 덕분에 멀쩡한

다리로 바르멜을 향해 걸어오기 시작했다.

"저게 뭐야……."

"저 무기는 아마 마검에 필적하는 성능을 갖고 있을 거예요. 저렇게 휘두르는데도 멀쩡하다니……."

"……놀라고 있을 때가 아니야. 카게로우, 유즈하. 힘을 빌려줘."

카게로우와 유즈하도 평범한 상대가 아님을 알아보았는지 대답 대신 티에라의 활에 자신들의 힘을 불어넣었다.

'이거라면!!'

지금까지의 공격보다도 훨씬 강한 힘을 담은 일격이 베르젤크스를 향해 발사되었다.

하지만 베르젤크스는 공기를 가르고 빛의 꼬리를 남기며 날아간 화살을 놀랍게도 도끼로 받아냈다.

도끼에서 피어오르는 아우라가 공중에 붉은 궤적을 남겼다. 그 모습은 마치 도끼에 묻은 피가 흩날리는 것처럼 보였다. 주변의 오거들과는 비교도 안 되는 근력으로 휘두른 도끼날이 베르젤크스를 향해 날아간 화살의 측면을 후려쳤다.

"Jal!!"

베르젤크스는 기합을 불어넣듯이 포효했다.

짧은 힘겨루기 뒤에 화살은 본래의 궤도에서 크게 벗어나며 땅에 처박히고 말았다. 직각에 가까운 각도로 궤도가 바뀌었기에 명중 뒤의 충격이나 번개 대미지도 없었다.

"이럴 수가……."

지금까지는 몬스터들이 반응조차 하지 못한 일격을 완벽하게 받아치자 티에라는 놀란 나머지 할 말을 잃고 말았다. 쓰러뜨리지는 못하더라도 최소한 부상 정도는 입힐 수 있을 거라고 예상했던 것이다.

무리 전체를 봐도 이 정도로 강한 개체는 없었다. 아마 공격해오는 몬스터 무리 중에서도 최강 개체일 것이다. 방금 전까지 모습이 보이지 않았던 것을 보면 뒤쪽에서 대기하고 있다가 예상외의 공격을 받자 대응하러 나선 모양이었다.

"카에데, 혹시 이 활보다 강력한 공격을 할 수 있어?"

"아니요. 한 곳에 집중해서 티에라 씨보다 강한 공격을 하는 건 도저히……."

티에라는 희미한 희망을 품고 물었지만 돌아온 대답은 절망적이었다. 카에데의 정령술과 마법을 합쳐도 어려운 것 같았다.

이렇게 되면 기사단 병력으로는 더 이상 대처할 수 없었다.

"……!! 티에라 씨, 저기!!"

"어, 저건!!"

카게로우에게 의존할 수밖에 없겠다고 생각하던 티에라는 카에데의 목소리에 전장 쪽으로 시선을 돌렸다. 그곳에서는 베르젤크스를 향해 기병 부대가 돌진하고 있었다.

마법과 화살의 비를 맞아 베르젤크스 주변의 몬스터는 전멸했고 일시적인 공백 지대가 생겨나 있었다. 기병 부대는 그곳을 향해 일직선으로 나아갔다. 병력은 그렇게 많지 않았다.

"아무래도 가장 레벨이 높은 사람들끼리 어떻게든 해볼 생각인가 봐요."

"죽으러 가는 거나 마찬가지잖아……. 카게로우!! 당장 준비해줘!! ……카게로우?"

티에라는 당장 도우러 가기 위해 카게로우를 불렀다. 하지만 반응이 없었다.

티에라가 전장에서 시선을 떼고 카게로우를 보자 카게로우는 전혀 엉뚱한 방향으로 고개를 돌리고 있었다. 가만히 살펴보니 유즈하도 똑같은 방향을 바라보고 있었다.

"저쪽에 뭔가—!!"

'있는 거야?'라고 물으려던 티에라는 말이 끝나기도 전에 느낀 낯선 감각에 말문이 막히고 말았다.

무언가가 오고 있었다.

감지계 아츠나 스킬이 없는 티에라도 분명히 느껴질 만큼의 존재감을 가진 무언가가 이곳에 접근하고 있었다.

"티에라 씨, 저기에……."

카에데가 가리키는 곳에는 몬스터 무리를 향해 나아가는 그림자가 있었다.

빨랐다.

그 그림자는 말이나 사족 보행 몬스터보다도 훨씬 빠른 속도로 전장을 향해 달려갔다.

그림자는 순식간에 몬스터 무리에 도달하더니 단숨에 공중으로 도약했다. 피어오르는 흙먼지를 보면 얼마나 강하게 땅을 박찼는지 알 수 있었다.

"저건…… 기사?"

카에데가 중얼거렸지만 그 말에는 자신이 없어 보였다. 당연했다. 전신 갑옷을 입고 100메르 넘게 도약할 수 있는 사람은 그리 많지 않다.

하지만 놀라운 점은 그뿐만이 아니었다.

아무리 경이적인 도약력을 갖고 있어도 전장의 한가운데에 위치한 베르젤크스까지는 닿을 수 없었다. 그런데 그 그림자는 아무것도 없는 공중에서 한 번 더 도약했다.

몬스터들도 그것을 보자 경악할 수밖에 없었는지, 그 그림자가 자신들의 머리 위를 통과하는 것을 멍한 얼굴로 지켜보고 있었다.

너무나 말도 안 되는 움직임을 보자 티에라의 뇌리에 떠오르는 얼굴이 있었다.

그렇다. 이런 일을 할 수 있을 법한 인물이 분명히 존재했다.

그것도 티에라가 아는 사람만 세 명이었다.

그중에 이런 일을 벌일 만한 사람은 단 한 명이었기에 티에라는 확인하기 위해 유즈하에게 물었다.

"저기, 유즈하. 저건 혹시…… 신이야?"

"쿠우."

'맞아'라고 말하는 듯한 울음 소리였다.

"아…… 그렇구나. 그러니 카게로우가 움직이지 않을 수밖에."

카게로우와 유즈하는 티에라보다 먼저 신의 접근을 감지한 모양이었다.

다급해했던 것이 바보처럼 느껴졌다. 긴장을 놓을 만한 상황은 아니었지만 티에라는 왠지 맥이 빠지는 것을 느꼈다. 성벽 위의 병사들에게는 미안하지만 이제 그들이 나설 기회는 없을 것이다.

"굉장해! 베르젤크스와 기사들 사이에 착지했어요."

카에데의 흥분된 목소리를 들으며 티에라는 생각했다.

'너무 요란하게 하지 않으면 좋을 텐데…….'

†

몬스터 무리를 가로지르면서 기사 청년은 생각했다.

자신은 이곳에서 죽게 될 거라고.

몬스터 무리 자체는 슈니 라이자를 비롯한 선정자들이 처치할 수 있었다.

하지만 저 변이종 오거를 방치해두면 원군이 오기 전에 몬스터 무리가 바르멜에 도달하고 만다.

성벽 위에서 발사된 엄청난 공격마저 튕겨내는 몬스터였다. 강화된 성문을 파괴하는 데는 그리 오랜 시간이 걸리지 않을 것이다. 만약 돌파당한다면 성벽보다도 훨씬 방어가 취약한 도시 안에서 얼마나 많은 피해가 나올지 알 수 없었다.

그래서 기병 부대 중에서도 레벨이 높은 자들로 구성된 결사대가 시간을 벌기 위해 나선 것이다.

죽는 것은 무서웠다. 아무리 훈련해도 그것만큼은 극복할 수 없었다.

그럼에도 청년과 그 주변의 기사들은 싸우는 길을 선택했다. 설령 시간 벌기밖에 안 된다 해도 그것으로 바르멜을 지킬 수 있다고 믿기 때문이었다.

"적까지 거리 50!!"

훈련 덕분에 목표까지의 거리가 얼마나 되는지 대충 알 수 있었다. 그것이 곧 청년과 죽음 사이에 놓인 거리였다.

방금 전의 공격 덕분에 변이종 주변에는 몬스터가 거의 없었다.

기병의 돌격보다는 아군인 변이종에게 공격받을까 봐 접근하지 않는 것 같았다.

"거리 20!!"

"아무래도 주변 녀석들은 구경만 할 것 같다!! 변이종에만 집중해!!"

결사대 대장이 크게 소리쳤다. 눈앞에 가까워진 변이종은 멀리서 보기에도 엄청난 위압감을 뿜어내고 있었다.

커다랗다.

그 한마디로 설명이 가능했다.

그 체구는 동화에 나오는 기간테스나 키클롭스 같은 거인형 몬스터를 연상시켰다. 손에 들린 살벌한 도끼는 자루까지 금속제였다.

변이종 오거는 상당히 무거워 보이는 그 도끼를 높이 들어 올렸다.

"으윽!! 안 돼!! 다들 흩어져어어!!"

위험을 감지한 대장의 외침에 숙련된 기사들은 누구 하나 늦지 않게 반응했다.

청년도 말을 달려 변이종이 내리치는 도끼를 피했다.

─아니, 피했다고 생각했다.

"으악!!"

직격은 피해냈다. 하지만 그 충격파만으로도 청년은 말에서 떨어지고 말았다.

청년은 요란하게 땅에 곤두박질치며 순간적으로 의식을 잃을 뻔했다. 하지만 기절하면 끝이라는 생각에 필사적으로 정신줄을 부여잡았다.

"크악……."

깜박이는 시야에 들어온 것은 자신과 마찬가지로 낙마한

동료의 모습이었다. 청년은 몸을 일으키려고 힘을 주다가 왼쪽 다리가 움직이지 않는다는 사실을 깨달았다.

"이런······."

자신과 함께 날려진 애마 밑에 깔린 자신의 다리가 보였다. 다리를 비틀어보지만 좀처럼 빠지지 않았다.

그런 청년의 머리 위에 그림자가 드리워졌다.

"아······."

올려다보자 그곳에는 변이종이 있었다.

붉고 탁한 눈동자에서는 이성이 느껴지지 않았다. 다만 그 몸에서 뿜어져 나오는 살기만큼은 진짜였다.

근육이 불끈거리며 도끼가 높이 들어 올려졌다. 청년은 그 전에 발을 뺄 수 있을 것 같지 않았다.

"─!"

이제 몇 초 뒤면 그는 죽을 것이다.

청년은 그것을 알면서도 허리에서 검을 뽑아 떨리는 손으로 변이종을 겨냥했다.

처음부터 죽을 각오로 온 것이다. 청년은 비명 따위는 지를 수 없다는 생각으로 솟구치는 공포를 억누르며 변이종을 노려보았다.

변이종의 움직임은 느릿느릿했다.

하지만 사실 변이종의 움직임이 변화한 것은 아니었다. 청년의 모든 신경이 죽음을 피하기 위해 빠르게 가속하고 있었던 것이다.

하지만 아무리 체감 시간이 느려진다 해도 할 수 있는 일은 없었다. 천천히 내려오는 도끼를 가만히 바라볼 뿐이었다.

몇 초 뒤면 자신과 애마는 변이종의 도끼에 양단될 것이다. 청년은 그렇게 생각했다.

그리고 분명 그렇게 될 것이다.

―하지만 그의 예상은 빗나갔다.

"우왓!!"

그 일은 너무나도 갑작스럽게 벌어졌다.

변이종과 청년 사이로 무언가가 내려왔다.

아니, 떨어졌다는 표현이 더 적절했다.

낙하의 충격으로 지면이 흔들렸다.

어안이 벙벙해진 청년의 눈앞에서 흙먼지가 걷히자 전신 갑옷을 입고 일그러진 형태의 큰 낫을 든 인물이 서 있었다.

이국적인 디자인의 전신 갑옷이었다. 그 갑옷은 햇빛을 받아 온통 붉게 빛났다.

깊고 짙은 카디널 레드, 선명한 스칼렛 레드, 밝은 코랄 레드. 다양한 붉은색으로 꾸며진 갑옷은 마치 타오르는 불꽃이 인간의 형상을 이룬 것 같았다.

곳곳의 세밀한 장식만 봐도 대장장이의 솜씨를 충분히 알 수 있을 정도였다. 보면 볼수록 높은 품격이 느껴졌다.

어깨에 짊어진 큰 낫의 자루는 비틀어져 있었고 칼날 부분에는 불규칙한 요철이 보였다.

자루와 칼날이 이어지는 부분에는 눈동자 같은 문양이 그려져 있어 전장보다는 수상한 의식에 더 어울릴 법한 분위기였다.

하지만 갑옷과 함께 보면 왠지 모르게 잘 어울렸다.

"······."

그 인물에게 시선을 빼앗긴 청년은 말이 나오지 않았다. 등장 자체도 놀라웠지만 온몸에서 뿜어져 나오는 압도적인 기운 앞에서 몸이 말을 듣지 않았던 것이다.

청년은 그 인물이 자신에게서 등을 돌리고 있었음에도 변이종과는 비교도 안 되는 위압감을 느꼈다.

한편 변이종 오거는 도끼를 들어 올린 채 움직임을 멈춘 상태였다.

크게 치켜뜬 탁한 눈에는 명확한 공포의 색이 깃들어 있었다.

'저 정도의 몬스터가 압도당하다니!!'

대체 어느 정도의 힘이 있어야 가능한 일일까.

죽기 직전에 극한까지 날카로워진 청년의 직감이 어떤 사실을 알려주었다.

그것은 눈앞의 인물이 슈니 라이자에게도 필적할 만한 힘을 갖고 있으며 그들의 아군이라는 사실이었다.

"괜찮은가?"

"······네?"

청년은 넋을 잃고 있었던 것은 아니지만 그 말이 자신을 향하고 있다는 것을 바로 깨닫지 못했다. 목소리를 보면 갑옷의 주인공은 남성인 것 같았다.

시선을 돌리자 방금 전까지 등을 돌리고 있던 그 인물이 기절해서 움직이지 못하는 애마를 치워 청년의 다리를 자유롭게 해주었다.

"가, 감사합니다. 어, 뒤, 뒤에!"

청년은 황급히 몸을 일으켰지만 변이종은 아직도 도끼를 높이 들고 있었다.

청년은 자신을 도울 때가 아니라는 생각에 남자의 뒤쪽을 가리키며 소리쳤다. 다급해진 탓인지 평소 말투가 나왔다.

"응? 아아, 그랬지."

별것 아니라는 투의 대답이었다.

다음 순간 눈앞에 있던 남자가 사라지더니 그와 동시에 청년의 고막을 엄청난 굉음이 강타했다.

굳이 설명하자면 두우웅 하는 묵직한 소리였다. 청년의 몸이 경직되었다.

하지만 눈을 감지 않은 덕분에 소리의 원인을 알 수 있었다.

"······."

방금 전과는 다른 의미에서 목소리가 나오지 않았다.

방금 전까지 변이종이 서 있던 곳에는 주먹을 내뻗은 상태의 갑옷 입은 남자가 있었다.

변이종의 모습은 보이지 않았다. 물론 어딘가로 이동한 것은 아니었다.

남자가 내뻗은 주먹 앞에는 변이종이 들어 올렸던 도끼와 팔꿈치까지만 남은 팔이 떨어져 있었다.

"하, 하하······."

청년은 눈앞의 광경이 꿈인지 현실인지 구분할 수 없었다.

일격.

그것도 무기 없이 맨손이었다.

정통으로 공격을 받은 변이종의 몸체는 산산조각이 나서 흩어졌고 피를 뒤집어쓴 일부 몬스터들이 비명을 질렀다.

그 정도의 위력을 냈으면서도 남자의 팔을 뒤덮은 보호구에는 흠집 하나 없었다.

이렇게 되면 웃음밖에 나오지 않는다.

"당신은 대체······."

"나 말인가? 글쎄······ 그러면 갑옷 색깔을 따서 레드라고 불러다오."

변이종을 쓰러뜨리고 돌아온 남자— 레드는 몸에 피 한 방울 묻히지 않고 가명인 것이 분명한 이름을 밝혔다.

"뭐, 내 이름은 아무래도 상관없겠지. 그보다도 여기는 내게 맡기고 자네들은 본대와 합류하도록."

"아, 아아, 도움에 감사드립니다. 하지만 우리도 기사인 이상 함께 싸워야―."

"아니, 그럴 필요는 없다. 오히려 근처에 있으면 곤란하거든."

"어째서 곤란하다는 겁니까?"

"나는 주변에 누군가가 있으면 능력을 충분히 발휘할 수 없다. 가능하다면 성벽 근처, 마법사들이 있는 곳까지 전군을 퇴각시키도록 해."

"아니, 하지만 그건……."

"미안하지만 이것은 제안이 아니다. 그리고 섣불리 다가오면 자네들까지 죽이게 될 텐데? 이건 그런 무기다."

레드는 그렇게 말하며 어깨에 짊어진 큰 낫을 들어 올려 보였다.

가까이에서 보자 그 크기를 잘 알 수 있었다. 자루만 3메르가 넘었고 칼날 부분도 2메르 이상이었다. 칼날 자체의 폭도 넓었고 중심에 지그재그 형태의 선이 그어져 있었다.

청년은 그것이 『입』 같다고 생각했다. 지금 당장이라도 그 『입』이 벌어지며 자신을 집어삼킬 것 같은 예감이 들었다.

청년은 어째서 레드가 전군을 퇴각시키라고 했는지를 이해했다.

저 무기는 위험했다. 함께 싸우는 것은 불가능하다. 가까이 다가가기도 전에 저 칼날에 죽고 말 것이다.

저것은 매우 강력함과 동시에 아군마저 죽이는 무기였다.

"저주받은 무기…… 인 건가……."

"그렇다."

레드는 별것 아니라는 듯이 대답했다. 하지만 그 덕분에 더욱 위험해 보였다.

종류에 따라 달라지기도 하지만 이 세계 사람들에게 저주받은 무기란 곧 파괴를 부르는 무기를 의미했다. 엄청난 힘을 주는 대가로 사용자를 죽음으로 이끄는 마성의 무기였다.

하지만 레드에게는 전혀 그런 기색이 보이지 않았다. 정신이나 목숨을 좀먹는다고 알려진 저주의 무기를 들고 있음에도 말투와 행동은 지극히 자연스러웠다.

"어째서—."

"미안하지만 질문은 여기까지. 더 이상 시간을 끌 수는 없다. 저기 마중 나온 사람도 있고."

청년의 뒤에는 낙마하지 않은 기사들이 아군을 회수하러 와 있었다.

"귀공은?"

"레드라고 한다. 저기 있는 기사에게도 말했지만 여기는 내가 맡겠다. 물러나다오."

"……."

레드에게 말을 건넨 사람은 결사대의 대장을 맡은 기사였다. 그 기사는 청년과는 달리 레드를 날카롭게 바라볼 뿐 아무엇도 묻지 않았다.

"……알겠소. 여기는 귀공에게 맡기는 편이 나을 것 같군. 전원 일시 후퇴!! 후위 부대와 합류한다!!"

기사는 몇 초 동안 생각하더니 퇴각을 결정했다. 겉모습만으로도 레드의 역량을 알아본 것 같았다. 대장답게 결단도 빨랐다.

"대장님?!"

"너도 빨리 말에 타라. 물러난다."

"아니, 하지만……."

"여기는 저분에게 맡기자……. 우리는 방해만 될 뿐이야."

기사는 레드에게 고개를 숙였다.

"동료를 구해주신 점 감사드리오."

"감사 인사를 들을 만한 일은 아니다. 그것보다도……."

"으음, 우리는 바로 물러나겠소. ……한 가지만 알려주시오. 귀공은 혹시 슈니 공의……?"

"소개장을 갖고 있다."

"……그렇군. 납득이 가오."

두 사람의 대화를 듣던 청년도 그 말에는 놀랐다. 하지만 동시에 납득이 갔다. 소개장 소유자들 중에는 일반인의 상식을 벗어난 사람이 많기로 유명했다.

청년은 동료 기사의 말에 함께 타고 대장과 함께 그곳을 떠났다.

이상하게도 주위 몬스터들은 공격해오지 않았다. 마치 청년들은 눈에 들어오지도 않는다는 듯이 레드에게만 시선이 고정되어 있었다.

50메르 정도 떨어졌을 때 등 뒤에서 폭발음이 들렸다.

"……!!"

그 소리에 고개를 돌린 청년이 목격한 것은 몬스터가 잘게 썰려 공중에 흩날리는 광경이었다.

화염 마법을 사용한 것은 아니었다. 불똥이나 불꽃은 보이지 않았으니까 말이다. 하지만 폭음의 중심부에서 엄청난 일이 벌어지고 있다는 것만은 알 수 있었다.

50메르. 그렇다, 50메르나 떨어져 있었다. 하지만 청년이 있는 곳까지도 공격의 여파가 느껴졌다.

말은 이미 전력 질주를 하고 있었다. 동료 기사들도 위험을 느꼈는지 고개조차 돌리지 않았다.

"이건 대체……."

청년은 그 광경에서 눈을 떼지 못했다.

그는 말 위에서 내려다볼 수 있었기에 조금은 안쪽 상황이 보였다.

그리고 처참한 광경이 눈에 들어왔다.

"크윽!!"

그 순간 한데 뭉쳐 벽을 이룬 몬스터들이 해체되었다. 레드의 공격이었다.

먼 쪽으로 이동하고 있었지만 오히려 더욱 가까워지고 있는 것처럼 위압감이 커졌다.

폭음은 그치지 않았고 공중에 흩어지는 몬스터의 잔해와 피가 주변에 퍼져나갔다.

얼핏 보이는 레드는 청년과 헤어질 때 서 있던 곳에서 조금도 벗어나지 않고 있었다. 갑옷은 몬스터의 피를 뒤집어쓰면서도 여전히 빛을 잃지 않았고 더욱 불타오르는 듯한 존재감을 과시했다.

청년은 레드 한 명에게 몬스터 몇 마리가 향하고 있는지 알 수 없었다. 숫자는 곧 힘이었다. 아무리 강한 사람도 계속 밀려드는 적 앞에서는 쓰러질 수밖에 없었다.

그리고 그것은 선정자도 마찬가지였다. 하지만 레드는 청년의 생각을 비웃기라도 하듯이 맹공을 펼치고 있었다.

큰 낫을 휘두를 때마다 공중에 붉은 칼날이 생겨났다. 그것이 몬스터 사이를 가로지를 때마다 몬스터의 조각난 사체가 생겨났다. 그 일격 앞에서는 몬스터의 레벨과 종족, 체격은 아무 의미도 없었다.

계속 쌓이는 시체의 산은 붉은 칼날과 함께 생겨난 폭풍에 날려 사라졌다.

청년의 눈에 비친 레드는 그야말로 자연재해나 다름없었다.

마치 몰려드는 몬스터를 통째로 집어삼키는 허리케인 같았다.

숫자 따위는 전혀 문제가 되지 못했다.

"저것은……."

청년은 깨달았다. 전장을 유린하는 폭풍 속에 일그러진 그림자가 있다는 것을.

그의 눈으로 간신히 형태를 구분할 수 있는 것 중 하나는 레드가 들고 있는 큰 낫이었다.

청년이 아까 보았을 때는 칼날이 분명 하나였다. 하지만 지금은 둘로 늘어나 있었다.

아니, 원래 두 개였다고 해야 정확할 것이다.

청년이 『입』같다고 생각했던 칼날의 선. 그 선에서 칼날이 위아래로 나뉘어서 거대한 턱처럼 움직이고 있었다.

"먹고…… 있는 건가?"

몬스터의 피와 살을 잡아먹기 위해 칼날이 펼쳐졌다. 피를 갈구하며 더욱 섬뜩해지는 모습이 청년의 뇌리에 강하게 각인되었다.

그리고 가장 인상적인 부분은 칼날의 접합 부분에 새겨진 문양이었다. 청년이 눈동자 같다고 생각했던 그 문양은 지금 짙은 보라색으로 찬연하게 빛나고 있었다. 마치 낫 자체가 살아 있는 생명체 같았다.

하지만 그것이 『성스럽다』거나 『순결하다』는 이미지와 거리가 먼 것도 사실이었다.

이따금씩 점멸하듯 반짝이는 낫의 눈은 마치 환희하고 있는 것처럼 보였다.

저주받은 무기라는 것을 분명하게 증명하는 모습이었다.

게다가 무기 말고도 더욱 섬뜩한 것이 또 있었다.

그런 무기를 들고도 아무렇지 않게 싸우고 있는 레드 본인이었다.

자연재해라고밖에 할 수 없는 파괴를 행하면서도 그의 공격은 거의 군더더기가 없었다.

힘으로만 휘두르는 것도 아니었고 무기의 성능에 의존해서 적당히 싸우는 것도 아니었다.

힘과 기술이 조화를 이룬 일격은 조금도 멈추지 않고 몬스터를 조각냈고 긴 무기를 휘두른 반동을 이용해 다음 일격으로 연결했다.

뛰어난 무예는 춤처럼 느껴진다는 말이 있다는데 레드의 움직임이 바로 그랬다. 몰려드는 몬스터들은 마치 죽기 위해 달려들고 있는 것 같았다.

불타오르는 붉은 갑옷과 일그러진 큰 낫에 의한 연무(演舞).

태풍의 눈을 재현하듯이 레드의 주변에는 항상 일정한 공간이 비워져 있었다.

"……."

몬스터 무리에게서 멀어지며 모든 상황을 지켜본 기사들은 엄호하는 것도 잊은 채 넋이 나가 있었다. 레드를 가까이에서 만나본 청년만큼은 아니지만 모두가 눈앞에서 펼쳐지는 비상식적인 광경에 어떻게 대응해야 할지 몰랐던 것이다.

레드가 큰 낫을 휘두르면서 일어난 변화는 극적이었다.

바르멜로 향하던 몬스터 일부가 갑자기 발걸음을 돌렸다. 돌아오기 시작한 것이다. 그리고 주변에 있던 몬스터들도 그를 따라 차례차례로 방향을 바꾸었다.

몬스터들이 향하는 방향에서 붉은 폭풍이 몰아치고 있다는 사실을 처음 발견한 사람은 제3 전단의 대장이었다.

폭풍의 범위는 100메르를 족히 넘었다. 그리고 조금씩 넓어지고 있었다.

이대로 가다가는 자신들도 집어삼켜지겠다는 생각이 들 만큼 넓은 범위였다.

몬스터들이 무서운 기세로 줄어들었고 폭풍은 점점 넓게 퍼졌다.

마치 타오르는 불꽃을 향해 몬스터들이 스스로 뛰어드는 것 같았다.

그 불꽃은 몬스터들의 목숨을 태우며 더욱 격렬하게 타올랐다.

†

성벽 위에 서 있던 티에라와 카에데는 전장에 있던 거의 모든 몬스터가 신을 향해 모여드는 광경을 지켜보고 있었다.

큰 낫, 혹은 갑옷의 효과인지 신을 향해 걸어가는 몬스터들에게는 붉은 무언가가 희미하게 들러붙어 있었다. 그것이 몬스터를 끌어당기는 모양이었다.

그것의 효과 범위는 매우 넓었다.

검은 파도처럼 주변을 뒤덮었던 몬스터 전부에 그 효력이 미치고 있을 정도였다.

"……저건 대체 뭘까요?"

"적은 아니니까 괜찮아. 뭐, 저걸 보면서 안심하라고 해도 설득력은 없을 테지만."

"저기, 아군…… 이라고요?"

"맞아, 그것만은 틀림없어. 이쪽을 공격하러 오거나 하지는 않을 거야."

티에라가 단언하자 카에데도 안심한 듯이 지팡이를 움켜쥐었던 손에서 힘을 뺐다.

정체를 아는 티에라는 괜찮았지만 수수께끼의 인물이라고 인식한 카에데는 매우 무서웠던 모양이다.

지금은 몬스터를 상대하고 있었지만 그 칼끝이 자신들을 향한다고 생각하면 등줄기가 서늘해졌다.

눈앞에서 펼쳐지는 힘은 이 세계에 존재하는 상급 선정자의 영역을 훨씬 뛰어넘는 수준이었다.

그야말로 슈니와 지라트 같은 『특별한 존재』의 영역이라 할 수 있었다.

"그렇게나 많던 몬스터가 이제 절반도 안 남았어."

신에게만 집중하느라 카에데는 모르고 있었지만 이미 몬스터 무리는 3분의 1 정도로 줄어든 상태였다. 성벽 위에서 가득 내려다보이던 몬스터들은 이미 온데간데없었다.

"앗!"

전장 전체를 내려다보던 카에데의 눈에 기묘한 존재가 보였다.

그것을 한마디로 표현하자면 공중에 떠 있는 구체(球體)였다.

주변 몬스터들과 비교해보면 길이가 2메르 정도는 되는 것 같았다.

갈색과 보라색이 뒤섞인 표면에는 여러 가지 눈이 달려 있었다.

사람과 똑같이 생긴 눈, 짐승처럼 동공이 세로로 긴 눈, 곤충 같은 겹눈, 눈꺼풀 아래가 온통 새까만 눈이 주위를 관찰하고 있었다.

크기도 수십 세메르부터 1세메르까지 다양했다.

그리고 갑자기 그중 하나가 카에데의 눈과 마주쳤다.

"으윽……."

놀란 카에데가 시선을 피하려는 순간 머리에 묵직한 두통이 느껴졌다. 그녀는 처음 겪는 격심한 통증에 한쪽 무릎을

뚫고 말았다.

눈앞이 까맣게 물들었지만 의식은 사라지지 않았다.

몸의 감각은 거의 없었지만 자신의 내부로 무언가가 들어오는 것만 같은 섬뜩한 느낌과 통증만이 선명하게 느껴졌다.

"아…… 윽……."

"어, 무슨 일이야?!"

티에라는 깜짝 놀라고 말았다. 몬스터가 전멸하는 것도 이제 시간문제라고 생각했을 때 갑자기 카에데가 괴로워했기 때문이다.

"카에데! 카에데!!"

티에라는 당장이라도 쓰러질 것처럼 보이는 카에데를 즉시 끌어안으며 부축했다.

그러자 괴로워하던 카에데는 힘이 빠진 것처럼 그녀에게 몸을 기댔다. 자세히 보니 카에데의 이마에 굵은 땀방울이 맺혀 있었다.

"어…… 라……?"

"카에데? 내 말 들려?"

순간적으로 의식을 잃었던 것 같았다. 카에데의 상태를 확인하던 티에라는 갑자기 몸에서 힘이 빠져나가는 듯한 나른함을 느꼈다.

'이 감각은 뭐지…….'

티에라는 신경이 쓰였지만 아직 전투가 끝나지 않은 상황이었다. 이 정도로 큰 전투에서는 몸 상태가 평소와 다를 수도 있다고 생각하며 그녀는 카에데에게만 집중하기로 했다.

땀을 닦아낸 카에데는 고맙다고 말하며 자리에서 일어섰다.

"괜찮아?"

"네. 이제 괜찮아요. 전장에 이상한 몬스터가 있었는데 눈이 마주친 순간 갑자기 두통이…….”

"정신 공격이려나. 상태 이상은 걸리지 않았으니까 안심해."

티에라는 능력치 차이 때문에 카에데의 정보를 거의 볼 수 없었지만 상태 이상 정도는 확인할 수 있었다.

티에라는 아무것도 표시되지 않았다는 것을 확인한 뒤에 카에데를 쉬게 하고 전장으로 시선을 돌렸다.

그런 티에라를 가만히 바라보고 있는 존재가 있었다. 유즈하였다.

유즈하는 티에라가 카에데를 끌어안았을 때 티에라의 몸이 희미하게 빛나며 카에데의 몸에 들러붙었던 검은 안개를 몰아내는 광경을 선명하게 목격했다.

"쿠우."

유즈하는 남에게 들리지 않을 만한 작은 소리로 울었다.

유즈하는 그 뒤로도 티에라라는 존재를 꿰뚫어보려는 듯이 가만히 주시하고 있었다.

✝

　많은 사람들의 시선을 잡아끌며 레드, 즉 신은 손에 든 큰 낫을 휘두르고 있었다.

　말투를 바꿔 다른 사람을 연기하며 기사들을 물러나게 한 뒤에는 그저 날뛰는 일만 남아 있었다.

　레벨이 가장 높았던 베르젤크스가 죽은 시점에서 나머지는 당연히 간단한 작업일 수밖에 없었다.

　"그런데……."

　자기도 모르게 불평이 나왔다.

　왜냐하면 예상치 못한 일이 벌어졌기 때문이었다.

　"나 참, 저주받은 무기라는 건 정말 시끄러워서 못 써먹겠네!"

　처음에는 괜찮았지만 쓰러뜨린 몬스터의 숫자가 늘어나 큰 낫의 진짜 능력이 발휘될수록 신의 머릿속에서 목소리가 들리기 시작했다.

　'죽여, 죽여'라고 반복되는 그 목소리는 큰 낫의 설명문에 적힌 대로 사용자의 정신을 침식하기 위한 것이리라.

　신이 사용하는 큰 낫의 정식 명칭은 【혼식(魂食)의 큰 낫】이었다.

　주변 몬스터의 관심도를 사용자 한 명에게 집중시키고, 쓰러뜨린 몬스터 수만큼 공격 범위와 대미지가 증가하며 대미지의 일부를 사용자에게 환원하는 기능을 갖고 있었다.

일반적인 저주 무기는 위험을 부담하는 대신 능력치를 높여준다. 혼식의 큰 낫은 그중에서도 특히 뛰어났다.

도발 범위, 공격 범위와 대미지의 상승률도 컸고 대미지의 일부를 HP로 변환해서 사용자에게 돌려주기에 혼자서도 집단을 상대로 싸울 수 있었다.

몬스터를 상대하는 도시 방어 이벤트에서는 이것을 장비한 플레이어 한 명이 달려드는 몬스터를 절반 가까이 도발했던 적도 있었다.

다만 미강화 상태에서 능력치가 65퍼센트 저하되고 마법 사용이 불가능하며 일반적인 방법으로는 HP를 회복할 수도 없게 된다.

그리고 아군의 공격 마법까지 자신에게 집중된다는 치명적인 단점이 있었다.

거기에 저주 무기에는 반드시 존재하는 정신 이상 계열의 상태 이상까지 달려 있었다.

덕분에 자신의 공격 범위 내에 들어오는 존재들에 대한 피아 식별이 불가능했다. 따라서 근처에서 싸우는 아군을 반드시 해치게 되는 무기였다.

무기를 최대한 강화해도 능력치 저하가 여전히 50퍼센트나 되었기에 사실상 죽음을 각오하고 사용해야만 했다. 이벤트 전투에서 사용했던 플레이어 역시 결국은 사망해 도시로 귀환하고 말았다.

하지만 신은 이 세계에 온 뒤로 쓸 수 있게 된 기술을 이용해 능력치 저하를 30퍼센트까지 낮추는 데 성공했다.

게다가 지금 입고 있는 전신 갑옷 【성염(聖炎) 시리즈】가 저주의 효과를 약화하기 때문에 어느 정도는 마법 사용과 HP 회복이 가능했다.

이 정도면 단점을 무시하고 문제없이 싸울 수 있었다.

하지만 쓰러뜨린 몬스터가 500마리를 넘어서면서 신의 머릿속에 그 목소리가 들려오기 시작했다.

상급 선정자마저 싸움의 광기에 빠뜨리는 저주받은 목소리가 신의 정신에 침투하려 했던 것이다.

"아~ 귀찮네."

하지만 신은 광기에 빠지기는커녕 신경에 거슬리는 정도일 뿐이었다.

"시험 삼아 사용했을 때는 몰랐는데 이렇게 들릴까 말까 한 목소리로 떠들어대니까 진짜 성가시잖아!!"

짜증을 내서인지 몬스터가 더욱 강하게 튕겨나갔다.

저주 무기도 신에게는 단순한 괴롭힘 수준을 넘지 못했다.

주변에서 지켜보는 사람들은 폭풍의 중심에서 신이 이런 소리를 하고 있었다는 사실을 상상조차 하지 못할 것이다.

"이제 그만 보일 때가 됐는데…….."

신은 저주의 목소리를 무시하기로 하며 다시금 주변을 둘러보았다.

몬스터가 강화된 것을 보면 역시 레이드·바이즈 같은 통솔 타입이 있을 것이다. 그렇다면 이제 슬슬 그물에 걸릴 때가 되었다.

혼식의 큰 낫을 사용한 이유는 적의 숫자를 효율적으로 줄이는 것 외에도 몇 가지가 더 있었다.

일반적인 공격과는 다르게 몬스터의 관심도를 사용자에게 집중시키기 때문에 적을 놓칠 일이 없다는 점.

바르멜을 향해 접근한 몬스터를 다시 돌아오게 할 수 있다는 점.

그리고 큰 낫의 효과 범위가 확대되면 무리를 통솔하는 몬스터까지 끌어당길 수 있다는 점이었다.

몬스터들 뒤에 숨어 어디 있는지 알 수 없는 상대를 찾아내려면 많은 시간이 걸리기 때문에 억지로 끌어내려고 한 작전이었다.

"……저기 있었군."

몬스터가 너무 밀집해 있어서 개체 식별이 불가능했던 곳에서 이질적인 반응이 나타났다.

몬스터가 신에게 끌어당겨지면서 빈틈이 생겨난 모양이었다.

가만히 중얼거리는 신의 눈에 수많은 눈이 달린 동그란 몬스터가 보였다.

신의 기억에도 남아 있는 몬스터였다. 몬스터가 도시를 습격하는 이벤트에서 자주 보던 자작급 데몬이었다. 아무래도 데몬이 본격적인 활동을 재개한 모양이었다.

다만 이번에는 너무나도 운이 좋지 않았다. 데몬 중에서도 하급으로 분류되는 그것은 신의 공격을 버텨낼 수 없었다.

마지막 저항인지 신을 향한 눈이 일제히 빛났다. 정신계 상태 이상을 유발하는 능력이었지만 신에게는 아무 효과도 없었다.

"하이 휴먼에게 그런 게 통할 것 같으냐!!"

신은 지금까지 쌓인 스트레스를 전부 쏟아낸 공격으로 데몬을 양단했다. 데몬은 보석 같은 것을 남기며 소멸했다.

데몬의 영향력이 남아 있는지 나머지 몬스터들은 마지막까지 신을 향해 접근했지만 끝내 공격 한 번 맞추지 못한 채 전멸하고 말았다.

슈니에게 연락하자 그쪽도 거의 끝나간다고 했다. 신은【은폐】로 모습을 숨긴 채 히비네코와 섀도우가 있는 곳으로 돌아갔다.

그 뒤로는 별 탈 없이 『대범람』이 마무리되었다.

몬스터와 싸우던 기사 중에 부상자가 있기는 했지만 바르멜 사상 최초로 『범람』으로 인한 사망자가 한 명도 나오지 않았다. 얼마 뒤에 그 사실을 알게 된 주민들은 일제히 열광했다.

연회 초대 │ Chapter 3

THE NEW GATE

"아아, 돌아가고 싶다……."

영주 타우로의 성으로 향하는 마차 안에서 신은 한숨을 쉬었다.

『대범람』이 끝난 지 며칠 뒤, 몬스터가 남긴 재료 회수와 사체 처리, 주변 조사 등이 대충 끝나고 여유가 생겼을 때 신 일행에게 초대장이 날아왔다.

『범람』이 끝난 뒤에는 공을 세운 자에게 포상이 주어진다고 한다. 그와 함께 파티도 개최되니까 선정자들은 전원 참석해 달라는 이야기였다.

처음부터 사후 처리를 도울 생각이었던 신은 도시에 한동안 남아달라는 제안을 순순히 받아들였다. 하지만 이곳에 남는다는 것의 의미가 신이 생각했던 것과는 조금 다른 듯했다.

"그건 내가 할 말이야."

신 옆에서는 티에라가 탐탁지 않은 표정을 짓고 있었다. 선정자는 아니지만 성벽 위에서 몬스터를 저격하는 모습을 많은 병사들이 목격했기에 꼭 출석해달라는 요청이 있었다.

두 사람 모두 작업을 핑계로 거절하려 했지만 작업장 사람들은 '여기는 괜찮으니까 다녀와'라며 등을 떠밀어주었다.

바르멜 주민들은 훈장을 받아야 할 사람이 노동을 하는 것은 말도 안 된다고 생각하는 것 같았다.

"다들 엄청 밝게 웃으면서 권하니까 도저히 거절할 수가 없었어."

"너도 그랬나 보네."

좋은 뜻에서 하는 말이라 티에라는 거절하지 못한 것 같았다. 그리고 그것은 신도 마찬가지였다.

"신의 활약상도 기사단을 통해 전해졌으니까요. 이곳 사람들은 그런 일에 철저하거든요."

"공식적인 식전도 아니잖아. 너무 신경 쓰면 지금부터 피곤해질 거야."

"그냥 밥을 먹으러 가는 정도로만 생각해. 귀족들의 파티처럼 괜한 심술을 부리는 사람은 거의 없을 테니까."

파티에 참석해본 슈니, 홀리, 섀도우가 풀이 죽은 두 사람을 걱정하며 말했다. 히비네코도 말은 안 했지만 똑같은 마음인 것 같았다.

"이런 식전은 경험해본 적이 없어서요."

"그러면 이번 기회에 익숙해지는 것도 괜찮겠지. 우리도 이런 경험은 많지 않으니까 말이야. 젊을 때부터 이런 분위기를 알아두면 나중에 도움이 될지도 몰라."

신은 현실로 돌아갔을 때 그럴 일은 없을 거라고 확신했다. 하지만 여기까지 온 이상 도망칠 수도 없었기에 그만 단념하기로 했다.

신은 일단 자신의 옷매무새를 확인했다.

신은 지금 베일리히트 왕성에 갈 때와 똑같은 카르키아의
예복을 입고 있었다. 옷은 깨끗이 세탁되어서 새것이나 다름
없어 보였다.

옆에 있는 티에라는 선명한 녹색 드레스를 입고 있었다. 허
리까지 내려오는 흑발을 뒤로 묶고 가볍게 화장까지 한 것 같
았다. 그래서인지 오늘따라 미모가 한층 돋보였다.

그녀가 입은 원피스 드레스는 어깨가 훤히 드러나 있고 치
마 부분도 오른쪽이 길고 왼쪽은 짧게 만들어진 어시메트리
타입이었다. 허리 부분의 끈이 꽉 조여져 있어서 티에라의 날
씬한 허리가 그대로 드러났다. 다만 우울하게 축 늘어뜨린 어
깨가 옥에 티였다.

그러나 그런 모습도 마치 근심에 잠긴 공주님처럼 보인다
는 것이 대단하다면 대단했다.

앞에 앉은 홀리와 새도우는 하얀 드레스와 검은 정장을 입
고 있었다. 전형적인 파티 복장이었다.

홀리의 드레스는 롱드레스 중에서도 머메이드 타입으로 불
리는 종류였다. 원 숄더의 왼쪽 어깨에는 푸르게 반짝이는 보
석이 존재감을 과시하고 있었다. 티에라의 드레스보다도 몸
의 라인이 잘 드러났기에 홀리의 몸매가 더욱 부각되었다.

새도우도 빈틈없이 정장을 차려입은 모습이었다.

히비네코도 정장을 입었지만 체격 탓인지 왠지 모르게 우스꽝스러운 인상을 주었다. 하지만 그 역시 정장을 많이 입어본 티가 났다. 신처럼 남의 옷을 빌려 입은 듯한 느낌은 없었다.

　이런 부분에서 연륜의 차이가 드러나는 것이리라.

　그리고 이곳에서 가장 빛나 보이는 존재는 슈니였다.

　슈니 라이자는 이런 행사에 좀처럼 참석하지 않는 것으로 유명했기에 오늘은 신의 약혼자인 유키로서 오게 되었다.

　변장 상태였기에 머리는 은발에서 금발로, 눈은 푸른색에서 붉은색으로 바뀌어 있었다. 정체를 들키지 않는 스킬을 사용하고 있기에 변장은 그 정도로 충분했다.

　뒤로 묶은 머리에 붉은 보석이 박힌 비녀가 꽂혀 있었다. 몸에는 어깨부터 등까지 대담하게 노출된 하얀 드레스를 입고 있었다.

　겨드랑이 밑으로 이어진 천을 등 뒤에서 묶는 디자인이라 가슴이 강조되어 보일 수밖에 없었다. 슈니의 경우는 워낙 컸기 때문에, 가슴이 파인 옷도 아니었지만 남자들의 시선이 집중되고 말았다.

　하지만 드레스 색과 슈니가 가진 특유의 분위기가 지나친 성적 매력을 억제해주었다. 덕분에 청초함과 섹시함이 절묘한 조화를 이루며 모든 이들을 매료시킬 만한 자태가 완성되었다.

슈니는 원래 미인이었지만 드레스로 꾸미자 아름다움이 한 단계 올라가 있었다. 신이 처음 보자마자 넋을 잃었을 정도였다.

"그보다도 티에라 씨. 슈니 씨도 그렇지만 두 분의 드레스는 엘프의 전통 의상 같은 건가요?"

"어? 아아, 이건 그냥 빌린 옷이야. 이런 디자인이 흔하지는 않나 보네?"

"별로 못 봤거든요. 옷과 관련된 일을 하고 싶어서 나름대로 이것저것 공부하고 있는데 다들 비슷한 옷들뿐이었어요."

카에데는 바르멜에서 태어나고 자란 엘프였다. 그래서 『엘프의 정원』 고유의 의상에 대해서는 잘 모르는 것 같았다.

홀리도 종족은 하이 엘프지만 플레이어였기에 관련된 지식은 알지 못했다.

티에라와 슈니가 빌려 입은 드레스는 사실 플레이어가 제작한 옷이었다. 카에데는 다양한 디자인의 드레스를 보고 옷의 매력에 흠뻑 빠진 것 같았다.

카에데가 입고 있는 것은 노란색의 심플한 원피스 드레스였다. 그녀의 성격과 분위기에 잘 어울리는 옷이었다.

이야기를 하는 사이 마차는 성문을 지났고 목적지까지 이제 금방이었다.

마차에 탄 인원은 신과 슈니, 티에라, 쿠로사와 가족과 유즈하, 그리고 카게로우였다.

카게로우는 언제나처럼 티에라의 그림자 속에 숨어 있었고, 유즈하도 자신의 지정석인 신의 머리 위에 앉아 있었다.

파티에는 모험가들이 많이 참석하기 때문에 성문에서도 경비병의 검사는 엄격하지 않았다. 신이 상급 선정자로 알려진 덕분이기도 했다.

이윽고 마차가 정지했다.

신이 앞을 보자 섀도우가 홀리의 손을, 그리고 히비네코가 카에데의 손을 잡고 있었다.

신도 그걸 따라 하듯이 마차에서 내리는 슈니에게 손을 내밀었다. 영화 같은 데서 자주 보는 광경이었기에 신도 별로 쑥스럽다는 느낌은 들지 않았다.

"아가씨, 손을 잡아드리겠습니다."

"후훗, 감사합니다."

슈니도 분위기를 읽었는지 쓴웃음을 지으며 신의 손을 잡았다.

주변에서도 비슷한 상황이 연출되었기에 신의 입에서 그럴 듯한 대사가 자연스럽게 흘러나왔다.

"그쪽의 아가씨도요."

"안 어울리게 그러지 마."

"그러지 말고 손 줘봐."

티에라는 슈니와 달리 입을 가리며 웃음을 참고 있었다.

모두가 마차에서 내리자 그들은 다 함께 파티 회장으로 향했다.

"에스코트를 해주시겠어요?"

"저로 괜찮으시다면요."

슈니가 자연스럽게 신에게 팔짱을 꼈다. 그러자 반대편에
서도 누군가가 신의 팔을 잡아당겼다.

당연히 티에라였다.

"이런 상황에서 날 혼자 가게 할 거야? 한쪽 팔은 비니까
빌려줘."

"괜찮겠어?"

"오늘은 저도 티에라도 똑같은 약혼자로 온 거니까 괜찮지
않을까요?"

"이럴 기회가 언제 또 있겠어. 지금 이 상황을 만끽하라고."

신은 슈니와 티에라의 기분이 묘하게 좋아 보였기에 더 이
상 아무 말도 하지 않았다. 굳이 그녀들의 기분을 상하게 할
필요는 없었기 때문이다.

"엄청나네."

"역시 실제로 보니까 다르군."

파티 회장에는 이미 많은 사람들이 도착해 있었다. 다들 멋
지게 치장한 가운데서도 모험가들은 왠지 모르게 어색한 티
가 난다는 점이 재미있었다.

"귀족이 개최하는 파티보다는 잡다한 느낌이 드네요."

"그런가."

신은 이런 파티를 영화나 애니메이션으로 접해본 것이 고작이었다. 반면에 슈니는 많이 경험해본 것 같았다.

참가자들 중에는 사람들이 새로 도착할 때마다 유심히 관찰하는 이들도 많았는데 새도우와 홀리가 나타나자 주위의 시선이 온통 두 사람에게 집중되었다. 히비네코와 카에데의 경우도 마찬가지였다.

뒤이어 나타난 신과 슈니, 티에라에게도 당연히 많은 시선이 집중되었다. 그리고 남성들은 특히 슈니와 티에라에게서 눈을 떼지 못했다.

덕분에 함께 온 여성에게 혼나는 남성들이 많았다. 신은 그들의 심정을 같은 남자로서 충분히 공감할 수 있었다.

"……으으, 다들 보고 있어."

"그야 뭐, 당연히 볼 수밖에."

"신도 주목받고 있네요."

"굳이 따지자면 슈니하고 티에라 때문이겠지."

그들을 향하는 시선은 슈니가 5할, 티에라가 3할, 신이 1할, 유즈하가 1할 정도였다. 게다가 신에게 집중된 것은 대부분 남자들이 보내는 질투의 시선이었다.

'길드에서 느끼던 시선보다도 분위기가 어둡군.'

신이 길드에서 느낀 시선은 가볍게 부러워하고 마는 정도였지만 여기서는 격렬한 미움에 가까운 시선이 적지 않았다.

질투 외에도 간간이 존경이나 호기심이 섞인 시선이 느껴지는 것은 전장에서의 활약 덕분일 것이다.

하지만 그런 신보다도 슈니에게 대부분의 시선이 집중되는 것은 거의 당연하다고 할 수 있었다. 신도 지금의 슈니를 난생처음 봤다면 틀림없이 똑같은 반응을 보였을 것이다.

그리고 걸을 때마다 흔들리는 모성의 상징에서도 남자들은 눈을 떼지 못했다. 약간 어색해 보이는 신에 비해 시선 따위는 신경 쓰지 않고 당당히 걸어가는 슈니의 모습에서는 기품마저 느껴질 정도였다.

한편 티에라는 주위 시선이 부담스러웠는지 잔뜩 움츠러든 채 신의 팔에 매달려 있었다.

사람들이 많은 곳은 아직 익숙하지 않았기에 아무래도 이런 상황 자체가 불편한 모양이었다. 처음 파티 회장에 들어설 때 호기심으로 가득 찼던 티에라의 눈빛은 더 이상 찾아볼 수 없었다.

신은 팔에 닿는 행복한 감촉을 최대한 외면하면서 남자들의 시선에서 티에라를 가려주었다. 그리고 앞에서 걸어가던 섀도우, 홀리의 뒤로 숨듯이 걸으며 파티 회장 구석으로 나아갔다.

그때 회장 입구가 술렁였다.

주위에서 떠드는 말을 들어보면 리온이 입장한 모양이었다.

파티의 초대객은 많았지만 회장이 워낙 넓다 보니 신이 있던 위치에서도 간신히 리온의 모습을 확인할 수 있었다. 항상 뒤로 묶고 다니던 머리를 풀고 진홍색 드레스를 입은 리온은 왕족답게 당당한 걸음걸이로 회장 안을 걸어오고 있었다.

"으음?"

그때 신은 리온이 자신을 바라본 것 같은 느낌을 받았다. 신은 아무래도 불길한 예감이 들어서 슈니와 티에라를 잡아끌며 다른 곳으로 자리를 옮겼다.

"신?"

"어, 왜 그래?"

"나와 함께 성지에 날려졌다고 했던 베일리히트의 둘째 공주님이야."

"굳이 도망칠 필요는 없잖아."

"……신, 저분과 무슨 일이라도 있었던 건가요?"

영문을 모르는 티에라와 달리 슈니는 잠시 침묵하다 질문을 꺼냈다.

"아…… 카쿠라나 마법을 사용하는 걸 보고 내게 여러모로 흥미를 갖고 있어. 상급 선정자를 자국에 소속시키기 위해 약혼할 수도 있다는 이야기를 하더라니까. 그리고 농담인지 진담인지 모를 제안이라면…… 있었어."

신은 희미한 위압감이 느껴지는 슈니의 미소 앞에서 시선을 외면하면서도 바로 사실을 자백했다. 슈니가 도망치지 못하게 하려는 듯이 팔을 잡아당겼기에 신의 오른팔에는 매우 행복한 감촉이 맞닿았다.

신은 어떤 표정을 지어야 할지 알 수 없었다.

"제안을…… 받았다고요?"

"아니, 물론 거절했거든. 진짜거든."

그리고 그런 대화를 나누는 사이 어느새 리온의 기척이 가까워져 있었다. 신의 발버둥은 여기까지인 것 같았다.

"서운하군, 신. 눈이 마주쳤는데 왜 도망치는 거지?"

신이 등 뒤의 술렁임을 느끼며 고개를 돌리자 그곳에는 리온이 멋진 미소를 지으며 서 있었다.

리온은 카르키아에서 함께할 때와 똑같은 태도로 신에게 이야기하고 있었다. 왕족으로서의 위엄이 느껴지지는 않았지만 그만큼 친근한 인상을 주고 있었다.

인파에 둘러싸여 있을 때는 잘 보이지 않았지만 리온의 드레스는 슈니와 티에라보다도 노출이 심했다. 등과 어깨가 그대로 드러난 것은 물론이고 가슴도 깊게 파이고 치마도 옆 부분이 깊게 트여 있었다. 본인이 의식하고 있는지는 모르지만 전장에서 싸울 때의 늠름함은 자취를 감추고 지금은 여성스러운 섹시함을 발산하고 있었다.

"리온 님과 함께 있으면 주목을 받으니까요. 제 일행이 그런 걸 불편해하거든요."

"으음, 왜 갑자기 그렇게 데면데면한 거지?"

"아무래도 주위 사람들의 눈이 있으니까요."

신은 가슴이나 다리에 시선이 가지 않도록 주의하면서 리온의 눈을 바라보았다.

공적인 자리에서 공주를 허물없이 대할 수는 없다는 의미였다.

"나는 상관없는데 말이지."

"무슨 농담을."

신의 표정에는 제발 봐달라는 메시지가 담겨 있었다.

리온은 그것을 이해했는지 어쩔 수 없다는 듯 어깨를 으쓱거렸다.

"뭐, 됐다. 여기서는 어차피 무난한 대화밖에 할 수 없을 테니. 그런 것보다도 이제 슬슬 그 두 미인을 소개해주지 않겠나? 아아, 신에게서 들었을 테지만 나는 리온 슈트라일 베일리히트다. 베일리히트 왕국에서 둘째 공주를 하고 있다."

리온은 신의 양옆에 서 있는 슈니와 티에라에게 흥미가 있는 것 같았다. 관찰하는 듯한 눈빛으로 두 사람을 바라보고 있었다.

"실례가 많았군요. 두 사람은 저의 약혼자이고 오른쪽이 유키, 왼쪽이 티에라입니다."

슈니만 약혼자라고 말하면 왜 티에라도 팔짱을 끼고 있느냐고 물어볼 것 같았다. 그래서 신은 미리 입을 맞춰놓은 대로 두 사람 모두 약혼자라고 소개했다.

"처음 뵙겠습니다. 유키…… 라고 합니다."

"저기, 티에라 루센트예요. 입니다."

슈니는 우아하게 이름을 밝혔고 티에라는 긴장해서 말이 꼬인 것 같았다. 약혼자라는 말을 들은 리온은 눈을 살짝 가늘게 떴다.

"약혼자가 있다는 말은 들었지만 설마 엘프였을 줄이야. 아니, 신 정도의 남자라면 그게 당연하려나?"

"뭐, 여러 가지 사정이 있어서 말이죠."

리온은 두 사람 모두 엘프라는 사실에 놀라는 것 같았지만 그것도 오래가지는 않았다. 이내 납득했다는 듯이 고개를 끄덕거린 것이다.

'이런 세계에서 상급 선정자들은 일부다처가 당연하게 여겨지는 걸까?'

리온은 약혼자가 엘프라는 것에 놀랐을지언정 두 명이라는 부분에는 놀라지 않는 것 같았다. 신은 아직 많은 부인을 둔 사람을 만나보지 못했지만 이 세계에 온 지 얼마 되지 않았기에 정확히 판단할 수는 없었다.

"하지만 생각보다 빨리 도착했군. 그 두 사람은 베일리히트에 있다고 하지 않았던가?"

"자세히 알려드릴 수는 없지만 빠르게 이동할 수 있는 방법이 있었던 거죠."

"호오. 신의 주위에는 흥미로운 자들이 많군. 역시 신은 꼭 우리나라에 소속되었으면 한다. 물론 공짜로 그러겠다는 건 아니다."

리온은 가슴을 강조하는 자세를 취해 보였다.

"아니, 그—."

"그러실 필요는 없습니다, 리온 님."

사냥감을 노리는 사냥꾼의 눈빛을 본 신은 무례하지 않게 거절할 방법을 고민했다. 하지만 그보다도 먼저 슈니가 앞으로 나섰다.

"그건 무슨 의미지?"

"신의 힘을 조금이라도 보셨다는 리온 님이라면 굳이 설명해드리지 않아도 이해하실 텐데요."

슈니와 리온은 서로를 보며 미소를 짓고 있었지만 신의 눈에는 마구 불꽃이 튀는 듯했다.

신은 갑작스러운 사태에 얼굴이 딱딱하게 굳어버리고 말았다.

"저기, 유키…… 씨?"

"힘을 봤다면 오히려 더 갖고 싶어지지 않겠어?"

"하지만 그것을 결정하는 것은 신의 자유입니다. 그리고 저희가 있는데도 {묘한 이야기}가 오고 갔다고 하던데요?"

신의 말은 무시되었다.

그녀들은 약혼에 대한 이야기가 나오자 가만히 있을 수 없었던 모양이다.

슈니와 리온의 대화를 가만히 바라볼 수밖에 없었던 신은 이 사태를 어떻게 수습해야 좋을지 알 수 없었다.

"유키 씨와 리온 님 모두 그만하시는 게 어떨까요? 승전 축하 파티에서 그런 대화는 어울리지 않잖아요."

방금 전까지의 위축된 분위기는 어디로 간 것일까. 등을 꼿꼿이 펴고 희미하게 미소 짓는 티에라의 모습은 평소의 그녀와도 조금 다르게 보였다.

"티에라의 말이 맞네요. 죄송합니다, 리온 님."

"아니, 나도 약혼자 앞에서 다소 무례했다. 용서해다오."

왠지 모를 위엄이 느껴지는 티에라의 말에 두 사람은 험악한 분위기를 거두었다.

"나는 인사를 해야 할 사람이 나름대로 많아서 말이지. 지금 기회에 해둬야 할 것 같다. 또 나중에 보자."

아직 파티는 시작되지 않았지만 왕족인 만큼 인사할 상대가 많은 모양이었다.

이 자리에는 전공을 세운 모험가 외에도 바르멜의 귀족이나 베레트 같은 거상도 있었다. 그리고 이 기회에 연줄을 만들어놓기 위해 분주히 노력하는 자들도 적지 않았다.

"저기, 티에라?"

"왜?"

"아니, 왠지 평소하고 분위기가 다른 것 같아서. 그건 그렇고 고마워. 덕분에 살았어."

"이 정도 가지고 뭘 그래. 자, 모처럼의 기회니까 맛있는 음식도 잔뜩 먹자!"

"그래……. 즐겨보기로 할까."

왠지 모르게 쓸쓸한 표정을 짓던 티에라는 무언가를 떨쳐내듯이 작게 한숨을 쉬었다. 그리고 다시 밝아진 얼굴로 음식들을 바라보았다.

신은 그런 모습이 신경 쓰였지만 더 이상 언급하면 안 될 것 같아서 최대한 자연스럽게 대답했다.

"어, 이제 주최자가 등장하나 본데."

마침 그때 타우로가 나타났다.

타우로는 희생자 없이 전투를 무사히 끝낼 수 있어 기쁘다는 내용의 연설을 마친 뒤 건배를 제안했다.

그에 맞춰 파티 회장이 더욱 떠들썩해졌다. 다들 각자 파티를 즐기고 있었다.

신 일행에게도 전장에서 함께 싸운 에르긴과 다른 부대장들이 인사를 하러 왔다.

기사단에 들어오라는 권유도 있었지만 처음부터 큰 기대는 하지 않았던 눈치였다. 형식상 한 번은 꼭 물어봐야만 했던 모양이다.

인사하러 돌아다니느라 바쁜 에르긴이 다른 곳으로 가자 다음으로 가일이 다가왔다.

"여어, 너도 왔…… 신, 잠깐 너만 이리로 와봐."

가일은 가볍게 인사를 하려다가 갑자기 신만 따로 불러냈다. 훈련을 함께한 적도 있고 똑같은 모험가였기에 이미 서로 편하게 이야기하는 사이였다.

"이봐, 이봐, 저 두 미인은 또 누구야? 아무리 봐도 주변 여자들과는 수준이 다르잖아."

"어~ 글쎄. 신부 후보?"

"뭐…… 라고……? 크윽, 신, 미녀 엘프 두 명을 꼬이다니, 대체 어떻게 한 거야?! 가르쳐줘! 아니, 가르쳐줘세요!"

가일은 믿기지 않는다는 표정을 짓다가 돌연 간절한 태도로 가르침을 구했다. 얼마나 다급했는지 마지막은 말이 꼬인 것 같았다.

"그건…… 같이 파티를 짜고 신뢰도를 올린 다음에 선물을 하면 돼. 위험한 상황일 때 몸을 던져 지켜주는 것도 아마 효과가 있을 거야."

신은 가일이 가진 의외의 일면을 봤다고 생각하면서 게임에서 서포트 캐릭터의 호감도를 높이던 방법을 열거했다.

물론 게임에서처럼 호감도가 쉽게 올라갈 리는 없었기에 단언하지는 않았다.

"위기에서 구해준다는 건 알겠지만 그런 상황과 맞닥뜨리고 싶지는 않군. 그렇다면 선물이 좋겠는데. 역시 비싼 게 잘 먹히려나?"

"글쎄. 일단 식물 쪽은 전부 괜찮겠지. 그리고 큰 나무 근처에 가끔씩 떨어져 있는 보석도 좋아할 거야. 그런데 그렇게 엘프가 좋은 거야?"

엘프와 관련된 정보를 원하는 것을 보면 가일에게는 좋아하는 여성이 있는 건지도 몰랐다.

"그래, 실은 예전부터 친해지고 싶었던 여자가 있거든. 그게 엘프였어. 하지만 정원에서 나온 엘프는 경계심이 강하잖아. 선정자인 나도 애를 먹던 참이었어."

"그랬구나. 뭐, 열심히 해봐."

"그래. 언젠가 소개해줄게."

"기대하고 있을게. ……어, 어디 가려고?"

가일은 의욕 넘치는 얼굴로 파티 회장에서 나가려고 했다. 지금 당장 그녀를 만나러 가려는 것 같았다.

신은 안 되겠다 싶어서 가일을 말리려고 했다. 모처럼 열린 승전 축하 파티에서 30분도 지나지 않아 선정자가 자리를 뜨면 모양새가 좋지 않았던 것이다.

"이 녀석은 여전히 자기가 좋아하는 일에 대해서는 물불을 못 가린다니까."

하지만 어느새 나타난 리쥬가 가일의 머리채를 잡으며 끌고 들어왔다. 가일도 저항해보지만 마법사의 완력으로 마검사인 리쥬를 이길 수는 없었다.

"정말 별난 것도 정도가 있지. 너도 인사하러 돌아다니는 거야?"

"나 같은 사람도 일단은 그래야 하거든. 딱딱한 건 딱 질색인데 말이야."

리쥬는 가일의 머리를 한 손으로 단단히 잡고 있었다. 하지만 진한 붉은색 드레스를 입은 모습이 주위의 시선을 끌어모았다. 그녀는 리온보다도 더욱 요염한 분위기를 풍기고 있었다.

"그건 그렇고 신은 엄청난 미인을 데려왔네. 같은 여자로서 자신감이 없어지잖아."

"사람들이 다들 비슷한 소리를 하더라고. 사실이지만 말이지!"

신은 그녀들이 아름답다는 말을 들으면 꼭 그렇다고 대답했다. 이런 상황에서도 겸손해질 생각은 전혀 없었던 것이다.

"그렇게 단언해버리니까 차라리 시원시원하네."

"나도 그 말에는 동의해. 하지만 이제 그만 머리 좀 놓으라고!"

리쥬의 손에서 벗어난 가일이 몸을 일으켰다. 머리를 힘껏 붙잡혀 있었던 탓에 머리 모양이 엉망이었다.

"붙잡지 않으면 그냥 가버렸을 거 아냐. 아직도 인사해야 할 사람이 잔뜩 남았다고. 가자."

"크윽, 이 괴력녀! 이거 놔!"

두 사람은 남매처럼 티격태격하며 인파 속으로 사라졌다.

그 뒤로도 신에게 다가와 말을 건네는 사람이 많았다. 그래서 신은 적당한 기회를 봐서 슈니와 티에라를 데리고 테라스로 나왔다.

아직도 그에게 말을 걸고 싶어 하는 사람은 많았지만 신은 이제 그만 사양하고 싶었다.

"하아, 지치네. 선정자라는 것만으로 이렇게 될 줄이야."

"소개장에 대한 것이 알려지면 더욱 많아질 텐데요."

"그렇게 되면 도망쳐야지."

"선정자라는 것도 자기가 밝힌 주제에. 소개장까지 보여줄 필요는 없었던 거 아냐?"

"으윽. 화, 확실히 선정자라는 것만으로도 충분했을 것 같긴 하지만……. 나는 길드가 그렇게 빨리 대응할 줄은 몰랐다고."

선정자라는 사실을 어떻게 증명하느냐는 문제가 있기는 했지만 그 단어를 알고 있는 사람 자체가 한정적이었다. 신은 너무 경솔한 판단이었다고 후회했다. 그러나 이제 와서 되돌릴 수도 없었다.

"뭐, 됐어. 발크스 씨의 지인이라면 정보를 쉽게 누설하지는 않을 테니까. 어쨌든 지금은 이 도시가 무사하니까 그걸로 된 거잖아."

신도 항상 완벽할 수는 없었다.

그는 복잡한 일들을 제쳐두고 지금은 파티를 즐기기로 했다.

담긴 마음 | side story

THE **NEW**
GATE

이것은【THE NEW GATE】가 아직 평범한 VRMMO 게임이 었던 시절의 이야기다.

　플레이어와 NPC 들로 북적이는 도시 거점 『애로라이드』.
　나무와 돌, 현실에는 존재하지 않는 소재와 금속으로 지어 진 가게들이 나란히 문을 연 큰길을 남녀 한 쌍이 걸어가고 있었다.
　남자는 흑발 흑안에 검은 롱코트와 그에 맞춘 까만 바지를 입고 있었다. 붉은 팔 덮개와 다리 갑옷을 제외하면 거의 검 은색으로 통일된 복장이었다. 도시 안이었지만 허리에는 칼 을 차고 있었다.
　새카만 차림의 남자에 비해 여자 쪽은 화려했다.
　그녀는 등 뒤로 내려오는 갈색 머리를 트윈 테일로 묶고 창 공을 연상시키는 푸른 눈동자로 남자를 보고 있었다. 그리고 하얀 블라우스와 군청색 천에 노란 체크무늬가 들어간 치마 를 입고 있었다. 어깨부터 등까지 뒤덮은 짧은 붉은색 망토가 바람에 나부꼈다.
　남자의 이름은 신, 여자의 이름은 마리노였다.

"저기, 마리노. 따라오라더니 대체 어디까지 가려는 거야?"

신은 정확한 행선지를 알지 못했다. 그래서 기분 좋게 앞장서서 걸어가는 마리노에게 물었다.

"이제 얼마 안 남았으니까 참아."

두 사람은 지금 마리노가 고른 가게에 가는 길이었다.

숨은 명소를 찾아보자는 이야기가 나온 것이 일주일쯤 전이었다.

인간관계가 넓은 마리노는 바로 가게 하나를 찾아냈고 금세 단골이 되었다고 한다.

"점장님이 좋은 사람이라 나도 모르게 이야기에 열중하게 되거든. 음…… 어떻게 설명해야 좋을까? 아, 정말 카페에서 점장을 해도 이상하지 않겠다 싶을 정도야. 만화나 소설에 나오는 듬직하고 멋진 아저씨 분위기의 캐릭터 있잖아? 그런 느낌이거든. 겉모습은 많이 우스꽝스럽지만."

행선지는 아무래도 찻집인 것 같았다.

많은 MMORPG에 VR이 도입되는 가운데 신과 마리노가 플레이하는 【THE NEW GATE】 역시 현실에서처럼 아바타를 움직이는 VR화가 이루어졌다.

지금까지 아바타를 등 뒤에서 바라보며 조작해오던 것에 비해 압도적인 현장감과 현실감이 플레이어들에게 호평을 받았다.

그리고 가장 큰 변화는 미각이 재현되었다는 점이었다. 예전에는 분위기만 즐길 수 있었지만 지금은 식품 회사와의 제휴를 통해 다양한 상품이 판매되고 있었다.

또한 현실의 찻집처럼 맛을 보고 찾아오는 손님도 많아졌다. 달콤한 음식을 아무리 먹어도 살이 찌지 않았기에 게임에서 식사량을 늘리는 사람이 많아졌다는 소문도 있었다.

마리노는 몰라도 신은 찻집에서 (먹고 마시는) 행위를 온라인 게임에서까지 하고 싶어 하는 사람은 아니었다. 그러면서도 함께 온 이유라면 오로지 상대가 마리노라는 점이었다.

게임 속에서 두 사람은 연인 사이였다.

"아, 저 모퉁이를 돌면 보일 거야."

신은 들뜬 마리노가 가리키는 곳을 바라보았다.

신은 애로라이드의 지리를 거의 기억하고 있었다. 그곳은 큰길에서 조금 벗어난, 인적이 드문 길이었다. 확실히 숨은 명소가 있을 법한 분위기라는 생각이 들었다.

하지만 모퉁이를 돈 뒤에 간판이 보이자 의문을 품을 수밖에 없었다.

"저기, 여기 있는 간판이라고는 고양이 발하고 작은 생선이 그려진 것밖에 안 보이는데. 고양이나 강아지하고 놀 수 있는 찻집인 거야?"

신은 현실에 존재하는 애완동물 카페를 떠올렸다.

"아니야. 점장이 고양이 비스트거든. 그래서 간판이 저래. 현실에서도 동물을 마스코트로 한 음식점이 많이 있잖아. 아,

그리고 고양이 발하고 같이 그려진 건 생선이 아니라 마른 멸
치야."

마리노가 한심하다는 듯이 말하자 신은 심경이 복잡해졌
다.

그 가게의 이름은 『냥다 랜드』였다. 그 이름을 보자 신도 동
물…… 아니, 고양이의 느낌을 강하게 받았다.

하지만 좀 더 알아보기 쉽게 꾸며놓으면 좋겠다는 생각도
들었다. 특히 마른 멸치가 말이다.

"고양이라서 그런 건가. 으음~ 납득이 갈 듯 말 듯 하네."

그냥 단순하게 고양이 그림을 그려 넣으면 안 됐던 것일까.
신은 그런 생각을 하면서 마리노를 따라 찻집 문을 통과했다.

"어서 오세요. 어라, 마리냐로군."

"안녕하세요, 히비네코 씨. 전에 말씀드린 남자 친구를 데
려왔어요!"

"어라, 그러면 자네가 신 군이로군."

단순한 점장과 손님 관계가 아니라는 것이 드러나는 대화
였다. 마리노는 고양이 비스트 히비네코와 함께 신을 돌아보
았다.

히비네코의 목소리는 낮고 중후했다. 그의 말 중에 한 부분
이 거슬리지만 않았다면 신도 중후한 바리톤 보이스가 멋지
다고 생각했을 것이다.

하지만 신은 히비네코가 마리노를 보며 말한 「마리냐」라는

단어가 계속 귓전에 맴돌았다.

"마리…… 냐?"

"으음, 이건 이 몸이 소속된 길드『묘인족 어미(語尾) 연구회』가 정한 비공식 어미 중 하나일세. 상대의 이름에 경의와 애정을 담아 '냐'를 붙이는 거지. 안심하게. 처음 만난 사람에게는 안 그러니까."

"엄청난 길드에 들어가셨네요. 저기, 히비네코 씨…… 라고 불러도 될까요?"

마리노는 히비네코라고 불렀지만 신의 【애널라이즈】로 표시된 캐릭터 이름은【네코마타@라이징】이었다.

"이 아바타로는 히비네코로 정착되었거든. 자네도 그렇게 불러주면 좋겠군."

등신이 낮은 고양이형 아바타는 하얀 털에 검은 귀를 갖고 있었다. 하지만 무슨 이유인지 얼굴 일부가 회색이었고 흰색과 회색의 경계 부분은 갈라진 콘크리트처럼 보였다.

히비네코. 금이 가 있는 고양이. 신은 조금 어이가 없으면서도 재치 있다고 생각했다.

어차피 게임이니까 다른 사람이 어이없어할 일을 해도 안 될 것은 없었다.

"그러면 주문부터 하자."

자기소개가 끝나자 두 사람은 테이블에 앉았다. 숨은 명소인 만큼 가게 안에는 많지 않은 손님들이 각자 잡담을 나누고 있었다.

"여기에는 여러 가지 메뉴가 있지만 내 추천 메뉴는 셰이크야. 딸기, 복숭아, 검은깨, 요구르트와 흑포도가 있어. 참고로 나는 흑포도 셰이크가 가장 맛있었어."

"카운터 뒤에 적혀 있는 커피하고 홍차는?"

신은 그쪽이 주력 메뉴라고 생각했기에 카운터 뒤쪽을 바라보며 마리노에게 물었다.

"그쪽도 제법 훌륭해. 마셔보고 후회하지는 않을 거야."

마리노는 이 가게에 일급 재료가 갖춰져 있다고 말했다. 맛은 물론이고 어중간한 가게에서 파는 아이템보다 능력 상승 효과가 높다고 한다.

"그러면 나는 마리노가 맛있다는 흑포도 셰이크로 할게."

"알았어. 마스터, 흑포도 셰이크 두 잔 주세요."

마리노가 주문하자 5분도 되지 않아 히비네코가 잔에 든 셰이크를 가져왔다.

요리사라면 일정량의 요리를 단축 조리할 수 있기 때문에 실제 조리 시간은 1분도 걸리지 않았다. 일부러 조금 늦게 가져다주는 것은 현실감을 위해서였다.

"많이 기다리셨습니다. 주문하신 흑포도 셰이크입니다."

"기다렸어요!"

"그럼 잘 마시겠습니다."

신은 히비네코가 가져온 셰이크를 한 모금 마셨다. 기분 좋은 차가움과 포도의 새콤달콤한 맛이 입안에 퍼졌다. 게임이었지만 솔직하게 맛있다는 말이 나올 정도였다.

감탄하는 신의 상태 표시란에 DEX와 INT가 상승했다는 아이콘이 표시되었다. 상승률은 마법사의 버프 마법에 비하면 낮지만 음식을 통한 능력 강화로는 최고 수준이었다.

"대단한데. 이거 테이크아웃도 되나요?"

"친한 사람들에게 조금 나눠주는 정도는 가능해. 장사이기는 해도 돈벌이를 그렇게 중요하게 생각하진 않아서 말이지."

대형 길드에서 제의가 와도 이상할 것이 없는 완성도라고 신이 말하자 히비네코는 곤란하다는 표정으로 대답했다.

게이머 중에는 히비네코처럼 자신이 하고 싶은 일에만 집중하는 사람도 있었다. 그런 사람은 다른 이들과의 경쟁에 관심이 없는 경우가 많았다.

"그렇군요. 아니, 아는 사람 중에 요리사가 있는데 그 녀석에게 맛을 보여주면 놀랄 것 같아서요."

히비네코의 의중을 파악한 신은 정확한 이유를 이야기했다.

"그런 용도라면 테이크아웃으로 한 잔 준비하지. 감상이 어땠는지 들려주게."

"정말로요?! 감사합니다."

히비네코는 다른 요리사의 반응이 궁금했는지 셰이크를 카드화해서 건네주었다.

"그건 쿳쿠 씨를 말하는 거지? 애인 앞에서 다른 여자 이야기를 해도 되는 거야?"

진귀한 아이템을 얻은 신이 기뻐하는 것도 잠시, 신과 히비네코의 대화를 지켜보던 마리노가 입을 비죽 내밀었다.

"미, 미안, 마리노. 네가 추천해준 셰이크가 너무 맛있다 보니 나도 모르게……. 내 마음 알지?"

신이 양손을 모으며 사과하자 마리노는 마지못한 척 고개를 끄덕거렸다.

"뭐, 사실은 나도 쿳쿠 씨에게 가져다주면 좋겠다고 생각했어. 그래도 앞으로는 조심해."

사실 진귀한 아이템이나 장비를 볼 때마다 신의 눈빛이 바뀌는 것은 처음 있는 일이 아니었다. 그에 대한 마리노의 대응 역시 신에게는 익숙했다.

"그러면 다음은 신이 좋은 가게를 찾아와 줘."

"찾아보기는 하겠지만 기대는 하지 말라고."

신은 얼굴을 찡그리며 대답했다. 무기나 방어구라면 모를까, 『냥다 랜드』처럼 세련된 가게는 생각나지 않았다.

"후훗, 기대하지 않고 기다릴게."

마리노의 기분이 상하지 않은 것 같아서 신은 안도의 한숨을 쉬었다.

"그러면 오늘은 어떤 이야기를 할까? 신이 해주는 이야기는 아무리 들어도 질리지 않는다니까."

"아무렇지 않게 남의 흑역사를 들춰내는 주제에 무슨 소리야. 가끔씩은 마리노의 실패담을 이야기하는 게 어때?"

"여자아이의 부끄러운 이야기를 듣고 싶어 하다니…… 신, 야해."

"잠깐?! 이봐, 그렇게 나오기야?!"

농담이라는 것을 서로가 잘 알기 때문에 나올 수 있는 장난이었다. 연인이라기보다 오랜 친구처럼 보이는 관계였지만 그래도 함께 있을 때 즐겁다는 것은 변함없었다.

그날 역시 신과 마리노는 별것도 아닌 주제로 즐거운 대화를 나누었다.

"아, 미안. 이제 슬슬 가봐야겠어."

마리노와 신은 이따금씩 히비네코도 함께하며 이야기꽃을 피우고 있었지만 시야 끝의 디지털시계를 확인한 마리노가 그런 말을 꺼냈다.

"응? 벌써 그렇게 됐나. 항상 생각하는 거지만 꼭 이럴 때만 시간이 빨리 간다니까."

마리노는 온라인 게임을 할 수 있는 시간이 제한되어 있었다. 그것을 잘 아는 신은 어쩔 수 없이 대화를 끝냈다.

"그럼 또 봐. 모레까지 좋은 가게 찾아놔야 해."

마리노는 가게를 나서며 그렇게 말하더니 로그아웃했다. 집안 사정으로 내일은 로그인을 할 수 없다고 했다.

"흐음, 어떻게 해야 하려나. 난 찻집 같은 건 아예 모르는

데.”

신은 마리노를 보낸 뒤에 머리를 감싸 쥐었다. 정말 적당한
가게가 생각나지 않았던 것이다.

“……이번에는 그 녀석의 힘을 빌려야겠군.”

신은 같은 길드에 속한 요리사를 떠올리며 그렇게 중얼거
렸다.

†

“좋은 가게는 찾아낸 거야?”

“일단은. 난 그렇게 자세히 알지 못하니까 어쩌면 마리노가
이미 아는 가게일지도 모르지만 말이지.”

이틀 뒤에 신과 마리노는 플레이어 거점 중 한 곳인 『에메
트라』를 찾았다.

마리노 역시 신처럼 자신의 관심 분야에 열정을 쏟는 성격
이었다. 그래서 세련된 가게나 귀엽게 꾸민 가게에 대한 정보
입수가 빨랐다.

그래서 신이 도움을 청한 상대도 마리노가 이미 아는 가게
일지도 모른다고 하며 알려주었다.

“보이네. 저기가 그 가게야. 간판에 적힌 글자는 『블랙&화
이트』의 약자라고 들었어.”

신이 가리킨 곳에는 『B&W』라고 적힌 간판이 보였다.

"흐음흐음, 그렇구나. 신이 고른 것치고는 제법 괜찮네."

마리노는 장난스러운 말투로 고개를 끄덕거렸다. 신은 그
녀의 반응을 보고 역시 알고 있었다고 생각하며 떨떠름한 표
정을 지었다.

"히비네코 씨가 가르쳐준 거야?"

"틀렸어. 하지만 마리노도 알고 있는 녀석이야."

"신하고 내가 함께 알고 있는 사람이라면…… 쿳쿠 씨?"

"빨리도 맞히네……."

"우리가 함께 아는 요리사는 거의 없잖아."

신의 경우는 지인 중에 대장장이가 많았고 그 외에도 연금
술사와 가죽 세공사 같은 장비 생산직이 대부분이었다. 반면
에 알고 지내는 요리사는 거의 없었다.

신의 대인 관계를 정확히 파악하고 있는 마리노에게 그 정
도 추측은 쉬웠다.

"완전히 날 꿰뚫어보는 것 같은데."

"친구를 늘리는 편이 좋을 것 같아."

"나 친구 많거든?!"

마리노가 위로하듯이 어깨에 손을 얹자 신이 소리를 꽥 질
렀다. 심한 말을 하는 것 같으면서도 양쪽 모두 기분이 상한
것 같지는 않았다. 주변 사람들이 부부 만담 같다고 말하는
그들의 평소 대화였다.

"어서 오세요!"

가게 안에 들어선 두 사람을 맞아준 것은 하얀 머리카락과 투명한 푸른 눈동자를 가진 여성이었다. 완만하게 웨이브가 들어간 머리카락이 바람에 하늘하늘 흔들렸다.

"안녕하세요, 홀리 씨."

마리노는 미소로 맞아주는 점원의 이름을 부르며 인사했다.

"어머, 마리노. 어서 와. 오랜만이네. 어라? 뭐야, 오늘은 남자랑 왔네?"

"에헤헤. 실은 남자 친구예요."

홀리는 살짝 짓궂은 표정으로 놀리듯 말했다. 하지만 마리노는 전혀 동요하지 않고 분명하게 선언해버렸다. 그녀의 표정 전체에서 행복함이 묻어나왔다.

"어머, 어머. 좋겠다, 엄청 부러워. 오늘은 많이 서비스해줄게. 당신! 잠깐 와줄래?"

"……무슨 일이야? 갑자기 떠들썩하군."

시끄럽게 떠드는 두 사람의 목소리가 들렸는지 얼굴을 찡그린 남자가 가게 안쪽에서 나왔다. 하지만 두 여성보다도 먼저 신이 그의 이름을 불렀다.

"어라? 섀도우 씨?"

"응? 신이 찻집에 오다니 별일이군. 게다가 여자와 함께라니."

"아~ 그렇게 됐어요. 저기, 이쪽은 제 여자 친구인 마리노예요."

"오랜만이네요."

"흐음. 두 사람 모두 오랜만이야."

섀도우는 미소를 지으며 말했다.

"섀도우 씨는 우리 둘 다 아는 사람이었구나."

신이 그렇게 말하자 마리노가 물었다.

"나는 이 가게에서 알게 됐는데, 신은 어떻게 아는 거야?"

"PVP 이벤트에서 함께한 적이 있었거든. 즉석으로 파티를 짜고 공격과 수비로 나뉘어서 싸우는 이벤트 말이야. 섀도우 씨는 사람들이 리얼 닌자라고 부르는 유쾌한 사람이야."

그는 아바타의 움직임이 특이하다는 것 때문에 플레이어 사이에서 유명했다. 플레이어의 컨트롤 능력으로 게임 시스템의 한계를 뛰어넘었다고 일컬어질 정도였다.

"유쾌하다는 건 또 무슨 소리야. 레벨업에만 환장하던 녀석이."

"으윽."

신 역시 섀도우와는 다른 측면에서 유명했다.

"하하~ 먼저 놀리니까 그렇지."

"큭, 반론할 수 없군……."

마리노가 지적하자 신은 고개를 푹 숙였다.

홀리도 신과 섀도우의 대화를 보며 웃음을 참는 것 같았다.

"자, 이야기는 이쯤 하고 주문부터 해주지 않겠어? 찻집에 와서 차 한 잔 안 시키고 앉아 있는 사람은 용납 못 하거든."

신에게 한 방 먹인 섀도우가 주문을 재촉했다. 신과 마리노는 계속 입구에 서 있을 수도 없었기에 마실 것과 가벼운 식사를 주문하고 자리에 앉았다.

"저런 것도 제법 괜찮은 것 같아."

"뭐가 말이야?"

"정말이지 눈치가 없다니까. 섀도우 씨와 홀리 씨 말이야. 저렇게 둘이서 가게를 꾸리는 것도 왠지 멋지지 않아?"

홀리가 손님을 상대하고 섀도우는 진짜 찻집처럼 요리와 마실 것을 준비한다. 마리노는 호흡이 척척 맞는 두 사람을 보며 말했다.

그녀의 목소리와 눈빛을 보면 부러워하는 기색이 역력했다.

"뭐, 저 두 사람의 경우는 현실에서도…… 어, 마리노는 알고 있는 거야? 홀리 씨와 섀도우 씨의 관계에 대해서."

"물론이지. 신도 알고 있었구나."

인터넷에서 타인의 현실 생활에 대해 함부로 언급하는 것은 금기 사항이었다. 신은 실수를 범하지 않으려고 미리 확인했지만 마리노 역시 두 사람에 대해 잘 알고 있는 모양이었다.

그것은 섀도우와 홀리가 현실 세계에서도 부부라는 사실이었다.

온라인에만 한정되는 가공의 관계가 아니었다. 마리노는 진짜 현실에서도 서로의 마음을 나누는 두 사람을 동경하고 있었다.

"저 사람들의 애정 행각을 보면 질투보다도 짜증이 나니까 말이지."

"뭐 어때. 모처럼 맺어진 커플인데. 언제까지고 사랑하는 마음을 간직하고 싶은 게 당연하잖아?"

"그야 뭐 나도 공감하지 못하는 건 아니지만 말이지."

남들 앞에서의 지나친 애정 행각은 짜증을 불러일으키는 법이다.

신은 그런 생각을 하며 다시금 메뉴판을 바라보았다.

†

『B&W』에 다녀온 지 나흘 뒤에 신은 파티를 짜서 던전에 가자는 제안을 받았다.

신은 갑작스럽게 받은 메시지에 놀랐지만 특별한 일정이 있는 것도 아니었기에 알았다고 답장했다.

『그러면 멤버는 나와 신, 히비네코 씨, 섀도우 씨, 홀리 씨까지 다섯 명이네. 신이 먹을 식사는 내가 준비할게.』

『고마워. 그러면 나는 장비를 제공하면 되려나?』

『어, 뭐, 그렇게 해주면 고맙겠지.』

음성 채팅을 통해 마리노의 겸연쩍은 목소리가 들렸다.

마리노가 함께 가자고 제안한 던전은 그녀의 레벨로 클리어하는 것이 거의 불가능했다.

마리노의 아바타는 현재 첫 번째 환생을 막 끝낸 상태였다. 환생 보너스도 낮았고 장비의 질과 현재 레벨을 생각하면 300 레벨의 몬스터를 간신히 상대할 수 있는 수준이었다.

하지만 해당 던전의 몬스터 평균 레벨은 450이었다. 마리노는 던전 초반에 맞닥뜨리는 몬스터의 공격 한 방에도 사망할 것이다.

신은 새도우의 실력밖에 알지 못했지만 히비네코와 홀리 역시 클리어에는 문제가 없다고 했다. 결국 마리노 혼자 짐이 되는 셈이었다. 자칫 잘못하면 혼자 사망해서 도시로 귀환하게 될 수도 있었다.

『그 정도로 고레벨 던전인 줄은 몰랐는걸…….』

『나와 함께 다니는 걸 보고 너도 상급 플레이어인 줄 알았나 보지. 하지만 히비네코 씨와 홀리 씨와도 자주 만났잖아. 평소에 그런 이야기는 하지 않았던 거야?』

『게임 공략에 관한 이야기 같은 건 거의 하지 않았어. 홀리 씨는 같은 여자로서 상담해주실 때가 많았고.』

『뭐, 그게 마리노답기는 해.』

상대의 아바타와 마주 보며 시시콜콜한 수다를 떠는 것도 MMO 게임에서는 그렇게 드문 일이 아니었다. 그것이 즐거워서 MMO 게임을 즐긴다는 사람이 있을 정도였다.

『뭐 어쩌겠어. 처음 보는 사람이 그런 말을 하면 화가 날 테지만 마리노는 그런 생각을 못 하는 아이잖아.』

『쳇, 왠지 바보 취급하는 것 같아.』

『아냐, 아냐. 마리노에게는 레벨업보다도 중요한 일이 있는 거잖아?』

마리노의 평소 성격을 생각해보면 혼자 빠지겠다고 하거나 장소를 변경하자고 할 만한 상황이었다. 섀도우와 홀리라면 그런 제안을 흔쾌히 받아주었을 것이다.

히비네코의 경우는 알 수 없었다. 하지만 신이 보기에 그역시 섀도우와 홀리만큼 좋은 사람 같았다.

그런데도 마리노가 굳이 고레벨 던전에 가자고 한 것을 보면 따로 이유가 있을 것이다.

『실은 그 필드에 굉장히 예쁜 풍경을 볼 수 있는 곳이 있대.』

마리노의 말에 따르면, 무척 정성껏 만들어진 그래픽을 볼 수 있는 장소다.

한 플레이어가 게시판에 스크린샷을 올렸는데 그것을 본 마리노는 실제로 보고 싶어진 모양이었다.

『그런 거구나. 알았어. 그렇다면 협력을 아끼지 않을게.』

신은 채팅 아바타의 얼굴로 미소를 지어 보이면서 마리노에게 대답했다.

신은 처음부터 마리노가 레벨업에 관심이 없다는 것을 알고 있었다. 능력치 상승과 무기 강화에 열중하는 신과는 플레이 스타일이 다른 것이다.

하지만 신도 마리노의 방식을 싫어하는 것은 아니었다.

"그러면 바로 장비 선정을 시작하자. 마리노의 능력치로 장비할 수 있는 건【독살모사의 가죽 망토】와【부패의 단검】, 그리고【흑백합 부츠】정도겠지."

신은 채팅을 끝내고 애로라이드에서 합류한 마리노에게 창고에서 엄선해 온 장비를 건넸다.

"서, 성능은 좋지만 쓸데없이 노출이 심하고 이름도 무섭잖아! 이런 걸 장비하고 다니는 사람은 본 적이 없다고!"

이름만 들어도 범상치 않은 인상을 주는 장비들이었다. 떨떠름한 표정으로 그것을 착용한 마리노는 디자인을 보고 비명을 질렀다.

"핫핫핫. 장난이었어."

신은 과장되게 웃으며 마리노에게서 아이템을 회수했다.

신이 꺼낸 아이템은 분명 조련사인 마리노의 능력을 상당히 끌어올릴 수 있었다. 하지만 장비한 모습은 아무리 봐도 사악한 마법사나 몬스터를 혹사하는 악질 조련사로밖에 보이지 않았다.

"그리고 이쪽이 마리노에게 줄 진짜 장비야."

"정말…… 못됐다니까."

마리노는 토라진 듯이 신을 노려보았다. 한편 신은 그런 마리노를 보며 조용히 미소 지었다.

"치잇!"

"잠깐! 미안, 미안하다니까!"

신의 표정에 울컥한 마리노는 새롭게 받은 장비로 신을 공격했다. 데미지는 없었지만 신은 빠르게 패배를 인정했다.

"그런 거 하지 마."

"아니, 좋아하는 여자아이에게 장난치고 싶어지는 건 당연한 이치라고."

"……그런 말에는 안 넘어가."

"마리노 씨? 조금 동요하신 모양이네요?"

신은 마리노의 행동이 약간 어색해진 것을 놓치지 않았다.

"정말! 역시 하지 마. 하지 말라고 했어~!"

신이 놀리자 마리노는 부끄러워하며 주먹을 휘둘렀다.

주변에서는 그런 두 사람을 흐뭇한 시선으로 바라보고 있었다.

마리노의 장비가 결정된 다음 날이었다. 신 일행은 산과 주변 숲이 합쳐진 필드형 던전 『명성(明星)의 영봉(靈峯)』에 와 있었다.

멤버는 신과 마리노, 히비네코, 섀도우, 홀리까지 다섯 명이었다.

마리노의 발밑에는 그녀의 파트너인 새끼 늑대 몬스터『미니루프』가 얌전히 앉아 대기하고 있었다.

이름은 포치타마였다. 생긴 것은 강아지 같지만 성격이 고양이 같다며 마리노가 붙인 이름이었다.

"그럼 갈까요?"

"열심히 할게요!"

신은 허리에서 시험 제작 도검【현월(玄月)】을 뽑으며 말했다. 레벨 면에서 부족한 마리노는 짐이 되지 않으려는 마음에 잔뜩 기합이 들어가 있었다.

"산 정상에서 볼 풍경이 기대되네."

"이런 모험도 나쁘지는 않지."

"벌써부터 팔이 근질근질하구먼."

홀리와 섀도우도 각자의 무기를 든 채 준비를 마친 뒤였다.

섀도우는【땅거미의 닌자복】을 입고 있어 전형적인 닌자처럼 보였다. 허리에는【땅거미의 단검】을 차고 있었다.

그 옆에 선 홀리는 하늘하늘한 소재의【영포의 로브】밑으로【등불의 지팡이】를 들고 있는 것이 보였다.

히비네코는 바텐더 같은 디자인의【캣츠 · 오브 · 원더】를 입고 팔에는 갈고리가 달린 팔 덮개【미스트 · 하운드】를 장비하고 있었다.

그것들은 약간의 차이는 있을지언정 신화급의 중급품 내지 하급품으로 분류되는 무기와 방어구였다. 신의 경우는 무기인【현월】을 비롯해 고대급 아이템을 장비하고 있었다.

덕분에 고유급 장비를 착용한 마리노는 안절부절못하고 있었다.

"……역시 좀 더 레벨업에 시간을 들여야 했나 봐."

"자기가 하고 싶은 대로 하면 되는 거야. 나는 레벨업에 열중해왔지만 덕분에 마리노 같은 방법으로 게임을 즐기지는 못하잖아."

"그래. 신 군의 방법도, 마리노의 방법도 전부 정답이야. 하지만 그렇다고 현실을 소홀히 하면 안 되니까 말이지."

"알고 있어요. 애초에 게임에 몰두해서 집에 틀어박히기라도 하면 부모님한테 죽거든요."

신은 일시적으로 성적이 떨어졌을 때 인터넷을 해지당한 경험이 있었다. 그는 그때의 추억을 떠올리며 씁쓸한 표정을 지었다.

"이해가 가는군. 부모님 마음은 다 그렇지."

"맞아. 무슨 일이든 지나친 것은 좋지 않으니."

"윽…… 구구절절 맞는 말이네요."

이미 폐인의 영역에 접어든 신은 히비네코와 섀도우의 말에 반론할 수 없었다.

신은 부모님께 혼난 뒤로 최대한 효율을 중시한 플레이를 해왔다. 그런데 오히려 그 덕분에 더욱 강해질 수 있었던 것도 사실이었다.

"자, 이야기는 여기까지 하세. 적이 오는군."

"아, 그런 것 같네요."

히비네코의 말에 일동은 주위를 경계하기 시작했다.

지금 신 일행이 걸어가는 길은 울창한 숲에 둘러싸여 있었다. 사방이 나무로 가려진 어둑어둑한 숲 속에서는 시야 확보가 힘들 수밖에 없었다.

일반적인 경우라면 기습을 경계하느라 느긋하게 잡담을 나눌 수 있는 상황이 아니었다. 그러나 척후 전문인 닌자가 메인 직업인 섀도우를 비롯해 단독 전투가 가능한 히비네코, 그리고 만능형인 신까지 있었다.

그런 세 사람이 주변을 경계하고 있는 이상 적의 접근을 쉽게 허용할 리가 없었다.

"오른쪽에서 세 마리, 왼쪽에서 두 마리야."

섀도우는 그렇게 말하며 모습을 감추었다. 닌자의 전투는 기습이 기본이었다. 모습을 드러낸 채로 속도로 농락하는 방법도 있지만 섀도우는 기습에 더 능숙했다.

게다가 지금은 신과 히비네코에게만 맡겨둬도 충분한 상황이었기에 다른 몬스터의 접근을 경계하는 의미도 있었다.

"알겠습니다. 히비네코 씨, 오른쪽은 제가 맡죠."

"으음, 그러면 이 몸은 왼쪽을 맡지."

신은 그들을 향해 접근하는 반응을 의식하며 말했다. 신과 히비네코 뒤에서는 홀리가 마법 스킬을 당장이라도 발동할 수 있도록 준비하고 있었다.

"포치타마, 잘 부탁해."

"와홋!"

아마 나설 차례는 없을 테지만 마리노 역시 채찍을 들고 파트너인 포치타마를 준비시켰다.

포치타마는 적이 접근하고 있다는 것을 이미 감지하고 있는지 작게 으르렁거리며 당장이라도 뛰쳐나갈 수 있도록 몸을 움츠렸다.

"옵니다!"

신이 소리치자 몇 초 뒤에 나무들 사이에서 몬스터들이 차례차례로 튀어나왔다.

처음 모습을 드러낸 것은 신 일행의 오른쪽에서 나온 레드 · 보아타우로스 세 마리였다.

멧돼지의 머리와 하반신이 인간의 몸통과 합쳐진 몬스터였다.

허리에 천 한 장만 두르고 있었지만 온몸이 진홍색 털로 덮여 있고 통나무처럼 굵은 팔로 2메르가 넘는 거대한 배틀 액스를 들고 있었다. 굵고 날카로운 송곳니 사이로 보이는 눈은 신 일행을 똑바로 노려보고 있었다.

그리고 레드 · 보아타우로스보다 몇 초 늦게 왼쪽에서 개미형 몬스터 두 마리가 등장했다. 희푸른 갑각과 겹눈 세 쌍을 가진 마나 앤트 · 서처였다.

그것들은 턱과 더듬이를 정신없이 움직이며 신 일행과 레드 · 보아타우로스를 번갈아 바라보았다.

"윽, 서처인가."

"시간을 오래 끌 수는 없겠네. 히비네코 씨. 엄호할 테니까 빨리 해치워주세요."

"알았어!"

서처라는 이름이 붙은 몬스터는 빨리 쓰러뜨리지 않으면 많은 동료들을 불러온다. 그것은 【THE NEW GATE】에서 어느 정도 강해진 플레이어라면 경험을 통해 알고 있는 사실이었다.

홀리는 히비네코가 마나 앤트 · 서처에게 일격을 먹이고 주의를 끄는 것을 기다렸다가 준비해둔 마법 스킬을 발동했다.

"【선더 · 애로우】 3초 뒤!"

히비네코는 홀리의 목소리가 들리자 몬스터를 공격하면서 시간을 쟀다.

2초가 지나자 히비네코가 높이 도약하며 【선더 · 애로우】의 사선에서 벗어났다.

히비네코가 몬스터 두 마리에게 균등하게 대미지를 주었기에 마나 앤트 · 서처는 히비네코에게만 집중하고 있었다.

히비네코의 도약과 함께 위를 올려다본 마나 앤트 · 서처 두 마리에게 홀리가 발사한 번개 마법 스킬 【선더 · 애로우】가

세 발씩 명중했다.

번개 마법에는 상대의 움직임을 순간적으로 멈추거나 상태 이상【마비】를 일으키는 효과가 있었다. 그리고 그 효과는 이번에도 유감없이 발휘되어 마나 앤트 · 서처의 움직임이 눈에 띄게 둔해졌다.

그러자 높이 도약했던 히비네코가 양팔을 앞으로 뻗으며 낙하하기 시작했다. 떨어지는 궤도 끝에 마나 앤트 · 서처의 두 머리가 겹쳐졌기에 히비네코는 한 번의 공격으로 두 마리의 머리를 박살 낼 수 있었다.

한 번 높이 점프했다가 급강하하는 그 기술은 맨손계 무예 스킬【하이&로우】였다. 점프한 순간 다른 플레이어가 마법이나 활로 공격하고 그 뒤에 강하하며 추가 타격을 가하는 스킬이었다.

플레이어 사이에서는 비교적 기본적인 연계 플레이 중 하나였다.

머리가 파괴된 마나 앤트 · 서처의 HP가 0이 되면서 폴리곤으로 변해 흩어졌다. 히비네코는 경험치와 드랍 아이템을 확인하기도 전에 신이 싸우고 있는 방향으로 얼굴을 돌렸다.

히비네코가 마나 앤트 · 서처를 상대하고 있을 때 신은 레드 · 보아타우로스를 상대하고 있었다. 신은 시험 제작 무기의 성능 시험도 겸해서 적이 휘두르는 배틀 액스를 백스텝으로 피하며 공격을 가했다.

공격 범위 확대에 모든 역량을 쏟아부은 현월은 칼날 끝에서 반투명한 붉은 검신이 뻗어 나와 사정거리가 세 배에 달했다. 스킬 없이도 이 정도의 사정거리를 낼 수 있는 한 손 무기는 상당히 희귀했다.

다만 현월로 공격할 때마다 신의 MP가 희미하게 줄어들었다. 통상 공격에 MP를 소모하면 스킬 사용 횟수가 줄어들고 MP 회복 아이템도 많이 사용하게 되기 때문에 적지 않은 부담이 된다.

그러나 참격의 범위 안에 있던 레드 · 보아타우로스를 한꺼번에 양단하는 위력을 보면 사소한 대가일 뿐이었다.

"이 녀석!"

신을 공격하려던 마지막 레드 · 보아타우로스를 향해 마리노의 채찍이 뻗었다.

그리고 이어진 신의 공격에 몸이 정확히 두 동강 났다.

현월의 능력으로 강화된 스킬은 레드 · 보아타우로스의 등 뒤에 있던 물체까지 파괴하고 말았다.

"좋은 타이밍이었어. 나이스 어시스트!"

마리노의 공격이 몬스터에게 통한 것 같지는 않았지만 신을 돕기 위해 움직여준 점은 높이 평가할 만했다. 신은 엄지를 치켜들며 마리노를 칭찬했다.

"으으, 방금 전혀 효과가 없었는걸."

"마리노의 능력치라면 그게 당연해. 그리고 방금 그 녀석은 육탄전 타입이었어. 원래부터 물리 공격에 강하다고."

신은 풀이 죽은 마리노를 위로하듯 말했다.

레드 · 보아타우로스의 레벨이 『명성의 영봉』에 출현하는 몬스터의 평균 레벨보다 높았던 데다 접근전 타입 몬스터는 어지간한 대미지가 아니면 움직임을 방해받지 않았다. 마리노의 공격으로는 당연히 위력이 부족했던 것이다.

"어쨌든 이제 끝난 건가?"

"괜찮아. 접근해오는 적은 없어."

주위를 경계하던 새도우가 모습을 드러내며 신의 혼잣말에 대답했다. 신 일행은 아이템을 회수한 뒤 다시 출발했다.

"레벨이 5나 올랐어!"

"그야 레벨과 능력치 차이가 워낙 컸으니까 말이지. 파티를 편성한 상태에서도 상당한 경험치를 얻을 수 있어."

상태 표시 화면을 보고 놀라는 마리노에게 신이 당연한 일이라는 듯이 말했다. 마리노는 직접 공격을 명중시키기도 했기에 그만큼의 추가 경험치도 얻은 것이다.

"그러면 가세나."

신과 히비네코를 선두로 한 일행은 다시 걸어가기 시작했다. 그 뒤에 몇 번의 전투를 거치며 30분 정도 걸어가자 길에 경사가 지기 시작했다.

"산길에 들어선 모양이네요."

"미리 수집한 정보에 따르면, 산에서는 등장하는 몬스터 종류가 바뀌었지."

신과 히비네코는 점점 가팔라지는 산길을 걸어 올라가며 정보를 공유했다.

특히 조심해야 하는 몬스터는 두 종류였다.

기습이 특기인 뱀형 몬스터 스테아ㆍ바이퍼와, 나무들에 가려진 하늘 위에서 습격해오는 새형 몬스터 팔롭이었다.

서로 가진 정보를 대조한 뒤에 신은 피곤한 얼굴로 중얼거렸다.

"이건 조금 맥이 빠지네요."

"흐음. 들었던 것보다 숫자가 꽤 많군."

【기척 감지】를 통해 엄청난 숫자의 반응이 감지되자 히비네코도 수염을 매만지며 신의 말에 동의했다.

【기척 감지】는 탐지할 수 있는 범위가 넓은 대신 몬스터 외의 야생 동물과 플레이어도 감지해내는 단점이 있었다.

아무리 신이라 해도 맵에 표시된 마크만 보고 몬스터인지 구분해낼 수는 없었다.

그러나 이번만큼은 그렇지 않았다. 험준한 산길이었음에도 주변에 표시된 마크는 일정한 속도로 필드를 이동하고 있었던 것이다.

지형의 영향을 받지 않는다는 의미였다. 그것은 하늘을 날 수 있는 특정한 몬스터들에게만 가능한 일이었다.

신은 신중을 기하기 위해 맵의 마크가 가까워지면【색적(索敵)】스킬로 그것이 몬스터인지를 확인하고 있었다.

"저기, 무슨 일이야?"

"몬스터의 숫자가 조금 많아. 듣기로는 집단으로 등장하는 몬스터는 아니라고 하던데 말이지."

신과 히비네코의 대화를 듣고 당황하는 마리노에게 신이 상황을 설명해주었다.

"올라가기 힘들 것 같아?"

"아니, 그건 괜찮아. 최악의 경우는 내가 전부 격추하면 되니까 어떻게든 될 거야."

걱정스러운 표정을 짓는 마리노에게 신이 별일 아니라는 듯이 대답했다. 그것은 과장이나 허세가 아니라 엄연한 사실이었다.

"신 군이 있으면 문제 될 게 없으니까 마리노도 안심해."

"아, 네."

홀리가 밝게 말하자 마리노도 안심했는지 미소를 지었다.

"그런데 히비네코 씨. 이거 왠지 숨겨진 퀘스트라도 발생한 것 같은 분위기 아닌가요?"

신은 몬스터의 대량 발생을 통해 생각해볼 수 있는 가능성을 언급했다.

"흐음, 그럴 가능성도 있겠군. 하지만 이 근처에서 그런 퀘스트가 있다는 이야기는 못 들었는데."

"미발견 퀘스트가 아닐까요?"

"그럴지도 모르지. 하지만 이번에는 목적이 달라. 그런 설레는 표정은 거두게."

"아, 저도 모르게……."

【THE NEW GATE】에서는 아직도 플레이어들이 모르는 숨겨진 퀘스트가 많이 남아 있었다. 그것을 발견하는 것도 플레이어들의 즐거움 중 하나였고 신 역시 의외의 전개에 가슴이 두근거리고 있었다.

"하늘은 저런 상태지만 지상에는 오히려 몬스터가 적어. 갈 수 있는 데까지 가볼까?"

정찰하고 온 섀도우가 숲 속에서 모습을 드러내며 신에게 물었다.

"글쎄요. 중간에 동굴이 있다고 했으니까 들키지만 않으면 갈 수 있겠죠. 대충 보니 저 녀석들은 산의 정상보다 낮은 곳에서 날고 있으니까요. 섀도우 씨의 말대로 하면 되지 않을까요?"

신은 팔롭이 숲 속에서 날아다니는 모습을 지켜보며 제안했다.

"흐음, 아무래도 신의 말이 맞는 것 같군. 마리냐는 어떡할래?"

"어어, 저도 섀도우 씨의 의견이 좋을 것 같아요. 힘들 것 같으면 다음에 다시 와도 되는 거고요. 판단은 여러분께 맡길게요."

히비네코가 묻자 마리노는 고개를 끄덕이며 말했다.

"정해졌군. 그러면 가볼까."

방침이 결정되자 섀도우가 다시 모습을 숨기며 정찰에 나섰다. 신 일행도 주위를 경계하면서 산길을 나아갔다.

그렇게 20분 정도가 지났다. 나무들이 점점 줄어들며 몸을 숨기기 힘들어지고 있었다.

"입구가 보여. 저기야."

앞서가던 섀도우가 모습을 드러내며 동굴 입구가 보인다고 알려왔다.

섀도우를 따라서 걸어가자 숲이 끝나는 지점에서 30메르 전방에 동굴이 입을 벌리고 있었다.

"가려면 적에게 발각될 수밖에 없겠는데요. 【은폐】 스킬을 사용할까요?"

"그러는 게 좋겠군. 비행 타입 몬스터는 눈이 좋으니까 말이야."

신의 제안에 섀도우도 동의했다. 신이 뒤를 돌아보자 히비네코와 홀리도 고개를 끄덕였다.

"어라? 포치타마가 어디 갔지?"

스킬을 발동하려던 신의 귀에 마리노의 목소리가 들렸다.

"응? 아니, 이봐! 저기!"

신이 가리킨 곳에서는 포치타마가 동굴과는 다른 방향을

향해 뛰어가고 있었다.

"아무 지시도 내리지 않았는데……."

"곤란하게 됐군. 너무 하늘에만 신경을 쓰고 있었나 봐."

던전을 이동할 때는 어쩔 수 없이 적에게만 집중하게 된다. 아군이자 멋대로 행동할 리 없는 파트너 몬스터는 신 일행의 경계 대상에서 벗어나 있었다.

"이런, 이미 발각됐어. 내가 미끼가 될 테니까 그사이에 붙잡아주세요."

신은 포치타마를 노리는 많은 몬스터들을 확인하고 숲에서 뛰쳐나갔다. 그리고 동굴을 향해 달리며 급강하하는 팔롭에 맞섰다.

"받아라!"

신이 쭉 내뻗은 손끝에서 빛의 탄환이 연속으로 발사되었다. 하지만 팔롭은 강하 궤도를 살짝 틀며 일직선으로 날아오는 빛의 탄환을 쉽게 피했다.

"그 정도로는 어림없지."

목표를 잃은 빛의 탄환이 공중에서 진행 방향을 급선회했다. 하늘을 향해 날아가던 빛은 직각으로 방향을 틀며 팔롭의 뒤쪽으로 바싹 따라붙었다.

"광술계 마법 스킬【레이 · 스팅거】라고."

유도 기능을 갖춘 빛의 탄환은 신의 마력으로 강화된 위력을 충분히 발휘했다. 공중에서 자유자재로 움직이며 여러 마리의 팔롭을 관통한 것이다.

신은 하늘에서 쏟아지는 폴리곤을 등지며 마리노 쪽으로 시선을 돌렸다.

적의 공격 우선순위를 자신에게 집중시키는 스킬은 이미 공격을 시작한 몬스터에게는 효과가 없었다. 팔롭 몇 마리가 이미 마리노 일행을 향해 급강하를 시작하고 있었다.

"이런 상황이라면 어그로를 끌어도 전부 유인할 수는 없겠군. 그렇다면⋯⋯."

신은 불쑥 중얼거리며 현월을 휘둘렀다. 그러자 공기를 가르는 소리와 함께 검술계 무예 스킬【인통(刃通)】이 발동되었다.

"전부 격추하겠어."

포치타마를 향해 달려가는 마리노의 머리 위로 여러 개의 붉은 참격이 날아갔다. 급강하하던 팔롭 무리는 감지 범위 밖에서 날아온 공격에 두 동강이 나며 마리노 쪽으로는 접근하지 못했다.

"따라잡았어!"

폴리곤의 비가 내리는 가운데 마리노가 포치타마를 붙잡았다. 포치타마는 마리노의 품에 안기고서도 움직임을 멈추지 않고 전방을 향해 연속으로 짖었다.

"포치타마, 무슨 일이야?"

"아무래도 저쪽에 뭔가가 있다고 알려주려는 게 아닐까?"

새도우가 포치타마의 행동에 당황하는 마리노에게 말했다. 히비네코와 홀리도 주위를 경계하면서 같은 의견임을 피력했다.

"아무래도 저 바위 뒤에 뭔가가 있는 것 같아."

포치타마가 짖는 방향을 바라보던 히비네코는 팔롭 외의 반응이 나타나는 것을 깨달았다. 팔롭의 처리를 신에게 맡겨두고 나머지 일행은 시야를 가로막고 있는 바위 뒤쪽을 살폈다.

"저건 스테아·바이퍼인데."

푸른색과 녹색이 뒤섞인 비늘이 꿈틀거렸다. 몸길이가 7메르나 되는 큰 뱀 스테아·바이퍼가 거대한 몸으로 무언가를 포위하고 있었다. 그 몸에 가려져서 중심에 무엇이 있는지는 보이지 않았다.

"저게 원인인가 봐. 이참에 해치우자."

"동감이야. 여기까지 와서 물러나는 건 말도 안 되지."

"홀냐도 새도냐도 의욕이 넘치는군. 그러면 이 몸도 협력하지. 마리냐는 여기 숨어 있도록 해."

"알겠습니다. 여러분, 조심하세요."

세 사람은 마리노의 응원을 받으며 바위 뒤쪽으로 뛰쳐나갔다.

홀리가 주문 영창을 시작하는 것과 동시에 새도우가 모습을 감추었고 히비네코는 적에게 정면으로 뛰어들었다.

"레벨은 500인가. 제법 높군."

【애널라이즈】로 스테아 · 바이퍼의 레벨을 간파한 히비네코는 감탄한 듯이 중얼거리며 적의 얼굴을 향해 주먹을 휘둘렀다.

이동계 무예 스킬【축지】로 돌연 눈앞에 나타난 히비네코에게 반응하지 못한 스테아 · 바이퍼는 공격을 고스란히 받아낼 수밖에 없었다. 갈고리에 의한 대미지와 함께 히비네코가 발동한 스킬 효과로 스테아 · 바이퍼의 안면이 얼어붙기 시작했다.

맨손/물 복합 스킬【프리징 · 블로우】로 얼굴이 얼어붙자 스테아 · 바이퍼의 움직임이 급격히 둔해졌다.

뱀형 몬스터는 현실 세계의 뱀처럼 피트 기관이라 불리는 열 감지 기관을 갖고 있었다. 바로 그곳이 약점 중 하나였다.

"홉!"

히비네코의 공격으로 생겨난 빈틈을 노리고 섀도우의 공격이 이어졌다. 등 뒤에서 기습과 급소 공격의 콤보를 맞은 스테아 · 바이퍼의 HP는 어느새 붉게 점멸할 만큼 줄어들어 있었다.

"마무리할게!"

비틀거리는 스테아 · 바이퍼를 향해 홀리가 발사한 마법이 작렬했다. 땅속에서 솟구친 흙의 창이 스테아 · 바이퍼의 몸을 관통해버린 것이다.

홀리가 선언한 대로 그것을 마지막으로 스테아·바이퍼의 몸이 사방으로 흩어졌다. 그리고 거대한 몸체가 감싸고 있던 물체가 드러났다.

"마리노, 이제 됐어. 같이 가보자."

"네, 네!"

두 사람이 다가가자 먼저 와 있던 섀도우와 히비네코가 길을 비켜주었다.

"무언가의 알이야. 스테아·바이퍼는 이걸 노리고 있었나 봐."

"그런 것 같군. 하지만 나와 히비네코 씨는 가까이 접근할 수가 없어서 말이지."

섀도우는 결계가 쳐져 있다고 말했다.

알 주위는 반경 2메르 정도의 투명한 막으로 덮여 있었고 섀도우와 히비네코가 아무리 노력해도 통과할 수 없었다.

"무언가 조건 같은 게 있으려나?"

"굉장하네요. 아, 얘, 포치타마!"

생각에 잠긴 홀리 옆을 마리노의 품에서 탈출한 포치타마가 순식간에 스쳐 지나갔다. 마리노는 결계에 부딪칠 거라고 생각했지만 포치타마는 아무 방해 없이 안으로 쏙 들어갔다.

"으음, 혹시 마리냐가 이번 일의 열쇠인 건가?"

"네?"

갑작스럽게 주목받은 마리노는 결계 앞에서 움직임을 멈추

었다. 그녀는 어찌 된 일인지 전혀 모르는 것 같았다.

"어쨌든 마리노가 가줄래? 포치타마가 들어갈 수 있는 걸 보면 마리노도 갈 수 있을지도 몰라."

"어어, 네. 알았어요."

홀리의 말에 마리노는 조심스럽게 결계를 만졌다. 그러자 그녀의 몸은 포치타마가 그랬던 것처럼 아무렇지 않게 결계를 통과했다.

"마리노, 알을 가져와!"

"어, 하지만 그건 도둑질……."

"괜찮아! 감정해보니까 퀘스트 아이템으로 표시되어 있어!"

홀리는 손으로 V 자를 그렸지만 마리노는 어떻게 해야 좋을지 알 수 없었다.

하지만 이내 알을 낳은 부모가 없다는 것을 깨닫고 일단 알에 손을 댔다. 그러자 알은 아이템 카드가 되어 마리노의 손에 들어왔다.

"어라? 결계가 사라졌네?"

"히비네코 씨! 섀도우 씨! 팔롭이 도발을 무시하고 그쪽으로 가고 있어요! 조심하세요!"

결계가 사라지자 신을 노리던 팔롭들이 일제히 마리노 쪽을 향했다. 신은 위험을 경고하면서도 급강하하는 팔롭 무리를 요격했다.

"한 마리도 놓치지 않겠어!"

그 말과 함께 수많은 빛의 탄환이 공중을 향해 발사되었다. 마법사인 홀리마저 능가하는 위력의 탄환이 몬스터를 향해 호우처럼 쏟아졌다.

팔롭을 전멸시킬 기세로 발사된 빛의 탄환을 보자 아군인 히비네코와 섀도우의 표정마저 긴장되었다.

"홀리 씨가 했던 말이 진짜였구나……."

빛의 탄환의 궤적이 사라질 무렵에는 하늘에 어떤 생물도 남아 있지 않았다.

신이라면 전부 격추할 수 있다는 홀리의 말은 결국 진실이었다. 마리노는 그것을 실감하고 있었다.

"여전히 말도 안 되는 짓을 하는군. 업데이트 때마다 잘도 약해지지 않는다니까."

"아니, 섀도우 씨. 정당한 방법으로 능력치를 올린 건데 그렇게 말씀하시면 안 되죠."

어이가 없다는 듯이 말하는 섀도우에게 신이 어깨를 으쓱하며 항의했다.

성실하게 능력치를 올리는 휴먼 플레이어도 제법 존재했기에, 섣불리 약체화했다가는 그들의 분노를 사게 될 것이다.

종족마다 장단점은 어느 정도 존재하지만 시스템상으로는 능력치만 높인다면 누구든지 신처럼 될 수 있었다. 일방적으로 약체화한다면 납득할 수 있을 리가 없었다.

"아, 지금은 그보다도 마리노가 먼저겠네요. 이봐, 뭘 얻은 거야?"

신은 아무 일도 없었다는 듯이 마리노가 든 물건을 바라보며 물었다. 신이 있던 위치에서는 아무것도 보이지 않았던 것이다.

"저기, 이거야."

"이건…… 알이잖아. 그렇다면 아이템을 모아서 부화시키는 이벤트일까요?"

"그렇겠지. 나도 같은 의견일세. 이런 이벤트는 부화시킨 몬스터가 동료가 되거나 아이템을 주는 경우가 많다지."

신은 알이 그려진 카드를 보며 자신의 추측을 이야기했다. 히비네코뿐만 아니라 섀도우와 홀리도 같은 의견인지 고개를 끄덕거렸다.

"지금까지도 파트너 몬스터를 데려온 사람은 많았을 테지만 알을 손에 넣었다는 이야기는 처음 들어요."

"내 추측이지만 마리노의 레벨이 낮아서 그랬던 게 아닐까? 필드의 적정 레벨보다 낮은 상태에서 보스를 쓰러뜨리면 레어 장비를 얻을 수 있는 경우가 있잖아."

"확실히 맞는 말이네요. 그리고 늑대나 개 계열의 파트너가 조건이었을 수도 있고요."

"이야기가 한창 무르익을 때 방해해서 미안하지만 검토는 나중에 해. 지금은 앞으로 어떻게 할지 정하는 게 먼저야."

섀도우는 퀘스트의 발동 조건에 관해 이야기하던 신과 홀리를 타일렀다.

이대로 계속 나아갈 수도 있었지만 모처럼 알을 입수한 상황이었다. 알과 관련된 이벤트를 진행할지, 아니면 원래 목적지로 향할지를 결정해야 한다고 섀도우는 말했다.

"저기, 이런 일이 자주 있는 건가요?"

"많지는 않지만 없다고도 할 수 없겠지. 이런 숨겨진 퀘스트는 시기를 놓치면 재도전이 어려워지는 경우도 있거든. 따로 중요한 일정이 없다면 숨겨진 퀘스트를 우선시하는 게 보통이야. 어떻게 하고 싶지? 이대로 계속 가든, 퀘스트를 수행하든 상관없어."

어찌 해야 할지 망설이는 마리노에게 섀도우가 조언해주었다. 이야기를 듣던 다른 멤버들도 마리노의 판단에 맡기겠다고 동의했다.

"저기, 그러면 모처럼의 기회니까 퀘스트를 진행해도 될까요?"

"좋아, 결정됐군!"

미발견 퀘스트나 한정 퀘스트는 게이머의 본능을 자극하는 법이다. 풍경을 보기 위해 온 마리노 역시 거기에 이끌린 모양이었다.

물론 가장 신이 난 사람은 마리노보다도 신이었다.

"일단은 뭘 하면 돼?"

"이런 퀘스트는 처음 해보는 거야? 나도 잘난 척할 입장은 아니지만 막막한 상태에서 단서를 하나씩 찾아나가는 것도 하나의 방법이야."

"포치타마처럼 동물이라면 먹이를 주거나 부상을 치료해주면 될 텐데. 알은 따뜻하게 품어주는 것 말고는 생각나는 게 없어. 하지만 그걸로 될 리가 없잖아. 모처럼 지금 멤버들하고 함께 발견한 거니까 협력해서 풀어나가고 싶은데……."

"마리노답네. 그럼 바로 조언해주자면…… 이런 건 단순히 따뜻하게 해주는 것만으로는 안 돼. 아이템을 모아서 부화시키기 위한 둥지를 만들거나 알을 감싸줘야 하거든. 필요한 아이템을 구분하려면 조련사나 소환사가 사용하는 전용 감정 스킬이 필요해. 마리노는 보이지 않아?"

신도 해당 스킬을 사용할 수는 있었지만 스킬 레벨이 부족해서 필요한 아이템에 대해 자세히 알아낼 수는 없었다.

"나도 무리야. 거의 보이지 않아."

마리노가 가진 전용 감정 스킬의 레벨은 Ⅴ였다. 아무래도 지금 멤버로는 무엇이 필요한지 알아내기 힘들 것 같았다.

"어떻게 할래? 계속하고 싶지만 이대로는 방법이 없어."

"글쎄요……. 저기, 마리노. 캐시미어의 도움을 받으면 좋을 것 같은데, 어때?"

신은 길드 육천의 멤버로 조련사 겸 소환사인 캐시미어의 이름을 언급했다.

"캐시미어가 도와준다면 틀림없이 해결될 테지만 지금은

다른 퀘스트를 수행 중이라고 들었어. 바쁠 것 같은데…….”

"아니, 오히려 그래서 부탁하려는 거야. 이번처럼 조련사와 관련된 퀘스트가 있다는 걸 알게 되면 꼬치꼬치 캐물으면서 자기도 동행하려고 할 게 틀림없거든. 게다가 그 녀석은 단순히 클리어하는 걸로 만족하지 않는다고. 발생 조건부터 아이템에 따른 부화 몬스터의 변화까지 위키백과에도 안 나올 정보들을 철저히 조사하려 들 거야. 게다가 발견자인 마리노와 우리들까지도 거기에 말려들 거고. 하지만 다행히 그 녀석은 한 번에 한 가지 퀘스트에만 집중하는 스타일이거든. 이럴 때는 감정만 받고 바로 도망칠 수 있지!"

"어어…… 캐시미어가 그런 아이였어?"

마리노는 자신이 생각했던 이미지와 많이 달랐던 모양이었다.

"마리노는 아직 안 당해봐서 모르는 거야."

"그렇지. 그 친구는 열정을 엉뚱한 곳에 쏟아붓곤 하지."

"섀도우 씨까지……. 그러면 어쩔 수 없겠네요."

"내 말만 듣고는 못 믿겠다는 거야?!"

"내가 아는 캐시미어하고는 상당히 다르게 느껴지니까 그렇지. 그리고 신은 한 번씩 장난으로 이야기를 과장할 때가 있잖아."

"내가 할 말은 아니지만 하이 휴먼의 경우는 조금 과장해서 표현하는 게 딱 적당하다고."

신은 초연한 눈빛으로 말했다.

능력치 의존 스킬이 많은 【THE NEW GATE】에서는 신을 비롯한 육천 멤버들의 스킬이 일반 플레이어들과는 차원이 다른 위력을 낼 때가 있었다. 그래서 이야기를 과장하는 것 같아도 알고 보면 사실인 경우도 적지 않았다.

"자, 두 사람 다 그만 싸우렴. 방법이 정해졌으면 빨리 움직이자. 캐시미어에게 가려면 일단 던전에서 나와 달의 사당의 전송 포인트를 사용하는 게 빠를 거야."

일행은 홀리의 말을 따라 던전에서 탈출한 뒤 일반 구역에 설치된 전송 포인트를 통해 애로라이드, 달의 사당을 거쳐서 캐시미어가 있는 장소로 이동했다.

목적지는 캐시미어가 관리하는 두 번째 몬스터 목장이었다.

캐시미어가 담당하는 길드 하우스 『6식 천공성 팔미락』에 자리한 첫 번째 목장이 몬스터들로 꽉 들어차자 새롭게 만들어진 곳이었다.

"기다렸어~. 그래서? 그래서? 숨겨진 퀘스트에서 나왔다는 알은 어디 있어?!"

"시끄러워. 좀 저리 떨어지고 진정해!"

목장에 도착하자마자 전송 포인트 앞에서 대기하던 여성이 신에게 달려들었다. 세미롱 은발이 바람에 흔들렸고 보라색 눈동자가 초롱초롱 빛났다.

마리노는 놀랐지만 신은 항상 있던 일이었기에 캐시미어에게서 거리를 벌렸다.

"여느 때보다도 캐시미어가 많이 흥분했네."

"몬스터와 관련된 일이면 캐시미어는 항상 이랬어. 캐시미어, 아까 말한 대로 감정을 부탁할게. 그리고 아이템을 갖고 있는 건 내가 아냐."

신은 이곳으로 오기 전에 캐시미어에게 미리 채팅으로 연락을 해두었다. 아이템을 발견한 사람은 마리노라는 것도 전달했지만 그녀는 깜빡 잊고 있는 것 같았다.

"아아, 그렇지. 이번에는 마리노 씨가 발견했다고 했던가? 놀라게 해서 미안해요. 아니~ 내가 원래 동물에 관한 일이면 나도 모르게 열중하는 버릇이 있거든요~. 아, 거기 계신 분들도 소란스럽게 해서 죄송합니다. 길드 육천의 캐시미어라고 합니다. 잘 부탁해요."

마리노가 놀라는 것을 보고 퍼뜩 정신을 차린 캐시미어는 얼버무리듯 웃으며 나머지 일행들에게도 자기소개를 했다. 섀도우와 히비네코, 홀리도 어안이 벙벙한 상태로 자신들의 이름을 밝혔다.

마리노는 캐시미어와 현실에서도 아는 사이였다. 다만 서로 어떻게 만났는지는 신에게도 말해준 적이 없었다.

"그러고 보니 여기서는 동물을 마음껏 기를 수 있어서 좋다고 했었지."

"맞아요. 그건 그렇고 알을 감정해달라고 했었죠? 제게 맡겨주세요."

두 사람 사이에는 상하 관계가 분명한 것 같았다. 현실에서도 마리노의 나이가 더 많다고 한다.

"자, 어디, 어디……. 신 씨, 이건 제법 어렵겠는데요."

"뭐라고?"

캐시미어는 감정이 끝나자 눈썹을 찡그리며 그렇게 말했다.

"펌블 시드와 베히모스의 가죽, 피닉스의 깃털. 그 밖에도 상당히 희귀한 재료가 필요한 것 같아요. 신 씨라면 어느 정도 소유하고 있을 테지만 상당히 강력한 길드에서도 모으려면 고생할 만한 수준이네요. 이런 말 하면 안 되지만 마리노 씨 혼자서는 절대 불가능해요."

"어디 봐봐. 우와, 이게 뭐야?"

캐시미어가 기록한 부화에 필요한 아이템 목록을 보자 신 일행은 놀라움을 감추지 못했다.

채취와 몬스터 토벌로 입수할 수 있는 아이템이 각각 절반이었지만 해당 몬스터는 레벨이 최소 600, 최대 800 정도였다. 아무리 생각해도 마리노에게는 벅찬 일이었다.

대형 길드가 파티를 짜서 쓰러뜨려야 하는 상대들뿐이었다. 자칫 잘못하면 토벌은커녕 파티가 괴멸될 만한 몬스터도 있었다.

채취해야 하는 아이템들도 몇 가지는 희귀한 이동계 스킬이 필요했다.

"이건…… 마리냐에게는 확실히 힘들겠군."

"신 군이 없었다면 우리끼리도 쉽지 않았을 거야."

히비네코와 홀리도 포기했다는 듯이 말했다.

"저레벨 플레이어와 파트너 몬스터가 있어야만 발생하고, 요구하는 아이템도 이런 희귀한 것들뿐이라니. 정말 클리어하라고 만든 거 맞아? 마리노, 어떻게 할래? 내 아이템 박스를 뒤져보니까 거의 다 있는 것들이기는 한데."

"신의 아이템 박스 안은 어떻게 되어 있는 거야……?"

고가 아이템들을 적당히 넣어두었다는 듯이 신이 말하자 이번에는 마리노가 놀랐다. 괜히 상급 플레이어가 아닌 것이다.

"당연한 일처럼 아이템을 갖고 있는 데다 그걸 아무 대가 없이 여자 친구에게 바치려고 하다니……. 너무 멋져! 동경하게 돼!"

"누가 바친다는 거야!"

신의 입장에서는 그렇게 귀중한 물건도 아니었다. 처음 보는 플레이어였다면 상응하는 대가를 받아낼 테지만 마리노라면 퀘스트 성공을 위해 제공할 수도 있었다.

"말은 그렇게 안 해도 신 씨도 뭐가 태어날지 궁금한 거죠?"

"부정하지는 않겠지만 굳이 그런 말은 하지 말라고."

"아하하……."

【THE NEW GATE】최상급 플레이어들의 대화에 다른 일행은 그저 웃을 수밖에 없었다. 허물없이 대하는 모습을 보면 두 하이 휴먼이 서로를 얼마나 신뢰하는지 알 수 있었다.

"뭐, 어쨌든 목록에 있는 아이템을 꺼낼게. 부족한 게 있다면 체크해줘."

신은 마음을 다잡으며 아이템 박스에서 물건들을 꺼내기 시작했다. 마리노와 캐시미어가 검토한 결과 부족한 아이템은 두 가지였다.

"아, 그건 내가 갖고 있어요. 나도 부화할 몬스터가 궁금하니까 제공할게요."

캐시미어는 그렇게 말하며 부족한 물건을 자기 아이템 박스에서 꺼냈다.

"아무것도 안 했는데 레어 아이템이 이렇게나……."

"육천의 아이템 박스는 여전히 신기하군."

전율하는 마리노 옆에서 섀도우가 냉정하게 지적했다.

일반적인 플레이어라면 창고 안에 소중히 보관하거나 판매했을 것이다. 적어도 아이템 박스 안에 넣어두고 깜빡할 만한 아이템은 아니었다.

"그러면 재료도 갖추어졌으니까 바로 시작해보자."

"그래. 왠지 반칙을 쓰는 기분이지만 분명 기분 탓이겠지."

사람에 따라서는 별로 개운하지 않을 수도 있는 클리어 방법이었지만 본인들이 괜찮다면 문제 될 것은 없었다.

퀘스트의 당사자인 마리노는 아이템을 사용해 둥지를 만들고 그 위에 실체화한 알을 올려놓았다.

알 위에 출현한 대기 시간 표시가 몇 분 뒤에 사라지자 알 속에서 새끼 새가 태어났다.

몸은 옅은 청색이고, 이마부터 머리에 걸쳐 솟은 털은 붉은색과 녹색이 이중 나선을 그리고 있었다. 깃털 끝은 살짝 검게 물들어 있었다.

"삐이!"

"뭐야, 이거. 【애널라이즈】가 안 통하는데."

"정말이네. 그렇다면 성체가 되기 전에는 무슨 몬스터인지 알 수 없는 타입인가 보네요."

몬스터 중에서는 유체와 성체의 모습이 거의 똑같고 성체가 되기 전까지는 어떤 종류인지 자세히 알 수 없는 종류가 있었다. 그런 몬스터의 특징 중 하나는 【애널라이즈】로 몬스터의 이름이 보이지 않는다는 점이었다. 그것을 알고 있던 캐시미어는 바로 이유를 추측해냈다.

"그러면 남은 건 이 아이를 잘 키우는 것뿐이네."

마리노는 건강하게 우는 새끼 새를 손바닥 위에 올려놓으며 말했다.

"네, 맞아요. 그리고 부화에 쓰이지 않고 남은 아이템이 먹이인 것 같아요."

캐시미어는 남아 있는 아이템 중에서 이삭이 달린 벼 같은 식물을 들고 새끼 새에게 내밀었다. 그러자 새끼 새는 주저 없이 그것을 입에 물었다.

"오오, 잘 먹네. 먹이가 되는 아이템이 있다면 특정한 아이템을 줘서 성장시키는 유형인가?"

캐시미어의 예상이 맞았는지, 몇 가지 아이템을 다 먹고 난 새끼 새는 몸이 빛나며 한층 커졌다.

"이건……. 이런 깃털 색 조합은 처음 보네요. 어떤 모습이 될지 궁금해요. 크윽, 지금 다른 퀘스트를 수행하는 중만 아니었어도……!"

"신, 캐시미어는 괜찮을까?"

"원래 항상 저래. 신경 쓸 것 없어."

신은 잔뜩 들뜬 캐시미어를 내버려두고 마리노의 등을 밀며 이동을 재촉했다. 새끼 새를 완전히 성장시키기에는 먹이가 될 아이템이 부족했던 것이다.

"이 아이템을 얻을 수 있는 장소를 알고 있으니까 빨리 가죠. 시간은 많으니까요."

"잠, 깐, 만, 요!"

"우왓! 너 뭐야, 무섭게……."

캐시미어가 낮은 목소리로 말하며 등 뒤에서 어깨를 붙잡자 신은 얼굴을 찡그렸다.

"도와드렸으니까~ 나중에 꼭 정보를 주셔야 해요~."

"알았어. 마리노도 캐시미어에게 정보를 주기 싫어하지는 않을 거 아냐."

"물론이지. 알아낸 게 있으면 전부 가르쳐줄게."

마리노는 캐시미어를 보고 쓴웃음을 지으며 고개를 끄덕였다. 친구이기는 해도 하이 휴먼의 도움을 받은 것이다. 정보 제공을 꺼릴 리가 없었다.

"잘 부탁드립니다!"

신 일행은 아직도 들떠 있는 캐시미어와 작별한 뒤 다른 지역으로 이동했다.

며칠 뒤, 신 일행은 새끼 새의 먹이를 채취하기 위해 다시한 번 뭉쳤다. 특히 마리노와 홀리는 새끼 새의 귀여움에 푹빠져 있어서 신과 섀도우를 마구 재촉할 정도였다.

히비네코가 어쩔 수 없다는 듯이 쓴웃음을 지으며 그들을 바라보는 것이 일상이 되어 있었다.

하지만 그들이 찾은 곳은 출현 몬스터의 평균 레벨이 750이나 되는 고레벨 지역이었다. 신은 몰라도 섀도우와 히비네코 조차 위험할 수 있는 곳이었다.

"삐요타마를 위해서 오늘도 열심히 해봐요!"

"그래. 열심히 채취하러 가는 거야!"

삐요타마라고 이름 붙여진 새끼 새가 두 사람의 말에 호응하듯이 삐이 하고 울었다. 마리노의 발밑에 앉아 있던 포치타마는 살짝 쓸쓸해 보였다.

"여전히 마리냐하고 홀냐는 의욕이 넘치는군. 요즘 시대에는 활기 넘치는 여성들이 많아졌다는 증거려나."

눈빛이 뜨거운 두 여성을 보며 히비네코는 감탄한 듯 말했다. 그의 말투는 마치 젊은이를 지켜보는 노인 같았다.

"아, 히비네코 씨. 그건 아니라고 생각하는데요……."

신은 주변을 경계하면서 어이가 없다는 듯이 말했다. 분명 활력이 넘치기는 하지만 신과 섀도우가 보기에는 지나치다는 느낌을 지울 수 없었다.

"어쨌든 오늘도 하던 대로 하죠."

"그래. 새끼 새가 성장하면 두 사람도 평소대로 돌아오겠지."

신과 섀도우는 어깨를 으쓱하면서 마리노와 홀리에게 출발하자고 말했다. 몬스터와 마주치면 귀찮아지기 때문에 모습을 감춘 채로 이동하게 되었다.

"어, 하나 발견했어."

신 일행은 몬스터와의 전투를 회피하면서 아이템을 찾았다. 어느 장소에 있는지는 대략 알 수 있었기 때문에 몬스터만 조심하면 크게 위험할 것은 없었다.

만약 몬스터와 조우한다 해도 수가 많으면 히비네코와 섀도우가 묶어두면서 신이 섬멸하고, 수가 적으면 신이 혼자 돌격해서 섬멸하면 되었다.

"삐이!"

삐요타마는 아이템을 주자 또 조금씩 성장했다. 10번이 넘게 성장한 끝에 삐요타마의 모습은 더 이상 새끼 새라고 부르기 힘든 단계에 와 있었다. 이미 포치타마보다도 덩치가 컸다.

"이제 혼자 힘으로 날 수도 있잖아. 점점 늠름해지는 느낌인데."

그러자 마리노와 흘리는 그 말을 부정했다.

"아직이야. 아직도 귀여움으로 밀고 나갈 수 있어!"

"맞아! 성장하면 다시 작아질 가능성도 있잖아!"

"방침이 이상하게 바뀐 것 같지 않아……?"

신은 그녀들의 목적을 도무지 알 수 없었다.

"이러다 만약 그 타입이기라도 하면 어떻게 될지 무섭군."

"무슨 소리야?"

"아니. 육성 계열 몬스터 중에는 아이템만 남기고 몬스터가 사라져버리는 유형도 있잖아요. 키워주셔서 고맙습니다, 하는 느낌으로요."

"하긴 그렇군. 확실히 그건 위험하겠어."

신의 말을 듣자 새도우는 쓴웃음을 지었다. 요 며칠 동안 마리노와 흘리가 얼마나 노력했는지 생각하면 웃음이 나올 수밖에 없었던 모양이다.

확률로 따지면 50퍼센트 정도로 낙관할 수 없는 상황이었다.

"어쨌든 이 근처에서는 거의 다 채집한 것 같으니까 일단 돌아가죠."

신 일행은 그 구역의 각지에 설치된 전송 포인트를 통해 애로라이드를 거쳐서 달의 사당으로 이동했다.

마리노와 홀리는 빨리 먹이를 주기 위해서 전송 포인트가 있는 방에서 밖으로 뛰쳐나왔다.

"어서 오세요."

신이 카운터로 다가가자 가게를 지키던 서포트 캐릭터 슈니가 인사해왔다. NPC라서 행동하는 모습은 어딘지 모르게 기계적이지만 겉보기에는 플레이어와 다를 것이 없었다.

신은 다녀왔다고 짧게 대답한 뒤에 밖으로 나왔다. 달의 사당 앞에서는 마리노와 홀리가 이미 삐요타마에게 아이템을 먹이로 주고 있었다.

"먹이를 제법 많이 줬는데 아직도 완전히 성장하지 않은 건가?"

"아직 주지 않은 아이템도 있어. 그걸 먹을 수 있게 되면 끝나는 게 아닐까?"

신의 혼잣말에 근처에 있던 히비네코가 대답했다.

"레벨은 없으니까 아마 그렇겠죠. 어, 만화에서는 보통 이런 이야기를 할 때마다 무슨 일이 벌어—."

"빛나고 있어!"

"신! 잠깐 와줘!"

신의 말이 끝나기도 전에 마리노와 홀리가 외쳤다. 두 사람 앞에 있던 삐요타마는 황금색으로 빛나고 있었다.

"흐음. 그 말이 열쇠였던 건가."

"실제 상황에서 보는 건 처음이군. 신, 혹시 네가 다 설계한 거 아냐?"

"아~ 저도 이런 전개는 처음이네요."

히비네코와 섀도우가 진지한 말투로 묻자 신은 얼빠진 대답을 했다. 말하자마자 무슨 일이 벌어지는 것은 신도 처음이었다.

하지만 계속 놀라고 있을 수만은 없었기에 세 사람은 삐요타마에게 다가갔다. 삐요타마가 발하는 빛은 약간 눈부셨지만 눈을 뜨기 힘들 정도는 아니었다.

"이제 성장이 끝난 걸까?"

"그럴지도 모르지. 필요 아이템 중에 아직 먹이로 주지 않은 것이 있었지? 아마 그걸 주면 무슨 일이 벌어질 거야."

신의 조언을 듣고 마리노는 최후의 아이템을 꺼냈다. 겉보기에는 붉은 나무 열매 같은 아이템이었다.

"삐요타마. 자, 먹어."

"쿠앗!"

삐요타마는 마리노가 주는 아이템을 냉큼 받아먹었다. 지금까지는 아무리 먹이려고 해도 고개를 돌렸던 아이템이었다. 히비네코의 예상이 정확히 들어맞은 셈이다.

"쿠, 쿠아…… 쿠아아아아아아아아아앗!!"

삐요타마의 외침이 울려퍼졌다. 그와 동시에 삐요타마가 발하는 빛이 강해지면서 신 일행도 더 이상 눈을 뜨고 있기 힘들어졌다.

그런 상태로 수십 초가 지났다.

"……끝난 모양이군."

"우와…….."

빛이 가라앉은 것을 확인하고 눈을 뜬 신 일행의 눈앞에 4메르가 넘는 크기의 거대한 몬스터가 보였다.

"예뻐……."

마리노는 불쑥 중얼거렸다.

성장한 삐요타마는 예전의 귀여운 모습에서는 예상할 수 없을 만큼 장엄한 분위기를 풍겼다.

금은보석 못지않게 화려하게 빛나는 양 날개가 마리노와 홀리를 감싸듯 펼쳐졌다. 발에는 갈고리처럼 날카로운 발톱이 돋아나 있었다.

신은 삐요타마의 눈을 보며 프로그램이라는 것이 믿기지 않는 이성(理性)의 빛을 느꼈다.

"KUU……."

성장한 삐요타마는 작게 울며 마리노에게 부리를 내밀었

다. 그 모습은 마치 어미에게 어리광 부리는 새끼 같았다.

"설마 미스틱이었을 줄이야……."

신은 삐요타마와 마리노를 바라보며 놀랍다는 듯이 중얼거렸다.

삐요타마가 성장한 모습은【THE NEW GATE】최고봉 몬스터 중 하나이자 조류형 몬스터의 정점인 미스틱이었던 것이다.

하이 휴먼조차 고전을 면치 못하는 레벨 1000의 괴물이었다.

하지만【애널라이즈】가 발동되지 않는 것을 보면 이벤트 한정 출현일 거라고 신은 예상했다. 신이 아는 미스틱보다 몸집이 작은 것도 그렇게 판단한 이유 중 하나였다.

만약 달의 사당이 플레이어가 거의 없는 외진 곳에 있지 않았다면 큰 소동이 벌어졌을 것이다.

"어라, 삐요타마. 왜 그래?"

신이 보는 앞에서 삐요타마는 마리노에게서 물러났다. 그리고 날개를 크게 펼쳤다.

그러자 삐요타마의 몸에서 뻗어 나오는 빛이 한곳에 집중되기 시작했다. 그리고 30초 정도가 지나자 빛이 사라지더니 일곱 가지 색으로 빛나는 광석이 나타났다.

"저건 설마【계(界)의 물방울】인가?"

그것은 고대급 장비를 만들 때 반드시 필요한 아이템인【계의 물방울)이었다.

상급 플레이어조차 얻기 어렵다고 일컬어지는 아이템이었다. 신조차도 그렇게 간단히 구할 수는 없을 정도였다.

"아……."

마리노의 시선이 삐요타마의 가슴 쪽에서 멈추었다. 신은 그녀의 얼굴이 살짝 옆으로 움직이는 것을 보고 메시지 같은 것을 읽고 있는 것이라고 추측했다.

퀘스트를 받은 플레이어는 마리노였다. 이번 같은 퀘스트에서는 특정 플레이어에게만 보이는 메시지가 표시되는 경우도 있었다.

"그렇구나. 모처럼 친해졌는데……."

"마리노?"

"이제 가봐야만 한대요."

신은 마리노와 홀리의 대화를 듣고 이번 퀘스트는 몬스터가 아이템만 남기고 사라지는 유형이라는 것을 확신했다.

마리노는 눈물을 글썽이며, 홀리는 아쉬워하는 표정으로 삐요타마에게 안겼다.

삐요타마도 다시 한 번 두 사람을 감싸주듯이 날개를 펼쳤다. 마치 삐요타마가 이별을 아쉬워하고 있는 것처럼 보였다.

서로 끌어안고 있던 시간은 10초 정도였다. 두 사람에게서 천천히 떨어진 삐요타마는 한층 크게 울며 푸른 하늘을 향해 날아올랐다.

"가버렸군."

"흐으…… 시~이~인~!"

"으억! 진짜 울고 있잖아?! 뭐, 이해는 하지만 말이지."

마리노는 견디지 못하고 신의 품에 뛰어들었다. 신이 고개를 돌리자 섀도우도 홀리의 포옹에 어쩔 줄 몰라 하고 있었다.

"나이를 먹으면 눈물샘이 약해져서 곤란하다니까."

히비네코도 손으로 눈가를 닦아냈다. 덩달아 운 모양이다.

신 일행은 두 여성의 울음이 그치는 것을 기다린 뒤에 달의 사당으로 들어왔다.

"진정됐어?"

"……응."

몇 분 뒤에 모두는 달의 사당 거실에서 차를 마시고 있었다.

"그런데 삐요타마는 뭘 남기고 간 거야? 추억의 물건이라면 나도 보고 싶은데."

"저기, 이거야."

신은 화제를 돌리기 위해 아이템에 대한 이야기를 꺼냈다. 마리노가 꺼낸 것은 역시나 무지개색으로 빛나는 광석인 【계의 물방울】이었다.

"이거 참 엄청난 아이템을 두고 갔네. 이건 고대급 무기를 만들 때 쓰이는 아이템이야. 사용하려면 상급 스킬이 필요하다는 게 단점이지만."

"그래? 하지만 아이템 설명문에는 수령한 플레이어는 필요 스킬 없이도 사용할 수 있다고 적혀 있는데? 그리고 이 아이템을 써서 만든 장비는 능력치가 부족해도 제약 없이 사용할 수 있다나 봐."

"그게 뭐야……. 숨겨진 퀘스트의 보상 아이템이라지만 엄청나잖아. 그런 식으로 운영해도 되는 건가?"

신은 어깨를 으쓱거리며 어이가 없다는 듯 말했다. 그리고 마음속으로 캐시미어에게 사과했다.

이런 퀘스트는 보통 1회 한정이었다. 왜냐하면 이런 아이템을 몇 번이고 입수할 수 있게 되면 성실하게 스킬을 올리는 플레이어들이 불만을 분출하기 때문이다.

신 역시 【계의 물방울】을 사용할 수 있게 되기까지 상당한 시간이 걸렸다. 마리노의 플레이 스타일을 고려하면 몇 년이 걸렸을지도 모른다. 그러니 시스템적인 제약을 받지 않는 것은 이번뿐일 수밖에 없었다.

"마리노, 이걸로 단숨에 강해졌네."

"고대급 무기의 성능은 보통이 아니니까 말이지."

이야기를 들은 섀도우와 홀리는 자기 일처럼 기뻐해주었다. 레어 아이템을 입수한 것에 대해 조금의 질투도 느껴지지 않았다.

"하지만 웬만하면 남들 앞에서 보여주지 않는 게 좋을 거야. 눈썰미가 좋은 사람이라면 아이템을 노리고 접근할 수도 있으니까."

히비네코는 장비를 제작한 뒤의 부작용을 염려하고 있었다. 고대급 장비는 매우 높은 가격이 붙기 때문에 히비네코의 말처럼 범죄 행위를 저지르는 플레이어도 있었다.

"모처럼 삐요타마가 준 거니까 신중히 생각해보고 사용하려고요."

마리노는 고개를 끄덕이면서 카드화한【계의 물방울】을 바라보았다.

며칠 뒤에 마리노에게 불려간 신은 찻집 『냥다 랜드』를 찾았다.

"안녕하세요, 히비네코 씨. 마리노는 이미 와 있다고 하던데요."

"이야기는 들었네. 마리냐라면 안쪽의 개인실에 있어. 두 번째 방일세."

히비네코가 알려준 곳으로 나아가자 가게 안쪽에 몇 개의 개인실이 있었다. 신은 히비네코의 말대로 「2」라고 적힌 방문을 열었다.

"아, 신."

"여어, 장비가 완성됐다면서?"

마리노가 신을 부른 것은 마리노가 입수한 【계의 물방울】이 사용된 장비를 보여주기 위해서였다.

마리노가 아이템 카드를 꺼내 실체화하자 테이블 위에 검은 천으로 된 머플러가 나타났다. 장식은 적었고 천 자체에 번개 같은 모양의 붉은 선이 들어가 있었다.

"호오. 제법 괜찮은데."

머플러는 일류 장인이 만든 물건보다는 못했지만 고대급으로는 충분한 성능을 갖고 있었다.

"잘 만들어졌지? 신이 쓰는 장비는 대부분 검은색과 붉은색이니까 되도록 맞추려고 했어."

"내 장비에? 마리노가 쓰는 장비하고는 조금 안 어울리지 않아?"

신은 자신과 맞춰주었다는 말에 기쁘면서도 마리노의 장비와는 이질적이라는 생각이 들었다.

"내가 아니라 신이 쓸 거니까 괜찮아. 머리 쪽에 착용할 장비가 아직 정해지지 않았다고 했잖아. 전에 본 만화에서 사무라이가 머플러 같은 것을 두르고 있길래 이런 디자인으로 만들어봤어."

"내가 장비한다니, 그게 무슨 소리야?"

"게임을 시작한 뒤로 신에게는 많은 도움을 받았고 아이템도 자주 구해다 줬잖아. 지금까지는 보답할 방법이 없었는데 마침 잘됐다 싶었어. 그리고 신이라면 고대급 장비를 착용해도 아무 위화감이 없잖아?"

"괜찮겠어? 이건 엄청나게 귀중한 물건인데?"

마리노의 말을 듣자 신은 놀랄 수밖에 없었다. 고대급 장비를 무상으로 넘겨주는 것은 게임을 접는 플레이어조차 좀처럼 하지 않는 행위였다.

"홀리 씨나 히비네코 씨와도 이야기해봤는데 좋은 생각이라고 말해주셨어. 받아줄래?"

"……휴우. 마리노는 한번 말을 꺼내면 절대 물러서지 않잖아. 고맙게 받을게."

마리노의 성격을 잘 아는 신은 살짝 미안하긴 했지만 순순히 받기로 했다. 그리고 빨리 착용한 모습을 보고 싶다는 마리노의 재촉에 머플러를 장비했다.

"어때?"

"응, 잘 어울려. 역시 그 디자인으로 하길 잘했어."

만족스럽게 미소 짓는 마리노를 따라 신도 웃었다.

"이걸로 조금은 은혜를 갚은 걸까……."

마리노가 작게 중얼거린 말은 신에게 닿지 못했다.

†

"뭐, 그런 경위로 지금의 이 아이템이 존재하게 된 거지. 그 뒤로 살짝 업그레이드를 해서 성능은 올라갔지만 말이야."

바르멜에 자리한 새 『냥다 랜드』의 개인실에서 신은 옛날 이야기를 풀어놓고 있었다.

마침 그때의 멤버가 모여 있었기에 신의 장비【명왕의 머플러】에 관해 히비네코, 홀리, 섀도우와 이야기꽃을 피우고 있었던 것이다.

그들 외에 슈니와 티에라도 함께하고 있었다.

"직접 만든 장비구나. 그런 걸 받으면 역시 기쁜가?"

"나는 기뻐. 쓸 만한지 아닌지는 둘째 치고 말이야."

신은 뺨을 긁적이며 티에라의 질문에 대답했다. 쓸 만하다면 더할 나위 없겠지만 선물은 마음이 가장 중요하다는 것이 신의 생각이었다.

"흐음. 그때는 즐거웠지."

"맞아."

히비네코와 섀도우는 과거를 회상하는 눈빛으로 말했다.

"응, 나도 동감이야. 그런데 신 군은 이쪽에 오고 나서 누군가에게 선물을 받은 적은 없었어?"

"갑자기 무슨 소리예요. 당연히 없었죠."

신은 갑작스럽게 화제를 바꾸는 홀리를 빤히 쳐다보며 대답했다.

"지금의 신 군에게는 선물을 줄 만한 여자아이가 잔뜩 있는 것 같아서 말이지."

"세계가 바뀌었다고 해서 없던 인기가 갑자기 생기지는 않죠."

　신은 어이가 없다는 듯이 말했다. 하지만 홀리의 시선은 신을 뒤에서 바라보는 슈니를 향하고 있었다.

　"신 군은 자기가 생각하는 것보다 인기가 많다고 생각하는데."

　"그럴까요……?"

　홀리의 의미심장한 말에도 신은 끝까지 회의적이었다.

　즐거운 시간은 금방 지나가고 신 일행은 여관으로 돌아왔다.

　그 뒤에 진지한 얼굴로 재료 아이템을 고르는 슈니의 모습이 거리에서 목격되었다는 이야기도 있었다.

THE NEW GATE

이름 : 네코마타@라이징
성별 : 남성
종족 : 하이 비스트

메인 직업 : 마권사(魔拳士)
서브 직업 : 수전사(獸戰士)
모험가 랭크 : S
소속 길드 : 묘인족 어미 연구회(전)

●능력치

LV: 255
HP: 7433
MP: 3211
STR: 658
VIT: 387
DEX: 472
AGI: 599
INT: 336
LUC: 71

●전투용 장비

머리　없음
몸　캐츠 · 오브 · 원더【VIT 보너스[중], AGI 보너스[중]】
팔　없음
다리　신사의 구두【AGI 보너스[중], 구속 내성[중]】
액세서리　바텐더의 잔 닦는 천
무기　미스티 · 하운드【무기 파괴 ˙내성[특], 공격 속도 상승, 맨손 스킬 대미지 상승[특], 사용자 제한】

●칭호

●맨손 격투의 달인
●체술의 달인
●마갑의 주인
●일국일성(一國一城)의 주인
●수인자(獸因子) 보유자 etc

etc

●스킬

●아웃번 · 킥
●블래스트 · 에코
●사자 물기
●하이&로우
●열봉시(烈蓬矢)

기타

●찻집 「냥다 랜드」 점장
●전(前) 플레이어

※ 보너스 상승치 미〈약〈중〈강〈특

이름 : 섀도우 쿠로사와
성별 : 남성
종족 : 하이 로드

메인 직업 : 닌자
서브 직업 : 마권사
모험가 랭크 : S
소속 길드 : 마인혈풍록(전)

●능력치

LV: 255
HP: 6490
MP: 5311
STR: 568
VIT: 343
DEX: 601
AGI: 734
INT: 289
LUC: 41

●전투용 장비

머리 땅거미의 이마받이[상태 이상 내성[중]]
몸 땅거미의 닌자복[STR 보너스[중], AGI 보너스[중]]
팔 땅거미의 팔 덮개[공격 속도 상승[중]]
다리 땅거미의 버선[은폐 효과 상승[약], 크리티컬 확률 상승[강]]
액세서리 결혼반지[운 상승[특]]
무기 밤을 베는 단검[투과 무효, 은폐 효과 상승[특], 크리티컬 확률 상승[특], 사용자 제한]

●칭호

● 맨손 격투의 달인
● 체술의 달인
● 검술 사범
● 계약 종사자
● 일국일성의 주인
etc

●스킬

● 유수인
● 목 사냥
● 하이드 · 소드
● 영인(影刃)
● 심안
etc

기타

● 찻집 「B&W」 점장
● 전 플레이어
● 전 PKK[플레이어 킬러 · 킬러]

이름 : **홀리 쿠로사와**

성별 : 여성

종족 : 하이 엘프

메인 직업 : 마법사

서브 직업 : 연금술사

모험가 랭크 : A

소속 길드 : 없음

●능력치

LV: 255

HP: 3490

MP: 7311

STR: 268

VIT: 243

DEX: 401

AGI: 334

INT: 749

LUC: 66

●전투용 장비

머리   없음

몸   영포(靈布)의 로브[INT 보너스[강], 즉사 내성[강]]

팔   영포의 팔 덮개[INT 보너스[중], 채취 보너스[중]]

다리   기라성의 부츠[INT 보너스[중], 상태 이상 내성[중]]

액세서리   결혼반지[운 상승[특]]

무기   새벽녘의 지팡이[마법 스킬 대미지 증가 [특], 대기 시간 단축[특], 사용자 제한]

●칭호

●마법의 달인

●채취의 달인

●요리의 달인

●정령의 축복

●계약 종사자

etc

●스킬

●레이 · 스팅거

●메테오 · 폴

●에코 · 봄

●사일런트 · 위스퍼

●선더 · 애로우

etc

기타

●찻집 「B&W」 부점장

●찻집 「B&W」의 간판 여직원(?)

●전 플레이어

이름 : 카에데 쿠로사와
성별 : 여성
종족 : 엘프

메인 직업 : 사냥꾼
서브 직업 : 재봉사
모험가 랭크 : B
소속 길드 : 없음

●능력치

LV: 255
HP: 4490
MP: 5311
STR: 468
VIT: 243
DEX: 501
AGI: 434
INT: 549
LUC: 88

●전투용 장비

머리 영수(靈樹)의 이마받이【상태 이상 내성[약]】
몸 용 사냥꾼의 전투복【DEX 보너스[중], VIT
보너스[중]】
팔 영사(靈糸)의 가슴받이【DEX 보너스[중]】
다리 용가죽 부츠【VIT 보너스[중], 화염 속성 내
성】
액세서리 영수의 수호석【즉사 내성[중]】
무기 영수의 장궁(엘프 사양)【대미지 상승, 사정
거리 상승, 종족 전용 무기】

●칭호

●맨손 격투 사범 대리
●체술 사범 대리
●궁술 사범 대리
●요리 수련자
●정령의 축복
etc

●스킬

●방해의 바람
●질풍 쏘기
●조기(操氣)
●와이드 · 애로우
●호크 · 샷
etc

기타

●크리티컬(완성종)
●찻집 「B&W」의 간판 여직원

이름 : **마리노**

성별 : 여성

종족 : 휴먼

메인 직업 : 조련사

서브 직업 : 재봉사

모험가 랭크 : E

소속 길드 : 없음

●능력치

LV: 147

HP: 2109

MP: 4111

STR: 209

VIT: 163

DEX: 301

AGI: 234

INT: 289

LUC: 52

●전투용 장비

머리　푸른 천 리본【운 상승[약]】

몸　　중급 조련사의 배틀 드레스【VIT 보너스 [중], 종마(從魔) 호감도 상승[약]】

팔　　중급 조련사의 장갑【DEX 보너스[중], 종 마 공격력 상승[약]】

다리　중급 조련사의 부츠【AGI 보너스[중], 종마 방어력 상승[약]】

액세서리　결혼반지【운 상승[특]】

무기　재주꾼의 강편(鋼鞭)【명중률 상승[중], 무 기 파괴 공격[약]】

●칭호

●채찍술 수련자

●체술 수련자

●재봉 수련자

●계약 종사자

●종마의 계약자

etc

●스킬

●애널라이즈

●조기

●퀵 · 스텝

●블로우 · 윕

●계약수 소환

etc

기타

●신의 연인

●신수의 어머니

더 뉴 게이트 5

초판 1쇄 2018년 8월 27일

지은이 카자나미 시노기
옮긴이 김진환

펴낸이 설응도
펴낸곳 라의눈

출판등록 2014년 1월 13일(제2014-000011호)
주소 서울시 서초구 서초중앙로29길 26 (반포동) 낙강빌딩 2층
전화번호 02-466-1283
팩스번호 02-466-1301
e-mail 편집 editor@eyeofra.co.kr 마케팅 marketing@eyeofra.co.kr
경영지원 management@eyeofra.co.kr

ISBN 979-11-963499-5-0 04830
979-11-963499-0-5 04830(set)

THE NEW GATE volume5
ⓒ SHINOGI KAZANAMI 2015
Character Design: MAKAI NO JUMIN
Original Design Work: ansyyqdesign
Originally published in Japan in 2015 AlphaPolis Co., LTD., Tokyo.
Korean translation rights arranged with AlphaPolis Co., LTD., Tokyo,
through Tuttle-Mori Agency, Inc, Tokyo and AMO Agency, Seoul.
Korean edition copyright ⓒ 2018 by Eye of Ra Publishing Co.,Ltd